铁葫芦

楔子

七十多年的生命像一场春梦似地逝去了。这样的梦并不总是像"春宵一刻值千金"那样轻松美妙。有时候也难免有惊涛骇浪，龙蛇竞舞的场面。不管怎样，我的生命像梦一般地逝去了。

对于这些梦有没有留恋之感呢？应该说是，有的。人到了老年，往往喜爱回忆往事。古今中外，概莫能外。我当然也不能成为例外。英国人常说什么"往日的可爱的时光"，实有会于我心。往日的时光，回忆起来，确实感到美妙可爱。"当时只道是寻常"，然而一经回忆，却往往觉得美妙无比，回味无穷。我现在就经常陷入往事的回忆中。

彼岸印迹

唯一亲定自选集

精装珍藏版

著

图书在版编目（CIP）数据

彼岸印迹：精装珍藏版 / 季羡林著. —杭州：浙江人民出版社，2016.1

（季羡林唯一亲定自选集）

ISBN 978-7-213-06972-7

Ⅰ.①彼… Ⅱ.①季… Ⅲ.①回忆录－作品集－中国－当代 Ⅳ.①I251

中国版本图书馆CIP数据核字（2015）第276961号

书　　名	彼岸印迹（精装珍藏版）
作　　者	季羡林
出版发行	浙江人民出版社
	杭州市体育场路347号
责任编辑	陈巧丽　张世琼
责任校对	鞠　朗
印　　刷	北京鹏润伟业印刷有限公司
开　　本	880mm×1230mm　1/32
印　　张	10
字　　数	221千字
版　　次	2016年1月第1版
	2016年1月第1次印刷
书　　号	**ISBN 978-7-213-06972-7**
定　　价	42.00元

目 录

第三辑 异国的人们

第四辑　漫漫归国路

第五辑　印度风情

做真实的自己

（代序）

在人的一生中，思想感情的变化总是难免的。连寿命比较短的人都无不如此，何况像我这样寿登耄耋的老人！

我们舞笔弄墨的所谓“文人”，这种变化必然表现在文章中。到了老年，如果想出文集的话，怎样来处理这样一些思想感情前后有矛盾，甚至天翻地覆的矛盾的文章呢？这里就有两种办法。在过去，有一些文人，悔其少作，竭力掩盖自己幼年挂屁股帘的形象，尽量删削年轻时的文章，使自己成为一个一生一贯正确、思想感情总是前后一致的人。

我个人不赞成这种做法，认为这有点作伪的嫌疑。我主张，一个人一生是什么样子，年轻时怎样、中年怎样、老年又怎样，都应该如实地表达出来。在某一阶段上，自己的思想感情有了偏颇，甚至错误，绝不应加以掩饰，而应该堂堂正正地承认。这样的文章绝不应任意删削或者干脆抽掉，而应该完整地加以保留，以存真相。

在我的散文和杂文中，我的思想感情前后矛盾的现象，是颇能找出一些来的。比如对中国社会某一个阶段的歌颂，对某一个人的崇拜与歌颂，在写作的当时，我是真诚的；后来感到一点失望，我也是真诚的。这些文章，我都毫不加以删改，统统保留下来。不管现在看起来是多么幼稚，甚至多么荒谬，我都不加掩饰，目的仍然是存真。

像我这样性格的一个人，我是颇有点自知之明的。我离一个社会活动家，是有相当大的距离的。我本来希望像我的老师陈寅恪先生那样，淡泊以明志，宁静以致远，不求闻达，毕生从事学术研究，又绝不是不关心国家大事，绝不是不爱国，那不是中国知识分子的传统。然而阴差阳错，我成了现在这样一个人。应景文章不能不写，写序也推脱不掉，“春花秋月何时了，开会知多少”，会也不得不开。事与愿违，尘根难断，自己已垂垂老矣，改弦更张，只有俟诸来生了。

季羡林

第一辑

辗转出国路

楔　子

七十多年的生命像一场春梦似的逝去了。这样的梦并不总是像“春宵一刻值千金”那样轻灵美妙。有时候也难免有惊涛骇浪、龙蛇竞舞的场面。不管怎样，我的生命像梦一般地逝去了。

对于这些梦有没有留恋之感呢？应该说是有的。人到了老年，往往喜爱回忆往事。古今中外，概莫能外。我当然也不能成为例外。英国人常说什么“往日的可爱的时光”，实有会于我心。往日的时光，回忆起来，确实感到美妙可爱。“当时只道是寻常”，然而一经回忆，却往往觉得美妙无比，回味无穷。我现在就经常陷入往事的回忆中。

但是，我从来也没有想到，把这些轻梦或者噩梦从回忆中移到纸上来。我从来没有感到，有这样的需要。我只是一个人在夜深人静时，伏在枕上，让逝去的生命一幕一幕地断断续续地在我眼前重演一遍，自己仿佛成了一个旁观者，顾而乐之。逝去的生命不能复归，也用不着复归。但是，回忆这样的生命，意识到自己是这样活过来的，阳关大道、独木小桥，都走过来了，风风雨雨都经过了，一直到今天，自己还能活在世上，还能回忆往事，这难道还不能算是莫大的幸福吗？

只是到了最近一两年，比我年轻的一些朋友，多次向我建议写一点自传之类的东西。他们认为，像我这样的知识分子，已经活到了将近耄耋之年，古稀之年早已甩在背后了，而且经历了几个时代；在中国历史上，也是一个难能可贵的机会；我这样的经历，过去知识分子经历者恐怕不是太多。我对世事沧桑的阅历、人情世态的体会，恐怕有很多值得别人借鉴的地方。今天年轻的知识分子，甚至许多中年知识分子，大都不能体会。有时候同他们谈一点过去的情况，他们往往瞪大了眼睛，像是在听“天方夜谭”。因此，他们的意见是，我应当把这些经历写出来，不要过于“自私自利”，只留在自己脑海中，供自己品味玩赏。这应该说是我这一辈人的责任，不容推卸。

我考虑他们的意见，觉得是正确的。就我个人来说，我生于辛亥革命那一年的夏秋之交，距离10月10日，只有一个月多一点。在这一段时间内，我当过大清皇帝的臣民，我大概也算是一个“遗少”吧。我在极小的时候，就听到“朝廷”这个词儿，意思是大清皇帝。在我的幻想中，“朝廷”是一个非人非神非龙非蛇，然而又是人是神是龙是蛇的东西。最后一个“朝廷”一退位，立刻来了袁世凯，紧跟着是军阀混战。赤县神州，群魔乱舞。我三岁的时候，第一次世界大战爆发。我对此毫无所知。对于五四运动，所知也不多，只对文言改白话觉得新鲜而已。在小学和初中时期，跟着大孩子游行示威，焚烧日货和英货，情绪如疯如狂。高中时期，国民党统治开始，是另一种群魔乱舞，是国民党内部的群魔。大学时期，日本军国主义者蠢蠢欲动。九一八事变以后，我曾随清华同学卧轨绝食，赴南京请愿。生平第一次也是最后一次见到蒋介石。留学时期，七七事变发生，半壁河山，沦入外寇铁蹄之下。我的家乡更是早为外寇占领，让我无法回国。“等是有家归未得，杜鹃休向耳边啼。”我漂泊异乡，无从听到杜鹃鸣声，我听到的是天空中轰炸机的鸣声，伴随着肚中的饥肠辘辘声。有时候听到广播中希特勒疯狗似的狂吠声。如此度过了八年。“烽火连八岁，家书抵亿金。”抵亿金的家书一封也没能收到。大战终于结束。我在瑞士待了将近半年，费了千辛万苦，经法国、越南回到祖国。在狂欢之余，灾星未退，又在通货疯狂膨胀中度过了三年，终于迎来了解放。在更大的狂欢之余，知道道路并不是总有玫瑰花铺地，有时难免也有狂风恶浪。就这样，风风雨雨，坎坎坷坷，一直活到了今天，垂垂老矣。

如此丰富复杂的经历，并不是每一个人都能有的。而且从某种意义上来看，这些经历也是十分宝贵的。经验和教训，从中都可以吸取，对人对己都会有点好处的。我自己如果秘而不宣，确有“自私自利”之嫌。因此，我决心听从别人的建议，改变以前的想法，把自己一生的经历实事求是地写出来。我特别强调“实事求是”四字，因为写自传不是搞文学创作，让自己的幻想纵横驰骋。我写自传，只写事实。这是否也能写成文学作品，我在这里存而不论。古今中外颇有大文学家把自传写成文学创作的。德国最伟大的诗人歌德就是其中之一。他的 *Dichtung und Wahrheit*（《创作与真理》）可以为证。我个人认为，大文学家可以，我则不可。我这里只有 Wahrheit，而无 Dichtung。

但是，如此复杂的工作决不能毕其功于一役。我目前还有很多工作要做，没有太多的余闲，我只能分段解决。我把我七十多年的生命分成八个阶段：

一、故乡时期

二、在济南上中学时期

三、清华大学、中学教员时期

四、留德十年

五、解放前夕

六、五六十年代

七、牛棚杂忆

八、1978年以后

在1988年，我断断续续写成了四和七两部草稿。现在先把四“留德十年”整理出来，让它带着我的祝福走向世界吧！挦扯雪芹做一绝：

毫无荒唐言，
半把辛酸泪。
作者并不痴，
人解其中味。

以上算是楔子。

留学热

五六十年以前，一股浓烈的留学热弥漫全国，其声势之大绝不下于今天。留学牵动着成千上万青年学子的心。我曾亲眼看到，一位同学听到别人出国而自己则无份时，一时浑身发抖，眼直口呆，满面流汗，他内心震动之剧烈可想而知。

为什么会出现这样的现象呢？仔细分析其中原因，有的同今天差不多，有的则完全不同。相同的原因我在这里不谈了。不同的原因，其根柢是社会制度不同。那时候有两句名言："毕业即失业"；"要努力抢一只饭碗"。一个大学毕业生，如果没有后门，照样找不到工作，也就是照样抢不到一只饭碗。如果一个人能出国一趟，当时称之为"镀金"，一回国身价百倍，金光闪烁，好多地方会抢着要他，成了"抢手货"。

当时要想出国，无非走两条路：一条是私费，一条是官费。前者只有富商、大贾、高官、显宦的子女才能办到。后者又有两种：一种是全国性质的官费，比如留英庚款、留美庚款之类；一种是各省举办的。二者都要经过考试。这两种官费人数都极端少，只有一两个。在芸芸学子中，走这条路，比骆驼钻针眼还要困难。是否有走后门的？我不敢说绝对没有。但是根据我个人的观察，一般是比较公道的，录取的学员中颇多英俊之才。这种官费钱相当多，可以在国外过十分舒适的生活，往往令人羡煞。

我当然也患了留学热，而且其严重程度绝不下于别人。可惜我投胎找错了地方，我的家庭在乡下是贫农，在城里是公务员，连个小官都算不上。平常日子，勉强糊口。我于1934年大学毕业时，叔父正失业，家庭经济实际上已经破了产，其贫窘之状可想而知。私费留学，我想都没有想过，我这个癞蛤蟆压根儿不想吃天鹅肉，我还没有糊涂到那个程度。官费留学呢，当时只送理工科学生，社会科学受到歧视。今天歧视社会科学，源远流长，我们社会科学者运交华盖，只好怨我们命苦了。

总而言之，我大学一毕业，立刻就倒了霉，留学无望，饭碗难抢；临渊羡鱼，有网难结；穷途痛哭，无地自容。母校（省立济南高中）校长宋还吾先生要我回母校当国文教员，好像绝处逢生。但是我学的是西洋文学，满脑袋歌德、莎士比亚，一旦换为屈原、杜甫，我换得过来吗？当时中学生颇有“驾”教员的风气。所谓“驾”，就是赶走。我自己“驾”人的经验是有一点的，被“驾”的经验却无论如何也不想沾边。我考虑再三，到了暑假离开清华园时，我才咬了咬牙：“你敢请我，我就敢去！”大有破釜沉舟之概了。

省立济南高中是当时全山东唯一的一所高级中学。国文教员，待遇优渥，每月一百六十块大洋，是大学助教的一倍，折合今天人民币，至少可以等于三千二百元。这是颇有一些吸引力的。为什么这样一只“肥”饭碗竟无端落到我手中了呢？原因是有一点的。我虽然读西洋文学，但从小喜欢舞笔弄墨，发表了几篇散文，于是就被认为是作家，而在当时作家都是被认为能教国文的，于是我就成了国文教员。但是，如人饮水，冷暖自知，我深知自己能吃几碗干饭，心虚在所难免。我真是如履薄冰似的走上了讲台。

但是，宋校长真正聘我的原因，还不是这样简单。当时山东中学界抢夺饭碗的搏斗是异常激烈的。常常是一换校长，一大批教员也就被撤换。一个校长身边都有一个行政班子，教务长、总务长、训育主任、会计，等等，一应俱全，好像是一个内阁。在外围还有一个教员队伍，这些人都是与校长共进退的。这时山东中学教育界有两大派系：北大派与师大派，两者钩心斗角，争夺地盘。宋校长是北大派的头领，与当时的教育厅长何思源，是菏泽六中和北京大学的同学，私交颇深。有人说，如果宋校长再是美国哥伦比亚大学的学生，与何在国外也是同学，则他的地位会更上一层楼，不只是校长，而是教育厅的科长了。

总之，宋校长率领着北大派浩荡大军，同师大派两军对垒。他需要支持，需要一支客军。于是一眼就看上了我这个超然于两派之外的清华大学毕业生，兼高中第一级的毕业生。他就请我当了国文教员，授意我组织高中毕业同学会，以壮他的声势。我虽涉世未深，但他这一点苦心，我还是能够体会的。可惜我天生不是干这种事的料，我不会吹牛拍马，不愿陪什么人的太太打麻将。结果同学会没有组成，我感到抱歉，但是无能为力。宋校长对别人说：“羡林很安静！”宋校长不愧是北大国文系毕业生，深通国故，有很高的古典文学造诣，他使用了“安静”二字，借用王国维的说法，一着此二字，则境界全出，胜似别人的千言万语。不幸的是，我也并非白痴，多少还懂点世故，聆听之下，心领神会；然而握在手中的那一只饭碗，则摇摇欲飞矣。

因此，我必须想法离开这里。

离开这里，到哪里去呢？“抬眼望尽天涯路”，我只看到人海茫茫，没有一个归宿。按理说，我当时的生活和处境是相当好的。我同学生相处得很好。我只有二十三岁，不懂什么叫架子。学生大部分同我年龄差不多，有的比我还要大几岁，我觉得他们是伙伴。我在一家大报上主编一个文学副刊，可以刊登学生的文章，这对学生是极有吸引力的。同教员同事关系也很融洽，几乎每周都同几个志同道合者出去吃小馆，反正工资优厚，物价又低，谁也不会吝啬，感情更易加深。从外表看来，真似神仙生活。

然而我情绪低沉，我必须想法离开这里。

离开这里，至高无上的梦就是出国镀金。我常常面对屋前的枝叶繁茂花朵鲜艳的木槿花，面对小花园里的亭台假山，做着出国的梦。同时，在灯红酒绿中，又会蓦地感到手中的饭碗在动摇。二十刚出头的年龄，却心怀百岁之忧，我的精神无论如何也振作不起来。我有时候想：就这样混下去吧，反正自己毫无办法，空想也白搭。俗话说：“车到山前必有路。”我这辆车还没驶到山前，等到了山前再说吧。

然而不行。别人出国留学镀金的消息，不时传入自己耳中。一听到这种消息，就像我看别人一样，我也是浑身发抖。我遥望欧山美水，看那些出国者如神仙中人，而自己则像人间凡夫，“更隔蓬山千万重”了。

我就这样度过了一整年。

天赐良机

正当我心急似火而又一筹莫展的时候，真像是天赐良机，我的母校清华大学同德国学术交换处（DAAD）签订了一个合同：双方交换研究生，路费制装费自己出，食宿费相互付给：中国每月三十块大洋，德国一百二十马克。条件并不理想，一百二十马克只能勉强支付食宿费用。相比之下，官费一个月八百马克，有天渊之别了。

然而，对我来说，这却像是一根救命的稻草，非抓住不行了。我在清华名义上主修德文，成绩四年全优（这其实是名不副实的），我一报名，立即通过。但是，我的困难也是明摆着的：家庭经济濒于破产，而且亲老子幼。我一走，全家生活靠什么来维持呢？我面对的都是切切实实的现实困难，在狂喜之余，不由得又心忧如焚了。

我走到了一个歧路口上：一条路是桃花，一条路是雪。开满了桃花的路上，云蒸霞蔚，前程似锦，不由得你不想往前走。堆满了雪的路上，则是暗淡无光，摆在我眼前的是终生青衾，老死学宫，天天为饭碗而搏斗，时时引“安静”为鉴戒。究竟何去何从？我逢到了生平第一次重大抉择。

出我意料之外，我得到了我叔父和全家的支持。他们对我说：我们咬咬牙，过上两年紧日子；只要饿不死，就能迎来胜利的曙光，为祖宗门楣增辉。这种思想根源，我是清清楚楚的。当时封建科举的思想，仍然在社会上流行。人们把小学毕业看作秀才，高中毕业看作举人，大学毕业看作进士，而留洋镀金则是翰林一流。在人们眼中，我已经中了进士。古人说：没有场外的举人。现在则是场外的进士，我眼看就要入场，焉能悬崖勒马呢？

认为我很“安静”的那一位宋还吾校长，也对我完全刮目相看，表现出异常的殷勤，亲自带我去找教育厅长，希望能得到点资助。但是，我不成才，我的“安静”又害了我，结果空手而归，再一次让校长失望。但是，他热情不减，又是勉励，又是设宴欢送，相期学成归国之日再共同工作，令我十分感动。

我高中的同事们，有的原来就是我的老师，有的是我的同辈，但年龄都比我大很多。他们对我也是刮目相看。年轻一点的教员，无不患上了留学热。也都是望穿秋水，欲进无门，谁也没有办法。现在我忽然捞到了镀金的机会，洋翰林指日可得，宛如蛰龙升天，他年回国，绝不会再待在济南高中了。他们羡慕的心情溢于言表。我忽然感觉到，我简直成了《儒林外史》中的范进，虽然还缺一个老泰山胡屠户和一个张乡绅，然而在众人心目中，我忽然成了特殊人物，觉得非常可笑。我虽然还没有春风得意之感，但是内心深处是颇为高兴的。

但是，我的困难是显而易见的。除了前面说到的家庭经济困难之外，还有制装费和旅费。因为知道，到了德国以后，不可能有余钱买衣服，在国内制装必须周到齐全。这都需要很多钱。在过去一年内，我从工资中节余了一点钱，数量不大；向朋友借了点钱，七拼八凑，勉强做了几身衣服，装了两大皮箱。长途万里的旅行准备算是完成了。此时，我心里不知道是什么滋味，酸、甜、苦、辣，搅和在一起，但是绝没有像调和鸡尾酒那样美妙。我充满了渴望，而又忐忑不安，有时候想得很美，有时候又忧心忡忡，在各种思想矛盾中，迎接我生平第一次大抉择，大冒险。

在北平的准备工作

我终于在1935年8月1日离开了家。我留下的是一个破败的家，老亲、少妻、年幼子女。这样一个家和我这一群亲人，他们的命运谁也不知道，正如我自己的命运一样。生离死别，古今同悲。江文通说："黯然销魂者，唯别而已矣。"他又说："割慈忍爱，离邦去里，沥泣共诀，抆血相视。"我从前读《别赋》时，只是欣赏它的文采。然而今天自己竟成了赋中人。此情此景实不足为外人道也。

临离家时，我思绪万端。叔父、婶母、德华（妻子），女儿婉如牵着德华的手，才出生几个月的延宗酣睡在母亲怀中，都送我到大门口。娇女、幼子，还不知道什么叫离别，也许还觉得好玩。双亲和德华是完全理解的。我眼里含着泪，硬把大量的眼泪压在肚子里，没有敢再看他们一眼——我相信，他们眼里也一定噙着泪珠——扭头上了洋车，只有大门楼上残砖败瓦的影子在我眼前一闪。

我先乘火车到北平。办理出国手续，只有北平有可能，济南是不行的。到北平以后，我先到沙滩找了一家公寓，赁了一间房子，存放那两只大皮箱。立即赶赴清华园，在工字厅招待所找到了一个床位，同屋的是一位比我高几级的清华老毕业生，他是什么地方保险公司的总经理。夜半联床，娓娓对谈。他再三劝我，到德国后学保险。将来回国，饭碗绝不成问题，也许还是一只金饭碗。这当然很有诱惑力，但却同我的愿望完全相违。我虽向无大志，可是对做官、经商，却绝无兴趣，对发财也无追求。对这位老学长的盛意，我只有心领了。

此时正值暑假，学生几乎都离校回家了。偌大一个清华园，静悄悄的。但是风光却更加旖旎，高树蔽天，浓阴匝地，花开绿丛，蝉鸣高枝；荷塘里的荷花正迎风怒放，西山的紫气依旧幻奇。风光虽美，但是我心中却感到无边的寂寞。仅仅在一年前，当我还是学生的时候，我那众多的小伙伴都还聚在一起，或临风朗读，或月下抒怀。黄昏时漫步荒郊，回校后余兴尚浓，有时候沿荷塘步月，领略荷塘月色的情趣，其乐融融，乐不可支。然而曾几何时，今天却只剩下我一个人又回到水木清华，睹物思人，对月兴叹，人去楼空，宇宙似乎也变得空荡荡的，令人无法忍受了。

我住的工字厅是清华的中心。我的老师吴宓先生的“藤影荷声之馆”就在这里。他已离校，我只能透过玻璃窗子看室中的陈设，不由得忆起当年在这里高谈阔论时的情景，心中黯然。离开这里不远就是那一间临湖大厅，“水木清华”四个大字的匾就挂在后面。这个厅很大，里面摆满了红木家具，气象高雅华贵。平常很少有人来，因此幽静得很。几年前，我有时候同吴组缃、林庚、李长之等几个好友，到这里来闲谈。我们都还年轻，有点不知道天高地厚，说话海阔天空，旁若无人。我们不是粪土当年万户侯，而是挥斥当代文学家。记得茅盾的《子夜》出版时，我们几个人在这里碰头，议论此书。当时意见截然分成两派：一派完全肯定，一派基本否定，大家争吵了个不亦乐乎。我们这种侃大山，一向没有结论，也不需要有结论。各自把自己的话尽量夸大其词地说完，然后再谈别的问题，觉得其乐无穷。今天我一个人来到这间大厅里，睹物思人，又不禁有点伤感了。

在这期间，我有的是空闲。我曾拜见了几位老师。首先是冯友兰先生，据说同德国方面签订合同，就是由于他的斡旋。其次是蒋廷黻先生，据说他在签订合同中也出了力。他恳切劝我说，德国是法西斯国家，在那里一定要谨言慎行，免得惹起麻烦。我感谢师长的叮嘱。我也拜见了闻一多先生，这是我同他第一次见面，不幸的是，也是最后一次见面。等到十一年后我回国时，他早已被国民党反动派暗杀了。他是一位我异常景仰的诗人和学者。当时谈话的内容我已经完全忘记，但是他的形象却永远留在我心中。

有一个晚上，吃过晚饭，孤身无聊，信步走出工字厅，到朱自清先生的《荷塘月色》中所描写的荷塘边上去散步。于时新月当空，万籁无声。明月倒影荷塘中，比天上那一个似乎更加圆明皎洁。在月光下，荷叶和荷花都失去了色彩，变成了灰蒙蒙的一个颜色。但是缕缕荷香直逼鼻管，使我仿佛能看到翠绿的荷叶和红艳的荷花。荷叶丛中闪熠着点点的火花，是早出的萤火虫。小小的火点动荡不定，忽隐忽现，仿佛要同天上和水中的那个大火点，争光比辉。此时，宇宙间仿佛只剩下了我一个人。前面的鹏程万里，异乡漂泊；后面的亲老子幼的家庭，都离开我远远的，远远的，陷入一层薄雾中，望之如蓬莱仙山了。

但是，我到北平来是办事儿的，不是来做梦的。当时的北平没有外国领馆，办理出国护照的签证，必须到天津去。于是我同乔冠华就联袂乘火车赴天津，到俄、德两个领馆去请求签证。手续绝没有现在这样复杂，领馆的俄、德籍的工作人员，只简简单单地问了几句话，含笑握手，并祝我们一路顺风。我们的出国手续就全部办完，只等出发了。

回到北平以后，几个朋友在北海公园为我饯行，记得有林庚、李长之、王锦弟、张露薇等。我们租了两只小船，荡舟于荷花丛中。接天莲叶，映日荷花，在太阳的照射下，红是红，绿是绿，各极其妙。同那天清华园的荷塘月色，完全不同了。我们每个人都兴高采烈，臧否人物，指点时政，意气风发，所向无前，“语不惊人死不休”，我们真仿佛成了主宰沉浮的英雄。玩了整整一天，尽欢而散。

千里搭凉棚，没有不散的筵席，终于到了应该启程的日子。8月31日，朋友们把我们送到火车站，就是现在的前门老车站。当然又有一番祝福，一番叮嘱。在登上火车的一刹那，我脑海里忽然浮现出一句旧诗：“万里投荒第二人。”

满洲车上

当年想从中国到欧洲去，飞机没有，海路太遥远又麻烦，最简便的路程就是苏联西伯利亚大铁路。其中一段通过中国东三省。这几乎是唯一的可行的路；但是有麻烦，有困难，有疑问，有危险。日本军国主义分子在东三省建立了所谓“满洲国”，这里有危险。过了“满洲国”，就是苏联，这里有疑问。我们一心想出国，必须面对这些危险和疑问，义无反顾。明知山有虎，偏向虎山行，我们仿佛成了那样的英雄了。

车到了山海关，要进入“满洲国”了。车停了下来，我们都下车办理入“国”的手续。无非是填几张表格，这对我们并无困难。但是每人必须交手续费三块大洋。这三块大洋是一个人半月的饭费，我们真有点舍不得。既要入境，就必须缴纳，这个“买路钱”是省不得的。我们万般无奈，掏出三块大洋，递了上去，脸上尽量不流露出任何不满的表情，说话更是特别小心谨慎，前去是一个布满了荆棘的火坑，这一点我们比谁都清楚。

幸而没有出麻烦，我们顺利过了“关”，又登上车。我们意识到自己所在的是一个什么地方，个个谨慎小心，说话细声细气。到了夜里，我们没有注意，有一个年轻人进入我们每四个人一间的车厢，穿着长筒马靴，英俊精神，给人一个颇为善良的印象，年纪约莫二十五六岁，比我们略大一点。他向我们点头微笑，我们也报以微笑，以示友好。逢巧他就睡在我的上铺上。我们并没有对他有特别的警惕，觉得他不过是一个平平常常的旅客而已。

我们睡下以后，车厢里寂静下来，只听到火车奔驰的声音。车外是满洲大平原，我们什么也看不到，什么也不想去看，一任“火车擒住轨，在黑夜里直奔，过山，过水，过陈死人的坟”。我正蒙眬欲睡，忽然上铺发出了声音：

“你是干什么的？”

“学生。”

“你从什么地方来的？”

“北平。”

“现在到哪里去？”

“德国。”

“去干吗？”

“留学。”

一阵沉默。我以为天下大定了。头顶上忽然又响起了声音，而且一个满头黑发的年轻的头从上铺垂了下来。

“你觉得满洲国怎么样？”

“我初来乍到，说不出什么意见。”

又一阵沉默。

“你看我是哪一国人？”

“看不出来。”

“你听我说话像哪一国人？”

“你中国话说得蛮好，只能是中国人。”

“你没听出我说话中有什么口音吗？”

“听不出来。”

“是否有点朝鲜味？”

“不知道。”

“我的国籍在今天这个地方无法告诉你。”

“那没有关系。”

“你大概已经知道我的国籍了，同时也就知道了我同日本人和满洲国的关系了。”

我立刻警惕起来：

“我不知道。”

“你谈谈对满洲国的印象，好吗？”

“我初来乍到，实在说不出来。”

又是一阵沉默，只听到车下轮声震耳。我听到头顶上一阵窸窣声，年轻的头缩回去了，微微地叹息了一声，然后真正天下太平，我也真正进入了睡乡。

第二天（9 月 2 日）早晨到了哈尔滨，我们都下了车。那个年轻人也下了车，临行时还对我点头微笑。但是，等我们办完了手续，要离开车站时，我瞥见他穿着笔挺的警服，从警察局里走了出来，仍然是那一双长筒马靴。我不由得一下子出了一身冷汗。回忆夜里车厢里的那一幕，我真不寒而栗，心里充满了后怕。如果我不够警惕顺嘴发表了什么意见，其结果将会是怎样？我不敢想下去了。

啊，“满洲国”！这就是“满洲国”！

在哈尔滨

我们必须在哈尔滨住上几天，置办长途旅行在火车上吃的东西。这在当时几乎是人人都必须照办的。

这是我第一次到哈尔滨来。第一个印象是，这座城市很有趣。楼房高耸，街道宽敞，到处都能看到俄国人，所谓白俄，都是十月革命后从苏联逃出来的。其中有贵族，也有平民；生活有的好，有的坏，差别相当大。我久闻白俄大名，现在才在哈尔滨见到，心里觉得非常有趣。

我们先找了一家小客店住下，让自己紧张的精神松弛一下。在车站时，除了那位穿长筒马靴的“朝鲜人”给我的刺激以外，还有我们同行的一位敦福堂先生。此公是学心理学的，但是他的心理却实在难以理解。就要领取行李离车站，他忽然发现，他托运行李的收据丢了，行李无法领出。我们全体同学六人都心急如焚，于是找管理员，找站长，最后用六个人所有的证件，证明此公确实不想冒领行李，问题才得到解决。到了旅店，我们的余悸未退，精神依然亢奋。然而敦公向口袋里一伸手，行李托运票赫然具在。我们真是啼笑皆非，敦公却怡然自得。以后在半个多月的长途旅行中，这种局面重复了几次。我因此得出了一个结论：此公凡是能丢的东西一定要丢一次，最后总是化险为夷，逢凶化吉。关于这样的事情，下面就不再谈了。

在客店办理手续时，柜台旁边坐着一个赶马车的白俄小男孩，年纪不超过十五六岁。我对他一下子产生了兴趣，问了他几句话，他翻了翻眼，指着柜台上那位戴着老花眼镜、满嘴山东胶东话的老人说：

“我跟他明白，跟你不明白。”

我懂得他的意思了，一笑置之。

在哈尔滨山东人很多，大到百货公司的老板，小到街上的小贩，几乎无一不是山东人。他们大都能讲一点洋泾浜俄语，他们跟白俄能明白。这里因为白俄极多，俄语相当流行，因而产生了一些俄语译音字，比如把面包叫作“列巴”等。中国人嘴里的俄语，一般都不讲究语法完全正确，音调十分地道，只要对方“明白”，目的就算达到了。我忽然想到，人与人之间的交际离不开语言，同外国人之间的交际离不开外国语言。然而语言这玩意儿也真奇怪，一个人要想精通本国语和外国语，必须付出极大的劳动；穷一生之精力，也未必真通。可是要想达到一般交际的目的，又似乎非常简单。洋泾浜姑无论矣，有时只会一两个外国词儿，也能行动自如。一位国民党政府驻意大利的大使，只会意大利文“这个”一个单词，也能指挥意大利仆人。比如窗子开着，他只念“这个”，用手一指窗子，仆人立即把窗子关上。反之，如果窗子是关着的，这位大使阁下一声“这个”，仆人立即把窗子打开。窗子无非是开与关，绝无第三种可能。一声“这个”，圆通无碍，超过佛法百倍矣。

话扯得太远了，还是回来谈哈尔滨。

我们在旅店里休息了以后，走到大街上去置办火车上的食品，这件事办起来一点也不费事。大街上有许多白俄开的铺子，你只要走进去，说明来意，立刻就能买到一大篮子装好的食品。主体是几个重约七八斤的大“列巴”，辅之以一两个几乎同粗大的香肠，再加上几斤干奶酪和黄油，另外再配上几个罐头，共约四五十斤重，足供西伯利亚火车上约莫八九天之用。火车上本来是有餐车的，可是据过去的经验餐车上的食品异常贵，而且只收美元。其指导思想是清楚的，苏联是无产阶级专政的国家，要“念念不忘阶级斗争”。外国人一般被视为资产阶级，是无产阶级的对立面；只要有机会，就必须与之“斗争”。餐费昂贵无非是斗争的方式。可惜我们这些“资产阶级”阮囊羞涩，实在付不出那样多美元，于是哈尔滨的白俄食品店尚矣。

除了食品店以外，大街两旁高楼大厦的地下室里，有许许多多的俄餐馆，主人都是白俄。女主人往往又胖又高大，穿着白大褂，宛如一个白色巨人。然而服务却是热情而又周到，饭菜是精美而又便宜。我在北平久仰俄式大菜的大名，只是无缘品尝。不意今天到了哈尔滨，到处都有俄式大菜，就在简陋的地下室里，以无意中得之，真是不亦乐乎。我们吃过罗宋汤、牛尾、牛舌、猪排、牛排，这些菜不一定很“大”，然而主人是俄国人，厨师也是俄国人，有足够的保证，这是俄式大菜。好像我们在哈尔滨，天天就吃这些东西，不记得在那个小旅店里吃过什么饭。

黄昏时分，我们出来逛马路。马路很多是用小碎石子压成的，很宽，很长，电灯不是很亮，到处人影历乱。白俄小男孩——就是我在上面提到的在旅店里见到的那样的——驾着西式的马车，送客人，载货物，驰骋长街之上。车极高大，马也极高大，小男孩短小的身躯，高踞马车之上，仿佛坐在楼上一般，大小极不协调。然而小车夫却巍然高坐，神气十足，马鞭响处，骏马飞驰，马蹄子敲在碎石子上，迸出火花一列，如群萤乱舞，渐远渐稀，再配上马嘶声和车轮声，汇成声光大合奏，我们外来人实在是闻所未闻，见所未见，不禁顾而乐之了。

哈尔滨就是这样一个地方。

谁来到哈尔滨，大概都不会不到松花江上去游览一番。我们当然也不会自甘落后，我们也去了。当时正值初秋，气温可并不高。我们几个人租了一条船，放舟中流，在混混茫茫的江面上，真是一叶扁舟。远望铁桥一线，跨越江上，宛如一段没有颜色的彩虹。此时，江面平静，浪涛不兴，游人如鲫，喧声四起。我们都异常地兴奋，谈笑风生。回头看划船的两个小白俄男孩子，手持双桨主划的竟是一个瞎子，另一个明眼孩子掌舵，决定小船的航向。我们都非常吃惊。松花江一下子好像是不存在了，眼前只有这个白俄盲童。我们很想了解一下真情，但是我们跟他们“不明白”，只好自己猜度。事情是非常清楚的。这个盲童家里穷，没有办法，万般无奈，父母——如果有父母的话——才让自己心爱的儿子冒着性命的危险，干这种划船的营生。江阔水深，危机四伏，明眼人尚需随时警惕，战战兢兢，何况一个盲人！但是，这个盲童，由于什么都看不见的缘故，心中只有手中的双桨，怡然自得，面含笑容。这时候，我心里不知道是什么味道。环顾四周，风光如旧，但我心里却只有这一个盲童，什么游人，什么水波，什么铁桥，什么景物，统统都消失了。我自己思忖：盲童家里的父、母、兄、妹等，可能都在望眼欲穿地等他回家，拿他挣来的几个钱，买上个大“列巴”，一家人好不挨饿。他家是什么时候逃到哈尔滨来的？我不清楚。他说不定还是沙皇时代的贵族，什么侯爵、伯爵。当日的荣华富贵，从年龄上来看，他大概享受不到。他说不定就出生于哈尔滨，他绝不会有什么“故国不堪回首月明中”的感慨……我浮想联翩，越想越多，越想越乱，我自己的念头，理不出一个头绪，索性横一横心，此时只可赏风光。我又抬起头来，看到松花江上，依旧游人如鲫，铁桥横空，好一派夏日的风光。

此时，太阳已经西斜，是我们应该回去的时候了。我们下了船，尽我们所能，多给两个划船的白俄小孩一些酒钱。看到他们满意的笑容，我们也满意了，觉得是做了一件好事。

回到旅店，我一直想着那个白俄小孩。就是在以后一直到今天，我仍然会不时想起那个小孩来。他以后的命运怎样了？经过了几十年的沧海桑田，他活在世上的可能几乎没有了。我还是祝愿白俄们的东正教的上帝会加福给他！

过西伯利亚

我们在哈尔滨住了几天，登上了苏联经营的西伯利亚火车，时间是9月4日。

车上的卧铺，每间四个铺位。我们六个中国学生，住在两间屋内，其中一间有两个铺位，是别人睡的，经常变换旅客，都是苏联人。车上有餐车，听说价钱极贵，而且只收美元。因此，我们一上车，就要完全靠在哈尔滨带上来的那只篮子过日子了。

火车奔驰在松嫩大平原上。车外草原百里，一望无际。黄昏时分，一轮红日即将下落，这里不能讲太阳落山，因为根本没有山，只有草原；这时，在我眼中，草原蓦地变成了大海，火车成了轮船。只是这大海风平浪静，毫无波涛汹涌之状；然而气势却依然宏伟非凡，不亚于真正的大海。

第二天，车到了满洲里，是苏联与“满洲国”接壤的地方。火车停了下来，据说要停很长的时间。我们都下了车，接受苏联海关的检查。我绝没有想到，苏联官员竟检查得这样细致，又这样慢条斯理，这样万分认真。我们所有的行李，不管是大是小，是箱是筐，统统一律打开，一一检查，巨细不遗。我们躬身侍立，随时准备回答垂询。我们准备在火车上提开水用的一把极其平常又极其粗糙的铁壶，也未能幸免，而且受到加倍的垂青。这件东西，一目了然，然而苏联官员却像发现了奇迹，把水壶翻来覆去，推敲研讨，又碰又摸，又敲又打，还要看一看壶里面是否有“夹壁墙”。连那一个薄铁片似的壶盖，也难逃法网，敲了好几遍。这里只缺少一架显微镜，如果真有一架的话，不管是多么高度的，他们也绝不会弃置不用。我怒火填膺，真想发作。旁边一位同车的外国老年朋友，看到我这个情况，拍了拍我的肩膀，用英文说了句：Patience is the great virtue（“忍耐是大美德”）。我理解他的心意，相对会心一笑，把怒气硬是压了下去，恭候检查如故。大概当时苏联人把外国人都当成“可疑分子”，都有存心颠覆他们政权的嫌疑，所以不得不尔。

检查完毕，我的怒气已消，心里恢复了平静。我们几个人走出车站，到市内去闲逛。满洲里只是一个边城小镇，连个小城都算不上。只有几条街，很难说哪一条是大街。房子基本上都是用木板盖成的，同苏联的西伯利亚差不多，没有砖瓦，而多木材，就形成了这样的建筑特点。我们到一家木板房商店里去，买了几个甜酱菜罐头，是日本生产的，带上车去，可以佐餐。

再回到车上，天下大定，再不会有什么干扰了。车下面是横亘欧亚的万里西伯利亚大铁路，从此我们就要在这车上住上七八天。“人是地里仙，一天不见走一千”，我们现在一天绝不止走一千，我们要在风驰电掣中过日子了。

车上的生活，单调而又丰富多彩。每天吃喝拉撒睡，有条不紊，有简便之处，也有复杂之处。简便是，吃东西不用再去操持，每人两个大篮子，饿了伸手拿出来就吃。复杂是，喝开水极成问题，车上没有开水供应，凉水也不供应。每到一个大一点的车站，我们就轮流手持铁壶，飞奔下车，到车站上的开水供应处，拧开水龙头，把铁壶灌满，再回到车上，分而喝之。有一位同行的欧洲老太太，白发盈颠，行路龙钟，她显然没有自备铁壶；即使自备了，她也无法使用。我们的开水壶一提上车，她就颤巍巍地走了过来，手里拿着一个杯子，说着中国话："开开水！开开水！"我们心领神会，把她的杯子倒满开水，一笑而别。从此一天三顿饭，顿顿如此。看来她这个"老外"，这个外国"资产阶级"，并不比我们更有钱。她也不到餐车里去吃牛排、罗宋汤，没有大把地挥霍着美金。

说到牛排，我们虽然没有吃到，却是看到了。有一天，吃中饭的时候，忽然从餐车里走出来了一个俄国女餐车服务员，身材高大魁梧，肥胖有加，身穿白色大褂，头戴白布高帽子，至少有一尺高，帽顶几乎触到车厢的天花板；却足蹬高跟鞋，满面春风，而又威风凛凛，噚噚地走了过来，宛如一个大将军，八面威风。右手托着一个大盘子，里面摆满新出锅的炸牛排，肉香四溢，透人鼻官，确实有极大的诱惑力，让人馋涎欲滴。但是，一问价钱，却吓人一跳：每块三美元。我们这个车厢里，没有一个人肯出三美元一快朵颐的。这位女"大将军"托着盘子，走了一趟，又原盘托回。她是不是鄙视我们这些外国资产阶级呢？她是不是会在心里想：你们这些人个个赛过莎士比亚《威尼斯商人》中的吝啬鬼夏洛克呢？我不知道。

这一阵香风过后，我们的肚子确已饿了，赶快拿出篮子，大啃其“列巴”。

我们吃的问题大体上就是这个样子。你想了解俄国人怎样吃饭吗？他们同我们完全不一样，这是可想而知的。他们绝不会从中国的哈尔滨带一篮子食品来，而是就地取材。我在上面提到过，我们中国学生的两间车厢里，有两个铺位不属于我们，而是经常换人。有一天进来了一个红军军官，我们不懂苏联军官的肩章，不知道他是什么爵位。可是他颇为和蔼可亲，一走进车厢，用蓝色的眼睛环视了一下，笑着点了点头。我们也报之以微笑，但是跟他“不明白”，只能打手势来说话。他从怀里拿出来了一个身份证之类的小本子，里面有他的相片，他打着手势告诉我们，如果把这个证丢了，他用右手在自己脖子上作杀头状，那就是要杀头的。这个小本子神通广大，每到一个大站，他就拿着它走下车去，到什么地方领到一份“列巴”，还有奶油、奶酪、香肠之类的东西，走回车厢，大嚼一顿。红军的供给制度大概就是这个样子。

车上的吃喝问题就是这样解决的。谈到拉撒，却成了天大的问题。一节列车供着四五十口子人，却只有两间厕所，经常是人满为患。我每天往往是很早就起来排队。有时候自己觉得已经够早了，但是推门一看，却已有人排成了长龙，赶紧加入队伍中，望眼欲穿地看着前面，你想一个人刷牙洗脸，再加上大小便，会用多少时间呀。如果再碰上一个患便秘的人，情况就会更加严重。自己肚子里的那些东西蠢蠢欲动，前面的队伍却不见缩短，这是什么滋味，一想就可以知道了。

但是，车上的生活也不全是困难，也有愉快的一面。我们六个中国学生一般都是挤坐在一间车厢里。虽然在清华大学时都是同学，但因行当不同，接触并不多。此时却被迫聚在一起，几乎都成了推心置腹的朋友。我们闲坐无聊，便上天下地，胡侃一通。我们都是二十三四岁的大孩子，阅世未深，每个人眼前都是一个未知的世界，堆满了玫瑰花，闪耀着彩虹。我们的眼睛是亮的，心是透明的，说起话来，一无顾忌，二无隔阂，从来没有谈不来的时候，小小的车厢里，其乐融融。也有一时无话可谈的时候，我们就下象棋。物理学家王竹溪是此道高手。我们五个人，单个儿跟他下，一盘输，二盘输，三盘四盘，甚至更多的盘，反正总是输。后来我们联合起来跟他下，依然是输、输、输。哲学家乔冠华的哲学也帮不了他。在车上的八九天中，我们就没有胜过一局。

侃大山和下象棋，觉得乏味了，我就凭窗向外看。万里长途，车外风光变化不算太大。一般都只有大森林，郁郁葱葱，好像是无边无际，林中的产品大概是非常丰富的。有一次，我在一个森林深处的车站下了车，到站台上去走走。看到一个苏联农民提着一篮子大松果来兜售，松果实在大得令人吃惊，非常可爱。平生从来没有见到过的，我抵抗不住诱惑，拿出了五角美元，买了一个。这是我在西伯利亚唯一的一次买东西，是无法忘记的。除了原始森林以外，还有大草原，不过似乎不多。留给我印象最深的是贝加尔湖。我们的火车绕行了这个湖的一多半，用了将近半天的时间。山洞一个接一个，不知道究竟钻过几个山洞。山上丛林密布，一翠到顶。铁路就修在岸边上，从火车上俯视湖水，了若指掌。湖水碧绿，靠岸处清可见底，渐到湖心，则转成深绿色，或者近乎黑色，下面深不可测。真是天下奇景，直到今天，我一闭眼睛，就能见到。

就这样，我们在车上，既有困难，又有乐趣。一转眼，就过去了八天，于 9 月 12 日晚间，到了莫斯科。

在赤都

莫斯科是当时全世界唯一的一个社会主义国家的首都，颇具神秘色彩，是世界上许多人所向往的地方。我也颇感兴趣。

任何行车时间表上，也都没有在这里停车两天的规定。然而据以前的旅行者说，列车到了莫斯科，总用种种借口，停上一天。我想，原因是十分明显的。苏联当局想让我们这些资本主义国家的人，领略一下社会主义的风采，沾一点社会主义的甘露，给我们洗一洗脑筋，让我们在大吃一惊之余，转变一下自己的世界观，在灰色上涂上一点红。

对我们青年来说，赤都不是没有吸引力的。我个人心里却有一点矛盾。我对外蒙古“独立”问题，很不理解。现在我自己到了苏联的首都，由于沿途的经历并没能给我留下什么好印象，如今要我们在赤都留上一天看一看，那就看一看吧。

火车一停，路局就宣布停车一天，修理车辆。接着来了一位女导游员，年轻貌美，白脸长身，穿着非常华贵、时髦，涂着口红，染着指甲，一身珠光宝气。我确实大吃一惊。当时还没有“极左”这个词儿，我的思想却是“极左”的，我想象中的“普罗”小姐完全不是这个样子。我眼前这一位“普罗”，同资产阶级贵小姐究竟还有什么区别呢？她的灵魂也可能是红色的，但那我看不见。我看见的却让我大惑不解，惘惘然看着这位搔首弄姿的俄国女郎。

我们这一群外国旅客被送上一辆大轿车，到莫斯科市内去观光。导游小姐用英文讲解。车子走到一个什么地方，眼前一片破旧的大楼，导游说：在第几个五年计划，这座楼将被拆掉，盖上新楼。这很好，难道说还不好吗？车子到了另一个地方，导游又冷漠地说：在第几个五年计划，这片房子将被拆掉，盖成新楼。这仍然很好，难道说不好吗？但是，接着到了第三个地方、第四个地方，导游说的仍然是那一套，只是神色更加冷漠，脸含冰霜，毫无表情。我们一座新楼也没有看到，只是学了一下苏联的五年计划。我疑团满腹：哪怕是给我们看一座新楼呢，这样不是会更好吗？难道这就叫社会主义吗？

这一位导游女郎最后把我们带到一幢非常富丽堂皇的大楼里面。据说这是十月革命前一位沙皇大臣的官邸，现在是国家旅游总局的招待所。大理石铺地，大理石砌墙，大理石柱子，五光十色，金碧辉煌，天花板上悬挂的玻璃大吊灯，至少有十米长。我仿佛置身于一个神话世界。这里的工作人员，年轻貌美的女郎居多数，个个唇红齿白，十指纤纤，指尖上闪着红光；个个珠光宝气，气度非凡。我刚从荒寒的西伯利亚来到这里，莽莽苍苍的原始森林的影子，还留在脑海中，一旦置身此地，不但像神话世界，简直像太虚幻境了。

其他旅客，有的留在这里吃午饭，花费美元，毫无可疑。我们几个中国学生，应中国驻莫斯科大使馆一位清华同学的邀请，到一家餐馆里去吃饭。这家饭店也十分豪华，我生平第一次品尝到俄国名贵的鱼子酱。其他菜肴也都精美无比。特别是我们这一群在火车上啃了八天干"列巴"的年轻人，见到这样的好饭，简直像饿鬼扑食一般，开怀畅吃。我们究竟吃了多少，谁也没去注意。反正这是我一生最精美、最难忘的一餐，足可以载入史册了。饭后算账，共付三百卢布，约二百美元。我们都非常感激我们这位老同学谢子敦先生。可惜以后，由于风云屡变，我竟没有同他再联系。他还活在人间吗？时间已经逝去半个多世纪，我现在虔心为他祝福！

晚上，我们又回到火车上。同车的外国旅客又聚会了。那一位在火车上索要"开开水"的老太太，还有那一位在满洲里海关上劝我忍耐的老头，都回来了。我问老头，他们在哪里吃的午饭，老头向我狡猾地挤了一挤眼睛，告诉我，他们吃了一顿非常精美而又非常便宜的饭。他看到我大惑不解的神情，低声对我说：他们在哈尔滨时已经在黑市上，用美元换了卢布，同官价相差十几倍。在莫斯科，他们也有路子，能够用美元在黑市上换卢布。因此他们只需花上八个美元，便可以美美地"撮"上一顿。我恍然大悟：这些人都是旅行的老油子，神通广大，无孔不入。然而，事隔半个多世纪以后，那里依然黑市猖獗，这就不能不发人深省了。

一宿无话，夜里不知是在什么时候，火车又开动了。第二天下午，到了苏联与波兰接界的地方，叫斯托尔扑塞（Stolpce），在这里换乘波兰车。晚上过波京华沙。14 日晨四时进入德国境内。

在波兰境内行驶时，上下车的当然都是波兰人。这些人同俄国人有很大的不同，他们衣着比较华丽，态度比较活泼，而且有相当高的外语水平，很多人除了本国话以外，能讲俄语和德语，少数人能讲一点英语。这样一来，我们跟谁都能“明白”了，用不着再像在苏联一样，用手势来说话了。霎时间，车厢里就热闹了起来。波兰人显然对中国人也感兴趣，我们就乱七八糟地用德语和英语交谈起来。不知道是在什么时候，一个年纪很轻的波兰女孩子悄没声地走进了车厢：圆圆的脸庞，两只圆圆的眼睛，晶莹澄澈，天真无邪，环顾了一下四周，找了一个座位，坦然地坐了下来。我们几个中国学生都觉得很有趣，便搭讪着用英语同她交谈，没想到，她竟然会说英语，而且大大方方地回答我们的提问，一点扭捏的态度也没有。我们问她的名字。她说，叫 Wala。这有点像中文里面的“哇啦”。同行的谢家泽立刻大笑起来，嘴里“哇啦！哇啦！”不止。小女孩子显然有点摸不着头脑，圆睁双目，瞪着小谢，脸上惊疑不定。后来我们越谈越热闹，小小的车厢里，充满了笑语声。坐在我身旁的一位中年男子，看了看小女孩子，对我撇了撇嘴，露出一副鄙夷的神情。我大惑不解，我也没有看出，这个小女孩子身上究竟有什么值得鄙夷的地方。这一下子轮到我“丈二和尚，摸不着头脑”了。小女孩子和其他中国学生都根本没有注意到这位中年人的撇嘴，依然谈笑不辍。这时车厢里更加热闹了，颇有点中国古书上所说的“履舄交错”的样子。我不记得，小女孩子什么时候离开了车厢。萍水相聚，转瞬永别。这在人生中时刻都能遇到的情况，不值得大惊小怪。但是同这个波兰小女孩子的萍水相聚，我却怎么也不能忘怀，十年以后，我终于写成了一篇散文《Wala》。

早晨八时，火车到了德国首都柏林。长达十日的长途火车旅行就在这里结束。

初抵柏林

柏林是我这一次万里长途旅行的目的地，是我的留学热的最后归宿，是我旧生命的结束，是我新生命的开始。在我眼中，柏林是一个无比美妙的地方。经过长途劳顿，跋山涉水，我终于来到了。我心里的感觉是异常复杂的，既有兴奋，又有好奇；既有兴会淋漓，又有忐忑不安。从当时不算太发达的中国，一下子来到这里，置身于高耸的楼房之中，漫步于宽敞的长街之上，自己宛如大海中的一滴水。

清华老同学赵九章等，到车站去迎接我们，为我们办理了一切应办的手续，使我们避免了许多麻烦，在离开家乡万里之外，感到故园的温暖。然而也有不太愉快的地方。我在上面提到的敦福堂，在柏林车站上，表演了他最后的一次特技：丢东西。这次丢的东西更是至关重要，丢的是护照。虽然我们同行者都已十分清楚，丢的东西终究会找回来的，但是我们也一时有点担起心来。敦公本人则是双目发直，满脸流汗，翻兜倒衣，搜索枯肠，在车站上的大混乱中，更增添了混乱。等我们办完手续，走出车站，敦公汗已流完，伸手就从裤兜中把那个在国外至关重要的护照掏了出来。他自己莞尔一笑，我们则是啼笑皆非。

老同学把我们先带到康德大街彼得公寓，把行李安顿好，又带我们到中国饭店去吃饭。当时柏林的中国饭馆不是很多，据说只有三家。饭菜还可以，只是价钱太贵。除了大饭店以外，还有一家可以包饭的小馆子。男主人是中国北方人，女主人则是意大利人，两个人的德国话都非常蹩脚。只是服务极为热情周到，能蒸又白又大的中国馒头，菜也炒得很好，价钱又不太贵。所以中国留学生都趋之若鹜，生意非常好。我们初到的几个人却饶有兴趣地探讨另一个问题：店主夫妇二人怎样交流思想呢？都不懂彼此的语言，难道他们都是我上面提到的那一位国民党政府驻意大利大使的信徒，只使用“这个”一个词儿，就能涵盖宇宙、包罗天地吗？

这样的事确实与我们无关，不去管它也罢。我们的当务之急是找到一间房子。德国人是非常务实而又简朴的人民。他们不管是干什么的，一般说来，房子都十分宽敞，有卧室、起居室、客厅、厨房、厕所，有的还有一间客房。在这些房间之外，如果还有余房，则往往出租给外地的或外国的大学生，连待遇优厚的大学教授也不例外。出租的方式非常奇特，不是出租空房间，而是出租房间里的一切东西，桌椅沙发不在话下，连床上的被褥也包括在里面，租赁者不需要带任何行李，面巾、浴巾等，都不需要。房间里的所有的服务工作，铺床叠被，给地板扫除打蜡，都由女主人包办。房客的皮鞋，睡觉前脱下来，放在房门外面，第二天一起床，女主人已经把鞋擦得闪光锃亮了。这些工作，教授夫人都要亲自下手，她们丝毫也没有什么下贱的感觉。德国人之爱清洁，闻名天下。女主人每天一个上午都在忙忙叨叨，擦这擦那，自己屋子里面不必说了，连外面的楼道，都天天打蜡；楼外的人行道，不但打扫，而且打上肥皂来洗刷。室内室外，楼内楼外，任何地方，都是洁无纤尘。

清华老同学汪殿华和他的德国夫人，在夏洛滕堡区的魏玛大街，为我们找到了一间房子，房东名叫罗斯瑙（Rosenau），看长相是一个犹太人。一提到找房子，人们往往会想到老舍早期的几部长篇小说中讲到中国人在英国伦敦找房子的情况，那是非常困难的。如果出租招贴上没有明说可以租给中国人，你就别去问，否则一定会碰钉子。在德国则没有这种情况，在柏林，你可以租到任何房子，只有少数过去中国学生住过的房子是例外。在这里你会受到白眼，遭到闭门羹。个中原因，一想便知，用不着我来啰唆了。

说到犹太人，我必须讲一讲当时犹太人在德国的处境，顺便讲一讲法西斯统治的情况。法西斯头子希特勒于1933年上台。我是1935年到德国的，我一直看到他恶贯满盈，自杀身亡，几乎与他的政权相始终。对德国法西斯政权，我是目击者，是有点发言权的。我初到的时候，柏林的纳粹味还不算太浓，当然已经有了一点。希特勒的相片到处悬挂，卐字旗也随处可见。人们见面时，不像以前那样说一声“早安”、“日安”、“晚安”等；分手时也不说“再见”，而是右手一举，喊一声“希特勒万岁”便能表示一切。我们中国学生，不管在什么地方，到饭馆去吃饭，进商店去买东西，总是一仍旧惯，说我们的“早安”等，出门时说“再见”。有的德国人，看我们是外国人，也用旧方式向我们表示敬意。但是，大多数人仍然喊他们的“万岁”。我们各行其是，互不干扰，并没有遇到什么不如意的事情。根据法西斯圣经——希特勒《我的奋斗》，犹太人和中国人都被列为劣等民族，是人类文化的破坏者，而金黄头发的“北方人”，则被法西斯认为是优秀民族，是人类文化的创造者。可惜的是，据个别人偷偷地告诉我，希特勒自己那一副尊容，他那满头的黑红相间的头发，一点也不“北方”，成为极大的讽刺。不管怎样，中国人在法西斯眼中，反正是劣等民族，同犹太人成为难兄难弟。

在这里，需要讲一点欧洲历史。欧洲许多国家仇视犹太人，由来久矣。有莎士比亚的名剧《威尼斯商人》可以为证。在中世纪，欧洲一些国家就发生过大规模屠杀犹太人的惨剧。在这方面，希特勒只是继承过去的衣钵，他并没有什么发明创造。如果有的话，那就是，他对犹太人进行了“科学的”定性分析。在他那一架政治化学天平上，他能够确定犹太人的“犹太性”，计有百分之百的犹太人，也就是祖父母和父母双方都是犹太人；二分之一犹太人，就是父母双方一方为犹太人；四分之一犹太人，就是祖父母或外祖父母一方为犹太人，其余都是德国人；八分之一等依此类推。这就是纳粹“民族政策”的理论根据。百分之百的犹太人必须迫害，决不手软；二分之一的稍逊；至于四分之一的则是处在政策的临界线上，可以暂时不动；八分之一以下则可以纳入人民内部，不以敌我矛盾论处了。我初到柏林的时候，此项政策大概刚进行了第一阶段，迫害还只限于全犹太人和一部分二分之一者，后来就愈演愈烈了。我的房东可能属于二分之一者，所以能暂时平安。希特勒们这一架特制的天平，能准确到什么程度，我是门外人，不敢多说。但是，德国人素以科学技术蜚声天下，天平想必是可靠的了。

至于德国普通老百姓怎样看待这迫害犹太人的事件，我初来乍到，不敢乱说。德国人总的来说是很可爱的，很淳朴老实的，他们毫无油滑之气，有时候看起来甚至有些笨手笨脚，呆头呆脑。比如说，你到商店里去买东西，店员有时候要找钱。你买了七十五芬尼的东西，付了一马克。若在中国，店员过去用算盘，今天用计算器，或者干脆口中念念有词“三五一十五，三六一十八”，一口气说出了应该找的钱数：二十五芬尼。德国店员什么也不用，他先说七十五芬尼，把五芬尼摆在桌子上，说一声：八十芬尼；然后再摆一个十芬尼，说一声：九十芬尼；最后再摆一个十芬尼，说一声：一马克。于是完了，皆大欢喜。

我还遇到过一件小事，更能说明德国人的老实忠厚。根据我的日记，这件事情发生在 9 月 17 日。我的表坏了，走到大街上一个钟表店去修理，约定第二天去拿。可是我初到柏林，在高楼大厦的莽丛中，在车水马龙的喧闹中，我仿佛变成了初进大观园的刘姥姥，晕头转向，分不出东西南北。第二天，我出去取表的时候，影影绰绰，隐隐约约，记得是这个表店，迈步走了进去。那个店员老头，胖胖的身子，戴一副老花镜，同昨天见的那一个一模一样。我拿出了发票，递给他，他就到玻璃橱里去找我的表，没有。老头有点急了，额头上冒出了汗珠，从眼镜上面射出了目光，看着我，说：“你明天再来一趟吧！”我回到家，心里直念叨这一件事。第二天又去了，表当然找不到。老头更急了，额头上冒出了更多的汗珠，手都有点发抖了。在玻璃橱里翻腾了半天，忽然灵光一闪，好像上帝佑护，他仔细看了看发票，说："这不是我的发票！"我于是也恍然大悟，是我找错了门。这一件小事我曾写过一篇散文《表的喜剧》，收在我的散文集里。

这样的洋相，我还出过不少次，我只说一次。德国人每天只吃一顿热餐，这就是中午。晚饭则只吃面包和香肠、干奶酪等，佐之以热茶。有一天，我到肉食店里去买了点香肠，准备回家去吃晚饭。晚上，我兴致勃勃地泡了一壶红茶，准备美美地吃上一顿。但是，一咬香肠，觉得不是味，原来里面的火腿肉全是生的。我大为气愤，愤愤不平："德国人竟这样戏弄外国人，简直太不像话了，真正岂有此理！"连在梦中，也觉得难咽下这一口气去。第二天一大早，我就到那个肉食店里去，摆出架势，要大兴问罪之师。一位女店员，听了我的申诉，看了看我手中拿的香肠，起初有点大惑不解，继而大笑起来。她告诉我说："在德国，火腿都是生吃的，有时连肉也生吃，而且只有最好最新鲜的肉，才能生吃。"我还有什么话好说呢？自己是一个地道的阿木林。

我到德国来，不是专门来吃香肠的，我是来念书的。要想念好书，必须先学好德语。我在清华学德语，虽然四年得了八个优，其实是张不开嘴的。来到柏林，必须补习德语口语，不再成为哑巴。远东协会的林德（Linde）和罗哈尔（Rochall）博士热心协助，带我到柏林大学的外国学院去，见到校长，他让我念了几句德文，认为满意，就让我参加柏林大学外国留学生德语班的最高班。从此我就成了柏林大学的学生，天天去上课。教授名叫赫姆（Höhm），我从来没有遇到这样好的外语教员。他发音之清晰，讲解之透彻，简直达到了神妙的程度。在9月20日的日记里，我写道："教授名叫Höhm，真讲得太好了，好到不能说。我是第一次听德文讲书，然而没有一句不能懂，并不是我的听的能力大，只是他说得太清楚了。"可见我当时的感受。我上课时，总和乔冠华在一起。我们每天乘城内火车到大学去上课，乐此不疲。

说到乔冠华，我要讲一讲我同他的关系，以及同其他中国留学生中我的熟人的关系，也谈一谈一般中国学生的情况。我同乔是清华同学，他是哲学系，比我高两级。在校时，他经常腋下夹一册又厚又大的德文版黑格尔全集，昂首阔步，旁若无人，徜徉于清华园中。因为不是一个行道，我们虽认识，但并不熟。同被录取为交换研究生，才熟了起来。到了柏林以后，更是天天在一起，几乎形影不离。我们共同上课、吃饭、访友、游玩婉湖（Wansee）和动物园。我们都是书呆子，念念不忘逛旧书铺，颇买了几本好书。他颇有些才气，有一些古典文学的修养。我们很谈得来。有时候闲谈到深夜，有几次就睡在他那里。我们同敦福堂已经几乎断绝了往来，我们同他总有点格格不入。我们同一般的中国留学生也不往来，同这些人更是格格不入，毫无共同的语言。

当时在柏林的中国留学生，人数是相当多的。原因并不复杂，我前面谈到"镀金"问题，到德国来镀的金是24K金，在中国社会上声誉卓著，是抢手货。所以有条件的中国青年趋之若骛。这样的机会，大官儿们和大财主们，是绝不会放过的，他们纷纷把子女派来，反正老子有的是民脂民膏，不愁供不起纨绔子弟们挥霍浪费。蒋介石、宋子文、孔祥熙、冯玉祥、戴传贤、居正，以及许许多多的国民党的大官，无不有子女或亲属在德国，而且几乎都聚集在柏林。因为这里有吃、有喝、有玩、有乐，既不用上学听课，也用不着说德国话。有一部分留德学生，只需要四句简单的德语，就能够供几年之用。早晨起来，见到房东，说一声“早安”就甩手离家，到一个中国饭馆里，洗脸，吃早点，然后打上几圈麻将，就到了吃午饭的时候。午饭后，相约出游。晚饭时回到饭馆。深夜回家，见到房东，说一声“晚安”一天就过去了。再学上一句“谢谢”，加上一句“再见”，语言之功毕矣。我不能说这种人很多，但确实是有，这是事实，无法否认。

我同乔冠华曾到中国饭馆去吃过几次饭。一进门，高声说话的声音，吸溜呼噜喝汤的声音，吃饭呱唧嘴的声音，碗筷碰盘子的声音，汇成了一个大合奏，其势如暴风骤雨，迎面扑来，我仿佛又回到了中国。欧洲人吃饭，都是异常安静的，有时甚至正襟危坐，喝汤绝不许出声，吃饭呱唧嘴更是大忌。我不说，这就是天经地义，但是总能给人以文明的印象，未可厚非。我们的留学生把祖国的这一份国粹，带到了万里之外，无论如何，也让人觉得不舒服。再看一看一些国民党的“衙内”们那种狂傲自大、唯我独尊的神态，听一听他们谈话的内容：吃、喝、玩、乐，甚至玩女人、嫖娼妓等，像我这样的乡下人实在有点受不了。他们眼眶里根本没有像我同乔冠华这样的穷学生，然而我们眼眶里又何尝有这一批卑鄙龌龊的纨绔子弟呢？我们从此再没有进这里中国饭馆的门。

但是，这些“留学生”的故事，却接二连三地向我们耳朵里涌，什么稀奇古怪的事情都有。很多留学生同德国人发生了纠葛，有的要法律解决。既然打官司，就需要律师。德国律师很容易找，但花费太大，于是有识之士应运而生。有一位老留学生，在柏林待得颇有年头了，对柏林的大街小巷，五行八作，都了如指掌，因此绰号叫“柏林土地”，真名反隐而不扬。此公急公好义，据说学的是法律，他公开扬言，要用自己的专业知识，替中国留学生打官司，分文不取，连车马费都自己掏腰包。我好像是没有见到这一位英雄，对他我心里颇有矛盾，一方面钦佩他的义举，一方面又觉得十分奇怪。这个人难道说头脑是正常的吗？

柏林的中国留学生界，情况就是这个样子。10月17日的日记里，我写道：“在没有出国以前，我虽然也知道留学生的泄气，然而终究对他们存着敬畏的观念，觉得他们终究有神圣的地方，尤其是德国留学生。然而现在自己也成了留学生了。在柏林看到不知道有多少中国学生，每人手里提着照相机，一脸满不在乎的神气。谈话，不是怎样去跳舞，就是国内某某人做了科长了，某某做了司长了。不客气地说，我简直还没有看到一个像样的‘人’。到今天我才真知道了留学生的真面目！”这都是原话，我一个字也没有改，从中可见我当时的真实感情。我曾动念头，写一本《新留西外史》。如果这一本书真能写成的话，我相信，它一定会是一部杰作，洛阳纸贵，不卜可知。可惜我在柏林待的时间太短，只有一个多月，致使这一部杰作没能写出来，真要为中国文坛惋惜。

我到德国来念书，柏林只是一个临时站，我还要到别的地方去的。但是，到哪里去呢？德国学术交换处的魏娜（Wiehner），最初打算把我派到东普鲁士的哥尼斯堡（Königsberg）大学去。德国最伟大的古典哲学家康德就在这里担任教授，这当然是一个十分令人神往的地方。但是这地方离柏林较远，比较偏僻，我人地生疏，表示不愿意去。最后，几经磋商，改派我到哥廷根（Göttingen）大学去，我同意了。我因此就想到，人的一生实在非常复杂，因果交互影响。我的老师吴宓先生有两句诗："世事纷纭果造因，错疑微似便成真。"这的确是很有见地的话，是参透了人生真谛才能道出的。如果我当年到了哥尼斯堡，那么我的人生道路就会同今天的截然不同。我不但认识不了西克（Sieg）教授和瓦尔德施米特（Waldschmidt）教授，就连梵文和巴利文也不会去学。这样一个季羡林今天会是什么样子呢？那只有天晓得了。

决定到哥廷根去，这算是大局已定，我心头的一块石头落了地。我到处打听哥廷根的情况，幸遇老学长乐森先生。他正在哥廷根大学读书，现在来柏林办事。他对我详细谈了哥廷根大学的情况，我心中的疑团尽释，大有耳聪目明之感。又在柏林待了一段时间，最后在大学开学前终于离开了柏林。我万万没有想到，此番一去就是七年，没有再回来过。我不喜欢柏林，也不喜欢这里那些成群结队的中国留学生。

第二辑

哥廷根求学

哥廷根

我于 1935 年 10 月 31 日从柏林到了哥廷根。原来只打算住两年，焉知一住就是十年整，住的时间之长，在我的一生中，仅次于济南和北京，成为我的第二故乡。

哥廷根是一个小城，人口只有十万，而流转迁移的大学生有时会到二三万人，是一个典型的大学城。大学已有几百年的历史，德国学术史和文学史上许多显赫的名字，都与这所大学有关。以他们的名字命名的街道，到处都是。让你一进城，就感到洋溢全城的文化气和学术气，仿佛是一个学术乐园，文化净土。

哥廷根素以风景秀丽闻名全德。东面山林密布，一年四季，绿草如茵。即使冬天下了雪，绿草埋在白雪下，依然翠绿如春。此地，冬天不冷，夏天不热，从来没遇到过大风。既无扇子，也无蚊帐，苍蝇、蚊子成了稀有动物。跳蚤、臭虫更是闻所未闻。街道洁净得邪性，你躺在马路上打滚，绝不会沾上任何一点尘土。家家的老太婆用肥皂刷洗人行道，已成为家常便饭。在城区中心，房子都是中世纪的建筑，至少四五层。人们置身其中，仿佛回到了中世纪去。古代的城墙仍然保留着，上面长满了参天的橡树。我在清华念书时，喜欢读德国短命抒情诗人荷尔德林（Hölderlin）的诗歌，他似乎非常喜欢橡树，诗中经常提到它。可是我始终不知道，橡树是什么样子。今天于无意中遇之，喜不自胜。此后，我常常到古城墙上来散步，在橡树的浓阴里，四面寂无人声，我一个人静坐沉思，成为哥廷根十年生活中最有诗意的一件事，至今忆念难忘。

我初到哥廷根时，人地生疏。老学长乐森先生到车站去接我，并且给我安排好了住房。房东姓欧朴尔（Oppel），老夫妇俩，只有一个儿子。儿子大了，到外城去上大学，就把他住的房间租给我。男房东是市政府的一个工程师，一个典型的德国人，老实得连话都不大肯说。女房东大约有五十来岁，是一个典型的德国家庭妇女，受过中等教育，能欣赏德国文学，喜欢德国古典音乐，趣味偏于保守，一提到爵士乐，就满脸鄙夷的神气，冷笑不止。她有德国妇女的一切优点：善良、正直，能体贴人，有同情心。但也有一些小小的不足之处，比如，她有一个最好的朋友，一个寡妇，两个人经常来往。有一回，她这位女友看到她新买的一顶帽子，喜欢得不得了，想照样买上一顶，她就大为不满，对我讲了她对这位女友的许多不满意的话。原来西方妇女——在某些方面，男人也一样——绝对不允许别人戴同样的帽子，穿同样的衣服。这一点我们中国人无论如何也是难以理解的。从这里可以看出，我这位女房东小市民习气颇浓。然而，瑕不掩瑜，她是我生平遇到的最好的妇女之一，善良得像慈母一般。

我就是在这样一个只有一对老夫妇的德国家庭里住了下来，同两位老人晨昏相聚，成为这个家庭的一员，一住就是十年，没有搬过一次家。我在这里先交代这个家庭的一般情况，细节以后还要谈到。

我初到哥廷根时的心情怎样呢？为了真实起见，我抄一段我到哥廷根后第二天的日记：

1935 年 11 月 1 日

终于又来到哥廷根了。这以后，在不安定的漂泊生活里会有一段比较长一点的安定的生活。我平常是喜欢做梦的，而且我还自己把梦涂上种种的彩色。最初我做到德国来的梦，德国是我的天堂，是我的理想国。我幻想德国有金黄色的阳光，有 Wahrheit（真），有 Schönheit（美）。我终于把梦捉住了，我到了德国。然而得到的是失望和空虚，我的一切希望都泡影似的幻化了去。然而，立刻又有新的梦浮起来。我梦想，我在哥廷根，在这比较长一点的安定的生活里，我能读一点书，读点古代有过光荣而这光荣将永远不会消灭的文字。现在又终于到了哥廷根了，我不知道我能不能捉住这梦。其实又有谁能知道呢？

从这一段日记里可以看出，我当时眼前仍然是一片迷茫，还没有找到自己要走的道路。

道路终于找到了

在哥廷根，我要走的道路终于找到了，我指的是梵文的学习。这条道路，我已经走了将近六十年，今后还将走下去，直到不能走路的时候。

这条道路同哥廷根大学是分不开的。因此我在这里要讲讲大学。

我在上面已经对大学介绍了几句，因为，要想介绍哥廷根，就必须介绍大学。我们甚至可以说，哥廷根之所以成为哥廷根，就是因为有这一所大学。这所大学创建于中世纪，至今已有几百年的历史，是欧洲较为古老的大学之一。它共有五个学院：哲学院、理学院、法学院、神学院、医学院。一直没有一座统一的建筑，没有一座统一的大楼。各个学院分布在全城各个角落，研究所更是分散得很，许多大街小巷，都有大学的研究所。学生宿舍更没有大规模的，小部分学生住在各自的学生会中，绝大部分分住在老百姓家中。行政中心叫 Aula，楼下是教学和行政部门，楼上是哥廷根科学院。文法学科上课的地方有两个：一个叫大讲堂（Auditorium），一个叫研究班大楼（Seminar gebäude）。白天，大街上走的人中有一大部分是到各地上课的男女大学生。熙熙攘攘，煞是热闹。

在历史上，大学出过许多名人。德国最伟大的数学家高斯（Gauss），就是这个大学的教授。在高斯以后，这里还出过许多大数学家。从19世纪末起，一直到我去的时候，这里公认是世界数学中心。当时当代最伟大的数学家大卫·希尔伯特（David Hilbert）虽已退休，但还健在。他对中国学生特别友好。我曾在一家书店里遇到过他，他走上前来，跟我打招呼。除了数学以外，理科学科中的物理、化学、天文、气象、地质等，教授阵容都极强大。有几位诺贝尔奖获得者，在这里任教。蜚声全球的化学家A. 温道斯（Windaus）就是其中之一。

文科教授的阵容，同样也是强大的。在德国文学史和学术史上占有重要地位的格林兄弟，都在哥廷根大学待过。他们的童话流行全世界，在中国也可以说是家喻户晓。他们的大字典，一百多年以后才由许多德国专家编纂完成，成为德国语言研究中的一件大事。

哥廷根大学文理科的情况大体就是这样。

在这样一座面积虽不大但对我这样一个异域青年来说仍然像迷宫一样的大学城里，要想找到有关的机构，找到上课的地方，实际上是并不容易的。如果没有人协助、引路，那就会迷失方向。我三生有幸，找到了这样一个引路人，这就是章用。章用的父亲是鼎鼎大名的“老虎总长”章士钊。外祖父是在朝鲜统兵抗日的吴长庆。母亲是吴弱男，曾做过孙中山的秘书，名字见于钱基博的《现代中国文学史》。总之，他出身于世家大族，书香名门。但却同我在柏林见到的那些“衙内”完全不同，一点纨绔习气也没有。他毋宁说是有点孤高自赏，一身书生气。他家学渊源，对中国古典文献有湛深造诣，能写古文，作旧诗，却偏又喜爱数学，于是来到了哥廷根这个世界数学中心，读博士学位。我到的时候，他已经在这里住了五六年，老母吴弱男陪儿子住在这里。哥廷根中国留学生本来只有三四人，章用脾气孤傲，不同他们来往。我因从小喜好杂学，读过不少的中国古典诗词，对文学、艺术、宗教等有自己的一套看法。乐森先生介绍我认识了章用，经过几次短暂的谈话，简直可以说是一见如故，情投意合。他也许认为我同那些言语乏味，面目可憎的中国留学生迥乎不同，所以立即垂青，心心相印。他赠过一首诗：

空谷足音一识君，
相期诗伯苦相熏。
体裁新旧同尝试，
胎息中西沐见闻。
胸宿赋才徕物与，
气嘘大笔发清芬。
千金敝帚孰轻重，
后世凭猜定小文。

可见他的心情。我也认为，像章用这样的人，在柏林中国饭馆里面是绝对找不到的，所以也很乐于同他亲近。章伯母有一次对我说：“你来了以后，章用简直像变了一个人。他平常是绝对不去拜访人的，现在一到你家，就老是不回来。”我初到哥廷根，陪我奔波全城，到大学教务处，到研究所，到市政府，到医生家里，等等，注册选课，办理手续的，就是章用。他穿着那一身黑色的旧大衣，动摇着瘦削不高的身躯，陪我到处走。此情此景，至今宛然如在眼前。

他带我走熟了哥廷根的路，但我自己要走的道路还没能找到。

我在上面提到，初到哥廷根时，就有意学习古代文字。但这只是一种朦朦胧胧的想法，究竟要学习哪一种古文字，自己并不清楚。在柏林时，汪殿华曾劝我学习希腊文和拉丁文，认为这是当时祖国所需要的。到了哥廷根以后，同章用谈到这个问题，他劝我只读希腊文，如果兼读拉丁文，两年时间来不及。在德国中学里，要读八年拉丁文，六年希腊文。文科中学毕业的学生，个个精通这两种欧洲古典语言，我们中国学生完全无法同他们在这方面竞争。我经过初步考虑，听从了他的意见。第一学期选课，就以希腊文为主。德国大学是绝对自由的。只要中学毕业，就可以愿意入哪个大学，就入哪个，不懂什么叫入学考试。入学以后，愿意入哪个系，就入哪个；愿意改系，随时可改；愿意选多少课，选什么课，悉听尊便；学文科的可以选医学、神学的课；也可以只选一门课，或者选十门、八门。上课时，愿意上就上，不愿意上就走；迟到早退，完全自由。从来没有课堂考试。有的课开课时需要教授签字，这叫开课前的报到（Anmeldung），学生就拿课程登记簿（Studienbuch）请教授签；有的在结束时还需要教授签字，这叫课程结束时的教授签字（Abmeldung）。此时，学生与教授可以说是没有多少关系。有的学生，初入大学时，一学年，或者甚至一学期换一个大学。经过几经转学，二三年以后，选中了自己满意的大学，满意的系科，这时才安定住下，同教授接触，请求参加他的研究班，经过一两个研究班，师生互相了解了，教授认为孺子可教，才给博士论文题目。再经过几年努力写作，教授满意了，就举行论文口试答辩，及格后，就能拿到博士学位。在德国，是教授说了算，什么院长、校长、部长都无权干预教授的决定。如果一个学生不想作论文，绝没有人强迫他。只要自己有钱，他可以十年八年地念下去。这就叫作“永恒的学生”（Ewiger Student），是一种全世界所无的稀有动物。

我就是在这样一种绝对自由的气氛中，在第一学期选了希腊文。另外又杂七杂八地选了许多课，每天上课六小时。我的用意是练习听德文，并不想学习什么东西。

我选课虽然以希腊文为主，但是学习情绪时高时低，始终并不坚定，第一堂课印象就不好。1935 年 12 月 5 日日记中写道：

> 上了课，Rabbow 的声音太低，我简直听不懂。他也不问我，如坐针毡，难过极了。下了课走回家来的时候，痛苦啃着我的心——我在哥廷根做的唯一的美丽的梦，就是学希腊文。然而，照今天的样子看来，学希腊文又成了一种绝大的痛苦。我岂不将要一无所成了吗？

日记中这样动摇的记载还有多处，可见信心之不坚。其间，我还自学了一段时间的拉丁文。最有趣的是，有一次自己居然想学古埃及文，心情之混乱可见一斑。

这都说明，我还没有找到要走的路。

至于梵文，我在国内读书时，就曾动过学习的念头。但当时国内没有人教梵文，所以愿望没有能实现。来到哥廷根，认识了一位学冶金学的中国留学生湖南人龙丕炎（范禹），他主攻科技，不知道为什么却学习过两个学期的梵文。我来到时，他已经不学了，就把自己用的施滕茨勒（Stenzler）著的一本梵文语法送给了我。我同章用也谈过学梵文的问题，他鼓励我学。于是，在我选择道路徘徊踟蹰的混乱中，又增加了一层混乱。幸而这混乱只是暂时的，不久就从混乱的阴霾中流露出来了阳光。12 月 16 日日记中写道：

> 我又想到我终于非读 Sanskrit（梵文）不行。中国文化受印度文化的影响太大了。我要对中印文化关系彻底研究一下，或能有所发明。在德国能把想学的几种文字学好，也就不虚此行了，尤其是 Sanskrit，回国后再想学，不但没有那样的机会，也没有那样的人。

第二天的日记中又写道：

> 我又想到 Sanskrit，我左想右想，觉得非学不行。

1936 年 1 月 2 日的日记中写道：

> 仍然决意读 Sanskrit。自己兴趣之易变，使自己都有点吃惊

了。决意读希腊文的时候，自己发誓而且希望，这次不要再变了，而且自己也坚信不会再变了，但终于又变了。我现在仍然发誓而且希望不要再变了，再变下去，会一无所成的。不知道Schicksal（命运）可能允许我这次坚定我的信念吗？

我这次的发誓和希望没有落空，命运允许我坚定了我的信念。

我毕生要走的道路终于找到了，我沿着这一条道路一走走了半个多世纪，一直走到现在，而且还要走下去。

哥廷根实际上是学习梵文最理想的地方。除了上面说到的城市幽静、风光旖旎之外，哥廷根大学有悠久的研究梵文和比较语言学的传统。19 世纪上半叶研究《五卷书》的一个转译本《卡里来和迪木乃》的大家、比较文学史学的创建者本发伊（T. Benfey）就曾在这里任教。19 世纪末弗朗茨·基尔霍恩（Franz Kielhorn）在此地任梵文教授。接替他的是海尔曼·奥尔登堡（Hermann Oldenberg）教授。奥尔登堡教授的继任人是读通吐火罗文残卷的大师西克教授。1935 年，西克退休，瓦尔德施米特接掌梵文讲座，这正是我到哥廷根的时候。被印度学者誉为活着的最伟大的梵文家雅可布·瓦克尔纳格尔（Jakob Wackernagel）曾在比较语言学系任教。真可谓梵学天空，群星灿列。再加上大学图书馆，历史极久，规模极大，藏书极富，名声极高，梵文藏书甲德国，据说都是基尔霍恩从印度搜罗到的。这样的条件，在德国当时，是无与伦比的。

我决心既下，1936 年春季开始的那一学期，我选了梵文。4 月 2 日，我到高斯 - 韦伯楼东方研究所去上第一课。这是一座非常古老的建筑，当年大数学家高斯和大物理学家韦伯（Weber）试验他们发明的电报，就在这座房子里，它因此名扬全球。楼下是埃及学研究室，巴比伦、亚述、阿拉伯文研究室。楼上是斯拉夫语研究室，波斯、土耳其语研究室和梵文研究室。梵文课就在研究室里上。这是瓦尔德施米特教授第一次上课，也是我第一次同他会面。他看起来非常年轻。他是柏林大学梵学大师海因里希·吕德斯（Heinrich Lüders）的学生，是研究新疆出土的梵文佛典残卷的专家，虽然年轻，已经在世界梵文学界颇有名声。可是选梵文课的却只有我一个学生，而且还是外国人。虽然只有一个学生，他仍然认真严肃地讲课，一直讲到四点才下课。这就是我梵文学习的开始。研究所有一个小图书馆，册数不到一万，然而对一个初学者来说，却是应有尽有。最珍贵的是奥尔登堡的那一套上百册的德国和世界各国梵文学者寄给他的论文汇集，分门别类，装订成册，大小不等，语言各异。如果自己去搜集，那是无论如何也不会这样齐全的，因为有的杂志非常冷僻，到大图书馆都不一定能查到。在临街的一面墙上，在镜框里贴着德国梵文学家的照片，有三四十人之多，从中可见德国梵学之盛。这是德国学术界十分值得骄傲的地方。

我从此就天天到这个研究所来。

我从此就找到了我真正想走的道路。

怀念母亲

我一生有两个母亲：一个是生我的那个母亲，一个是我的祖国母亲。

我对这两个母亲怀着同样崇高的敬意和同样真挚的爱慕。

我六岁离开我的生母，到城里去住。中间曾回故乡两次，都是奔丧，只在母亲身边待了几天，仍然回到城里。最后一别八年，在我读大学二年级的时候，母亲弃养，只活了四十多岁。我痛哭了几年，食不下咽，寝不安席，我真想随母亲于地下。我的愿望没能实现，从此我就成了没有母亲的孤儿。一个缺少母爱的孩子，是灵魂不全的人。我怀着不全的灵魂，抱终天之恨。一想到母亲，就泪流不止，数十年如一日。如今到了德国，来到哥廷根这一座孤寂的小城，不知道是为什么，母亲频来入梦。

我的祖国母亲，我这是第一次离开她。离开的时间只有短短几个月，不知道是为什么，我这个母亲也频来入梦。

为了保存当时真实的感情，避免用今天的情感篡改当时的感情，我现在不加叙述，不作描绘，只从初到哥廷根的日记中摘抄几段：

1935 年 11 月 16 日

不久外面就黑起来了。我觉得这黄昏的时候最有意思。我不开灯，只沉默地站在窗前，看暗夜渐渐织上天空，织上对面的屋顶。一切都沉在朦胧的薄暗中。我的心往往在沉静到不能再沉静的氛围里，活动起来。这活动是轻微的，我简直不知道有这样的活动。我想到故乡，故乡里的老朋友，心里有点酸酸的，有点凄凉。然而这凄凉却并不同普通的凄凉一样，是甜蜜的，浓浓的，有说不出的味道，浓浓地糊在心头。

11 月 18 日

从好几天以前，房东太太就向我说，她的儿子今天家来，从学校回家来，她高兴得不得了……但儿子只是不来，她的神色有点沮丧。她又说，晚上还有一趟车，说不定他会来的。我看了她的神气，想到自己的在故乡地下卧着的母亲，我真想哭！我现在才知道，古今中外的母亲都是一样的！

11 月 20 日

我现在还真是想家，想故国，想故国里的朋友。我有时简直想得不能忍耐。

11 月 28 日

我仰在沙发上，听风声在窗外过路。风里夹着雨，天色阴得如黑夜。心里思潮起伏，又想到故国了。

12 月 6 日

近几天来，心情安定多了。以前我真觉得二年太长，同时，在这里无论衣食住行哪一方面都感到不舒服，所以这二年简直似乎无论如何也忍受不下来了。

从初到哥廷根的日记里，我暂时引用这几段。实际上，类似的地方还有不少，从这几段中也可见一斑了。总之，我不想在国外待。一想到我的母亲和祖国母亲，就心潮腾涌，惶惶不可终日，留在国外的念头连影儿都没有。几个月以后，在 1936 年 7 月 11 日，我写了一篇散文，题目叫《寻梦》。开头一段是：

夜里梦到母亲，我哭着醒来。醒来再想捉住这梦的时候，梦却早不知道飞到什么地方去了。

下面描绘在梦里见到母亲的情景。最后一段是：

天哪！连一个清清楚楚的梦都不给我吗？我怅望灰天，在泪光里，幻出母亲的面影。

我在国内的时候，只怀念，也只有可能怀念一个母亲。现在到国外来了，在我的怀念中就增添了一个祖国母亲。这种怀念，在初到哥廷根的时候，异常强烈，以后也没有断过。对这两位母亲的怀念，一直伴随着我度过了在德国的十年，在欧洲的十一年。

二年生活

清华大学与德国学术交换处订的合同，规定学习期限为两年。我原来也只打算在德国住两年。在这期间，我的身份是学生。在德国十年中，这两年的学生生活可以算是一个阶段。

在这两年内，一般说来，生活是比较平静的，没有大风大浪，没有剧烈的震动。希特勒刚上台不几年，德国崇拜他如疯如狂。我认识一个女孩子，年轻貌美。有一次同她偶尔谈到希特勒，她脱口而出："如果我能同希特勒生一个孩子，是我莫大的光荣！"我真是大吃一惊，做梦也没有想到。我没有见过希特勒本人，只是常常从广播中听到他那疯狗般的狂吠声。在德国人中，反对他的微乎其微。他手下那著名的两支队伍：SA（Sturm-Abteilung，冲锋队）和 SS（Schutz-staffel，党卫军），在街上随时可见。前者穿黄制服，我们称之为"黄狗"；后者着黑制服，我们称之为"黑狗"。这黄黑二狗从来没有跟我们中国学生找过麻烦。进商店，会见朋友，你喊你的"希特勒万岁"，我喊我的"早安"、"日安"、"晚安"，各行其是，互不侵犯，井水不犯河水，倒也能和平共处。我们同一般德国人从来不谈政治。

实际上，在当时，无论是在中国，还是在德国，都是处在大风暴的前夕。两年以后，情况就大大地改变了。

这一点我是有所察觉的，不过是无能为力，只好能过一天平静的日子，就过一天，苟全性命于乱世而已。

从表面上来看，市场还很繁荣，食品供应也极充足，限量制度还没有实行，只要有钱，什么都可以买到。我每天早晨在家里吃早点：小面包、牛奶、黄油、干奶酪，佐之以一壶红茶。然后到梵文研究所去，或上课，或学习。中午在外面饭馆里吃。吃完，仍然回到研究所，从来不懂什么睡午觉。下午也是或上课，或学习。晚上六点回家，房东老太太把他们中午吃的热饭菜留一份给我晚上吃。因此我就不必像德国人那样，晚饭只吃面包香肠喝茶了。

就这样，日子过得有条有理，蛮惬意的。

一到星期日，当时住在哥廷根的几个中国留学生：龙丕炎、田德望、王子昌、黄席棠、卢寿枬等就不约而同地到城外山下一片叫作“席勒草坪”的绿草地去会面。这片草地终年绿草如茵，周围古木参天，东面靠山，山上也是树木繁茂，大森林长宽各几十里。山中颇有一些名胜，比如俾斯麦塔，高踞山巅，登临一望，全城尽收眼底。此外还有几处咖啡馆和饭店。我们在席勒草坪会面以后，有时也到山中去游逛，午饭就在山中吃。见到中国人，能说中国话，真觉得其乐无穷，往往是在闲谈笑话中忘记了时间的流逝。等到注意到时间时，已是暝色四合，月出于东山之上了。

至于学习，我仍然是全力以赴。我虽然原定只能留两年，但我仍然做参加博士考试的准备。根据德国的规定，考博士必须读三个系：一个主系，两个副系。我的主系是梵文、巴利文等所谓印度学（Indologie），这是大局已定。关键是在两个副系上，然而这件事又是颇伤脑筋的。当年我在国内患“留学热”而留学一事还渺茫如蓬莱三山的时候，我已经立下大誓：决不写有关中国的博士论文。鲁迅先生说过，有的中国留学生在国外用老子与庄子谋得了博士头衔，令洋人大吃一惊；然而回国后讲的却是康德、黑格尔。我鄙薄这种博士，决不步他们的后尘。现在到了德国，无论主系还是副系，决不同中国学沾边。我听说，有一个学自然科学的留学生，想投机取巧，选了汉学作副系。在口试的时候，汉学教授问的第一个问题是：中国的杜甫与英国的莎士比亚，谁先谁后？中国文学史长达几千年，同屈原等比起来，杜甫是偏后的。而在英国莎士比亚则已算较古的文学家。这位留学生大概就受这种印象的影响，开口便说：“杜甫在后。”汉学教授说：“你落第了！下面的问题不需要再提了。”

谈到口试，我想在这里补充两个小例子，以见德国口试的情况，以及教授的权威。19 世纪末，德国医学泰斗微耳和（Virchow）有一次口试学生，他把一盘子猪肝摆在桌子上，问学生道:“这是什么？”学生瞠目结舌，半天说不出话来，哪里会想到教授会拿猪肝来呢。结果是口试落第。微耳和对他说:“一个医学工作者一定要实事求是，眼前看到什么，就说是什么。连这点本领和勇气都没有，怎能当医生呢？”又一次，也是这位微耳和在口试，他指了指自己的衣服，问：“这是什么颜色？”学生端详了一会儿，郑重答道：“枢密顾问（德国成就卓著的教授的一种荣誉称号）先生！您的衣服曾经是褐色的。”微耳和大笑，立刻说："你及格了！”因为他不大注意穿着，一身衣服穿了十几年，原来的褐色变成黑色了。这两个例子虽小，但是意义却极大。它告诉我们，德国教授是怎样处心积虑地培养学生实事求是不受任何外来影响干扰地观察问题的能力。

回头来谈我的副系问题。我坚决不选汉学，这已是定不可移的了。那么选什么呢？我考虑过英国语言学和德国语言学。后来，又考虑过阿拉伯文，我还真下功夫学了一年阿拉伯文。后来，又觉得不妥，决定放弃。最后选定了英国语言学与斯拉夫语言学。但斯拉夫语言学，不能只学一门俄文。我又加学了南斯拉夫文，从此天下大定。

斯拉夫语研究所也在高斯 - 韦伯楼里面。从那以后，我每天到研究所来，学习一整天。主要精力当然是用到学习梵文和巴利文上。梵文班原先只有我一个学生，大概从第三学期开始，来了两个德国学生：一个是历史系学生，一个是乡村牧师。前者在我来哥廷根以前已经跟西克教授学习过几个学期。等到我第二学年开始时，他来参加，没有另外开班，就在一个班上。我最初对他真是肃然起敬，他是老学生了。然而，过了不久，我就发现，他学习颇为吃力。尽管他在中学时学过希腊文和拉丁文，又懂英文和法文，但是对付这个语法规则烦琐到匪夷所思的程度的梵文，他却束手无策。在课堂上，只要老师一问，他就眼睛发直、口发呆，嗫嗫嚅嚅，说不出话来。一直到第二次世界大战爆发，他被征从军，他始终没能征服梵文。用我的话来说就是，他没有跳过龙门。

我自己学习梵文，也并非一帆风顺。这一种在现在世界上已知的语言中语法最复杂的古代语言，形态变化之丰富，同汉语截然相反，我当然会感到困难。但是，既然已经下定决心要学习，就必然要把它征服。在这两年内，我曾多次暗表决心：一定要跳过这个龙门。

汉学研究所

章用一家走了，1937年到了，我的交换期满了，是我应该回国的时候了。然而，国内七七事变爆发，不久我的家乡山东济南就被日军占领，我断了退路，就同汉学研究所发生了关系。

这个所的历史，我不清楚，我从来也没有想去研究过。汉学虽然也属于东方学的范畴，但并不在高斯-韦伯楼东方研究所内，而是在另外一个地方，在一座大楼里面。楼前有一个大草坪，盖满绿草，有许多株参天的古橡树。整个建筑显得古穆堂皇，颇有一点气派。一进楼门，有极其宽敞高大的过厅，楼梯也是极宽极高，是用木头建成的。这里不见什么人，但是打扫得也是油光锃亮。研究所在二楼，有七八间大房子，一间所长办公室，一间课堂，其余全是藏书室和阅览室。这里藏书之富颇令我吃惊。在这几间大房子里，书架从地板一直高达天花板，全整整齐齐地排满了书，中国书和日本出版的汉籍，占绝大多数，也有几架西文书。里面颇有一些珍贵的古本，我记得有几种明版的小说，即使放在国内图书馆中，也得算作善本书。其中是否有海内孤本，因为我对此道并非行家里手，不敢乱说。这些书是怎样到哥廷根来的，我也没有打听。可能有一些是在中国的传教士带回去的。

所长是古斯塔夫 · 哈隆（Gustav Haloun）教授，是苏台德人，在感情上与其说他是德国人，毋宁说他是捷克人。他反对法西斯，自是意内事。我到哥廷根后不久，章用就带我来看过哈隆。在过去两年内，我们有一些来往，但不很密切。我交换期满的消息传到了他的耳朵里，他主动跟我谈这个问题，问我愿意不愿意留下。我已是有家归不得，正愁没有办法，他的建议自然使我喜出望外。于是交换期一满，我立即受命为汉文讲师。原来我到汉学研究所来是做客，现在我也算是这里的主人了。

哈隆教授为人亲切和蔼，比我约长二十多岁。我到研究所后，我仍然是梵文研究所的博士生，我仍然天天到高斯 - 韦伯楼去学习，我的据点仍然在梵文研究所。但是，既然当了讲师，就有授课的任务，授课地点就在汉学研究所内，我到这里来的机会就多了起来，同哈隆和他夫人见面的机会也就多了起来。我们终于成了无话不谈的知心朋友，也可以说是忘年交吧。哈隆虽然不会说中国话，但汉学的基础是十分雄厚的。他对中国古代文献，比如《老子》、《庄子》之类，是有很高的造诣的。甲骨文尤其是他的拿手好戏，讲起来头头是道，颇有一些极其精辟的见解。他对古代西域史地钻研很深，他的名作《月氏考》蜚声国际士林。他非常关心图书室的建设。闻名欧洲的哥廷根大学图书馆不收藏汉文典籍，所有的汉文书都集中在汉学研究所内。购买汉文书籍的钱好像也由他来支配。我曾经替他写过不少的信，给中国北平琉璃厂和隆福寺的许多旧书店，订购中国古籍。中国古籍也确实源源不断地越过千山万水，寄到研究所内。我曾特别从国内订购虎皮宣，给这些线装书写好书签，贴在上面。结果是整架的蓝封套上都贴上了黄色小条，黄蓝相映，闪出了异样的光芒，给这个研究所增添了无量光彩。

因为哈隆教授在国际汉学界广有名声，他同许多国家的权威汉学家都有来往。又由于哥廷根大学汉学研究所藏书丰富，所以招徕了不少外国汉学家来这里看书。我个人在汉学研究所藏书室里就见到了一些世界知名的汉学家。留给我印象最深的是英国汉学家阿瑟·韦利（Arthur Waley），他以翻译中国古典诗歌蜚声世界。他翻译的唐诗竟然被收入著名的《牛津英国诗选》。这一部《诗选》有点像中国的《唐诗三百首》之类的选本，被选入的诗都是久有定评的不朽名作。韦利翻译的中国唐诗，居然能置身其间，其价值概可想见了，韦利在英国文学界的地位也一清二楚了。

我在这里还见到了德国汉学家奥托·冯·梅兴-黑尔芬（Otto von Mänchen-Helfen）。他正在研究明朝的制漆工艺。有一天，他拿着一部本所的藏书，让我帮他翻译几段。我忘记了书名，只记得纸张印刷都异常古老，白色的宣纸已经变成了淡黄色，说不定就是明版书。我对制漆工艺毫无通解，勉强帮他翻译了一点，自己也不甚了了。但他却连连点头，他因为钻研已久，精于此道，所以一看就明白了。从那一次见面后，再没有见到他过。后来我在一本英国杂志上见到他的名字。此公大概久已移居新大陆，成了美籍德人了。

可能就在七七事变后一两年内，哈隆有一天突然告诉我，他要离开德国到英国剑桥大学，去任汉学教授了。他在德国多年郁郁不得志，大学显然也不重视他，我从没有见到他同什么人来往过。他每天一大早同夫人从家中来到研究所。夫人做点针线活，或看点闲书。他则伏案苦读，就这样一直到深夜才携手回家。在寂寞凄清中，夫妇俩相濡以沫，过的几乎是形单影只的生活。看到这情景，我心里充满了同情。临行前，我同田德望在市政厅地下餐厅为他饯行。他以极其低沉的声调告诉我们，他在哥廷根这么多年，真正的朋友只有我们两个中国人！泪光在他眼里闪动，我此时似乎非常能理解他的心情。他被迫去国，丢下他惨淡经营的图书室，心里是什么滋味，难道还不值得我一洒同情之泪吗？后来，他从英国来信，约我到英国剑桥大学去任教。我回信应允。可是等到我于1946年回国后，亲老、家贫、子幼，我不忍心再离开他们了。我回信说明了情况，哈隆回信，表示理解。我再没有能见到他。他在好多年以前已经去世，岁数也不会太大。一直到现在，我每想到我这位真正的朋友，心内就悲痛不已。

第二次世界大战爆发

一转眼，时间已经到了1939年。

在这以前的两年内，德国的邻国，每年春天一次，秋天一次，患一种奇特的病，称之为“侵略狂”或者“迫害狂”都是可以的，我没有学过医，不敢乱说。到了此时，德国报纸和广播电台就连篇累牍地报道，德国的东西南北四邻中有一个邻居迫害德国人了，挑起争端了，进行挑衅了，说得声泪俱下，气贯长虹。德国人心激动起来了，全国沸腾了。但是接着来的是德国出兵镇压别人，占领了邻居的领土，他们把这种行动叫作“抵抗”，到邻居家里去“抵抗”。德国法西斯有一句名言：“谎言说上一千遍，就变成了真理。”这就是他们新闻政策的灵魂。连我最初都有点相信，德国人不必说了。但是到了下半年，或者第二年的上半年，德国的某一个邻居又患病了，而且患的是同一种病，不由得我不起疑心。德国人聪明绝世，在政治上却幼稚天真如儿童。他们照例又激动起来了，全国又沸腾起来了。结果又有一个邻国倒了霉。

我预感到情况不妙，大有“山雨欲来风满楼”之势了。

事实证明，我的预感是正确的。

1939 年 9 月 1 日，德国的东邻波兰犯了上面说的那种怪“病”，德国“被迫”出兵“抵抗”，没有用很多的时间，波兰的“病”就完全治好了，全国被德军占领。如此接二连三，许多邻国的“病”都被德国治好，国土被他们占领。等到法国的马其诺防线被突破，德军进占巴黎以后，德国的四邻的“病”都已完全被法西斯治好了。我预感，德国又要寻找新的病人了。这个病人不是别的国家，只能是苏联。

事实证明，我的预感又不幸而言中了。

1941 年 6 月 22 日，我早晨一起来，女房东就告诉我，德国同苏联已经开了火。我的日记上写道：“这一招早就料到，却没想到这样快。”这本来应该说是一件天大的事，但是德国人谁也不紧张。原因大概是，最近几年来，几乎每年两次出现这样的事，“司空见惯浑无事”了。我当然更不会紧张。前两天约好同德国朋友苹可斯（Pinks）和格洛斯（Gross）去郊游，照行不误。整整一天，我们乘车坐船，几次渡过小河，在旷野绿林中，步行了几十公里，唱歌，拉手风琴，野餐，玩了个不亦乐乎，尽欢而归。在灯火管制、街灯尽熄的情况下，在黑暗中摸索着走回了家。无论是对我，还是对德国朋友来说，今天早晨德苏宣战的消息，给我们没有留下任何印象。

第一次世界大战爆发时，我刚三岁，什么事情都不知道。后来读了一些关于这方面的书，看到战火蔓延之广，双方搏斗之激烈，伤亡人数之多，财产损失之重，我总想象，这样大的大事开始时一定是惊天地，泣鬼神，上至三十三天，下达十八层地狱，无不震动，无不惊恐，才合乎情理。现在，我竟有幸亲身经历了规模比第一次世界大战要大得多、时间要长得多、伤亡要重得多的第二次世界大战的开端。可是万万没有想到，这一出人类历史上罕见的大戏，开端竟是这样平淡无奇。事后追思，真颇有点失望不过瘾的感觉了。

然而怪事还在后面。

战争既已打响，不管人们多么淡漠，总希望听到进一步的消息：是前进了呢？是后退了呢？是相持不下呢？然而任何消息都没有。23 日没有，24 日没有，25 日没有，26 日没有，27 日仍然没有。到了 28 日，我在日记中写道："东战线的消息，一点都不肯定。我猜想，大概德军不十分得手。"隐含幸灾乐祸之意。然而，在整整沉默了一个礼拜之后，到了又一个礼拜日 29 日，广播却突如其来地活泼，一个早晨就播送了八个"特别广播"：德军已在苏联境内长驱直入，势如破竹。一个"特别广播"报告一个重大胜利。一直表现淡漠的德国人震动起来了，他们如疯似的，山呼"万岁"。而我则气得内心暴跳如雷，一听"特别广播"，神经就极度紧张，浑身发抖，没有办法，就用双手堵住耳朵，心里数着一、二、三、四等，数到一定的程度，心想广播恐已结束；然而一松手，广播喇叭怪叫如故。此时我心中热血沸腾，直冲脑海。晚上需要吃加倍的安眠药，才能勉强入睡。30 日的日记里写道："住下去，恐怕不久就会进疯人院。"

我的失眠症从此进入严重的阶段了。

完成学业尝试回国

精神是苦闷的，形势是严峻的，但是我的学业仍然照常进行。

在我选定的三个系里，学习都算是顺利。主系梵文和巴利文，第一学期，瓦尔德施米特教授讲梵文语法，第二学期就念梵文原著《那罗传》，接着读迦梨陀娑的《云使》等。从第五学期起，就进入真正的 Seminar（讨论班），读中国新疆吐鲁番出土的梵文佛经残卷，这是瓦尔德施米特教授的拿手好戏，他的老师 H. 吕德斯（H. Lüders）和他自己都是这方面的权威。第六学期开始，他同我商量博士论文的题目，最后定为研究《大事》（Mahāvastu）偈陀部分的动词变化。我从此就在上课教课之余，利用一切可利用的时间，啃那厚厚的三大册《大事》。第二次世界大战爆发后不久，我的教授被征从军。已经退休的西克教授，以垂暮之年，出来代替他上课。西克教授真正是诲人不倦，第一次上课他就对我郑重宣布：他要把自己毕生最专长的学问，统统地毫无保留地全部传授给我，一个是《梨俱吠陀》，一个是印度古典语法《大疏》，一个是《十王子传》，最后是吐火罗文，他是读通了吐火罗文的世界大师。就这样，在瓦尔德施米特教授从军期间，我就一方面写论文，一方面跟西克教授上课。学习是顺利的。

一个副系是英国语言学，另一个副系是斯拉夫语言学，我也照常上课，这些课也都是顺利的。

专就博士论文而论，这是学位考试至关重要的一项工作。教授看学生的能力，也主要是通过论文。德国大学对论文要求十分严格，题目一般都不大，但必须有新东西，才能通过。有的中国留学生在德国已经待了六七年，学位始终拿不到，关键就在于论文。章用就是一个例子，一个姓叶的留学生也碰到了相同的命运。我的论文，题目定下来以后，我积极写作，到了 1940 年，已经基本写好。瓦尔德施米特从军期间，西克也对我加以指导。瓦尔德施米特回家休假，我就把论文送给他看。我自己不会打字，帮我打字的是迈耶（Meyer）家的大女儿伊姆加德（Irmgard），一位非常美丽的女孩子。这一年的秋天，我天天晚上到她家去。因为梵文字母拉丁文转写，符号很多，穿靴戴帽，我必须坐在旁边，才不致出错。9 月 13 日，论文打完。事前已经得到瓦尔德施米特的同意。10 月 9 日，把论文交给文学院长戴希格雷贝尔（Deichgräber）教授。德国规矩，院长安排口试的日期，而院长则由最年轻的正教授来担任。戴希格雷贝尔是希腊文、拉丁文教授，是刚被提升为正教授的。按规矩本应该三个系同时口试，但是瓦尔德施米特正值休假回家，不能久等。英文教授勒德尔（Roeder）却有病住院，在 1940 年 12 月 23 日口试时，只有梵文和斯拉夫语言学，英文以后再补。我这一天的日记是这样写的：

早晨五点就醒来。心里只是想到口试，再也睡不着。七点起来，吃过早点，又胡乱看了一阵书，心里极慌。

九点半到大学办公处去。走在路上，像待决的囚徒。十点多开始口试。Prof. Waldschmidt（瓦尔德施米特教授）先问，只有 Prof. Deichgräber（戴希格雷贝尔教授）坐在旁边。Prof. Braun（布劳恩教授）随后才去。主科进行得异常顺利。但当 Prof. Braun 开始问的时候，他让我预备的全没问到。我心里大慌。他的问题极简单，简直都是常识。但我还不能思维，颇呈慌张之相。

十二点下来，心里极难过。此时，及格不及格倒不成问题了。

我考试考了一辈子，没想到在这最后一次考试时，自己竟会这样慌张。第二天的日记：

心绪极乱。自己的论文不但 Prof. Sieg、Prof. Waldschmidt 认为极好，就连 Prof. Kranse 也认为难得，满以为可以做一个很好的考试；但昨天俄文口试实在不佳。我所知道的他全不问，问的全非我所预备的。到现在想起来，心里还极难过。

这可以说是昨天情绪的余波。但是当天晚上：

七点前到 Prof. Waldschmidt 家去，他请我过节（美林按：指圣诞节）。飘着雪花，但不冷。走在路上，心里只是想到昨天考试的结果，我一定要问他一问。一进门，他就向我恭喜，说我的论文是sehr gut（优），印度学（Indologie）sehr gut，斯拉夫语言也是sehr gut。这实在出我意料，心里对Prof. Braun生出了无穷的感激。

他的儿子先拉提琴，随后吃饭。吃完把圣诞树上的蜡烛都点上，喝酒，吃点心，胡乱谈一气。十点半回家，心里仍然想到考试的事情。

到了第二年1941年2月19日，勒德尔教授病愈出院，补英文口试，瓦尔德施米特教授也参加了，我又得了一个sehr gut。连论文加口试，共得了四个sehr gut。我没有给中国人丢脸，可以告慰我亲爱的祖国，也可以告慰母亲在天之灵了。博士考试一幕就此结束。

至于我的博士论文，当时颇引起了一点轰动。轰动主要来自Prof. Krause（克劳泽教授）。他是一位蜚声世界的比较语言学家，是一位非凡的人物，自幼双目失明，但有惊人的记忆力，过耳不忘，像照相机那样准确无误。他掌握了几十种古今的语言，北欧几种语言，他都能说。上课前，只需别人给他念一遍讲稿，他就能几乎是一字不差地讲上两个小时。他也跟西克教授学过吐火罗语，他的大著（《西吐火罗语语法》），被公认为能够跟西克、西克灵（Siegling）、舒尔策（Schulze）的吐火罗语语法媲美。他对我的博士论文中关于语尾-mathe的一段附录，给予了极高的评价，因为据说在古希腊文中有类似的语尾，这种偶合对研究印欧语系比较语言学有突破性的意义。1941年1月14日我的日记中有下列一段话：

Hartmann（哈特曼）去了。他先祝贺我的考试，又说：Prof. Krause 对我的论文赞不绝口，关于 Endung matha（动词语尾 matha）简直可以说是一个重要的发现。他立刻抄了出来，说不定从这里还可以得到有趣的发明。这些话伯恩克(Boehncke)小姐已经告诉过我。我虽然也觉得自己的论文并不坏，但并不以为有什么不得了。这样一来，自己也有点飘飘然起来了。

关于口试和论文，就写这样多。因为这是我留德十年中比较重要的问题，所以写多了。

我为什么非要取得一个博士学位不行呢？其中原因有的同一般人一样，有的则可能迥乎不同。中国近代许多大学者，比如王国维、梁启超、陈寅恪、郭沫若、鲁迅等，都没有什么博士头衔，但都在学术史上有地位。这一点我是知道的。可这些人都是不平凡的天才，博士头衔对他们毫无用处。但我扪心自问，自己并不是这种人，我从不把自己估计过高，我甘愿当一个平凡的人。而一个平凡的人，如果没有金光闪闪的博士头衔，则在抢夺饭碗的搏斗中必然是个失败者。这可以说是动机之一，但是还有之二。我在国内时对某一些趾高气扬不可一世的留学生看不顺眼，窃以为他们也不过在外国炖了几年牛肉，一旦回国，在非留学生面前就摆起谱来了。但自己如果不也是留学生，则一表示不平，就会有人把自己看成一个吃不到葡萄而说葡萄酸的狐狸。我为了不当狐狸，必须出国，而且必须取得博士学位。这个动机，说起来十分可笑，然而却是真实的。多少年来，博士头衔就像一个幻影，飞翔在我的眼前，或近或远，或隐或显。有时候近在眼前，似乎一伸手就可以抓到。有时候又远在天边，可望而不可即。有时候熠熠闪光，有时候又晦暗不明。这使得我时而兴会淋漓，时而又垂头丧气。一个平凡人的心情，就是如此。

现在多年的夙愿终于实现了，我立即又想到自己的国和家。山川信美非吾土，漂泊天涯胡不归。适逢1942年德国政府承认了南京汉奸汪记政府，国民党政府的公使馆被迫撤离，撤到瑞士去。我经过仔细考虑，决定离开德国，先到瑞士去，从那里再设法回国。我的初中同班同学张天麟那时住在柏林，我想去找他，看看有没有办法可想。决心既下，就到我认识的师友家去辞行。大家当然都觉得很可惋惜，我心里也充满了离情别绪。最难过的一关是我的女房东。此时男房东已经故去，儿子结了婚，住在另外一个城市里。我是她身边唯一的一个亲人，她是拿我当儿子来看待的。回忆起来她丈夫逝世的那一个深夜，是我跑到大街上去叩门找医生，回家后又伴她守尸的。如今我一旦离开，五间房子里只剩下她孤身一人，冷冷清清，戚戚惨惨，她如何能忍受得了！她一听到我要走的消息，立刻放声痛哭。我一想到相处七年，风雨同舟，一旦诀别，何日再见？也不禁热泪盈眶了。

到了柏林以后，才知道，到瑞士去并不那么容易。即便到了那里，也难以立即回国。看来只能留在德国了。此时战争已经持续了三年。虽然小的轰炸已经有了一些，但真正大规模的猛烈的轰炸，还没有开始。在柏林，除了食品短缺外，生活看上去还平平静静。大街上仍然是车水马龙，行人熙攘，脸上看不出什么惊慌的神色。我抽空去拜访了大教育心理学家施普兰格尔（E. Spranger）。又到普鲁士科学院去访问西克灵教授，他同西克教授共同读通了吐火罗文。我读他的书已经有些年头了，只是从未晤面。他看上去非常淳朴老实，木讷寡言。在战争声中仍然伏案苦读，是一个典型的德国学者。就这样，我在柏林住了几天，仍然回到了哥廷根，时间是 1942 年 10 月 30 日。

我一回到家，女房东仿佛凭空捡了一只金凤凰，喜出望外。我也仿佛有游子还家的感觉。回国既已无望，我只好随遇而安，丢掉一切不切实际的幻想，同德国共存亡，同女房东共休戚了。

我又恢复了七年来的刻板单调的生活。每天在家里吃过早点，就到高斯 - 韦伯楼梵文研究所去，在那里一直工作到中午。午饭照例在外面饭馆里吃。吃完仍然回到研究所。我现在已经不再是学生，办完了退学手续，专任教员了。我不需要再到处跑着去上课，只是有时到汉学研究所去给德国学生上课。主要精力用在自己读书和写作上。我继续钻研佛教混合梵语，沿着我的博士论文所开辟的道路前进。除了肚子饿和间或有的空袭外，生活极有规律，极为平静。研究所对面就是大学图书馆，我需要的大量的有时甚至极为稀奇古怪的参考书，这里几乎都有，真是一个理想的学习和写作的环境。因此，我的写作成果是极为可观的。在博士后的五年内，我写了几篇相当长的论文，刊登在哥廷根科学院院刊上，自谓每一篇都有新的创见。直到今天，已经过了将近半个世纪，还不断有人引用。这是我毕生学术生活的黄金时期，从那以后再没有过了。

日子虽然过得顺利、平静，但也不能说一点波折都没有。德国法西斯政府承认了汪伪政府，这就影响到我们中国留学生的居留问题：护照到了期，到哪里去请求延长呢？这个护照算是哪一个国家的使馆签发的呢？这是一个事关重大又亟待解决的问题。我同张维等几个还留在哥廷根的中国留学生，严肃地商议了一下，决意到警察局去宣布自己为无国籍者，这在国际法上是可以允许的。所谓“无国籍者”就是对任何国家都没有任何义务，但同时也不受任何国家的保护。其中是有一点风险的，然而事已至此，只好走这一步了。从此我们就变成了像天空中的飞鸟一样的人，看上去非常自由自在，然而任何人都能伤害它。

事实上，并没有任何人伤害我们。在轰炸和饥饿的交相压迫下，我的日子过得还算是平静的。我每天又机械地走过那些我已经走了七年的街道，我熟悉每一座房子，熟悉每一棵树。即使闭上眼睛，我也绝不会走错了路。但是，一到礼拜天，就来了我难过的日子。我仍然习惯于一大清早就到席勒草坪去，脚步不由自主地向那个方向转。席勒草坪风光如故，面貌未改，仍然是绿树四合，芳草含翠。但是，此时我却是形单影只，当年那几个每周必碰头的中国朋友，都已是天各一方，世事两茫茫了。

我感到凄清与孤独。

大轰炸

然而来了大轰炸。

战争已经持续了三四年。最初一两年，英美苏的飞机也曾飞临柏林上空，投掷炸弹。但那时技术水平还相当低，炸弹只能炸坏高层楼房的最上一二层，下面炸不透。因此每一座高楼都有的地下室就成了全楼的防空洞，固若金汤，人们待在里面，不必担忧。即使上面中了弹，地下室也只是摇晃一下而已。德国法西斯头子都是说谎专家、牛皮大王，这一件事他们也不放过。他们在广播里报纸上，嘲弄又加吹嘘，说盟军的飞机是纸糊的，炸弹是木制的，德国的空防系统则是铜墙铁壁。政治上比较天真的德国人民，哗然和唱，全国一片欢腾。

然而曾几何时，盟军的轰炸能力陡然增强。飞来的次数越来越多，每一次飞机的数目也越增越多。不但白天来，夜里也能来。炸弹穿透力量日益提高，由穿透一两层提高到穿透七八层，最后十几层楼也抵挡不住。炸弹由楼顶穿透到地下室，然后爆炸，此时的地下室就再无安全可言了。我离开柏林不久，英国飞机白天从西向东飞，美国飞机晚上从东向西飞，在柏林“铺起了地毯”。所谓“铺地毯”是此时新兴的一个名词，意思是，飞机排成了行列，每隔若干米丢一颗炸弹，前后左右，不留空隙，就像客厅里铺地毯一样。到了此时，法西斯头子王顾左右而言他，以前的牛皮仿佛根本没有吹过，而老实的德国人民也奉陪健忘，再也不提什么纸糊木制了。

哥廷根是个小城，最初盟国飞机没有光临。到了后来，大城市已经炸遍，有的是接二连三地炸，小城市于是也蒙垂青。哥廷根总共被炸过两次，都是极小规模的，铺地毯的光荣没有享受到。这里的人民普遍大意，全城没有修筑一个像样的防空洞。一有警报，就往地下室里钻。灯光管制还是相当严的。每天晚上，在全城一片黑暗中，不时有“Licht aus！”（灭灯！）的呼声喊起，回荡在夜空中，还颇有点诗意哩。有一夜，英国飞机光临了，我根本无动于衷，拥被高卧。后来听到炸弹声就在不远处，楼顶上的窗子已被震碎。我一看不妙，连忙狼狈下楼，钻入地下室里。心里自己念叨着：以后要多加小心了。

第二天早起进城，听到大街小巷都是清扫碎玻璃的哗啦哗啦声。原来是英国飞机开了一个不大不小的玩笑：他们投下的是气爆弹，目的不在伤人，而在震碎全城的玻璃。他们只在东西城门处各投一颗这样的炸弹，全城的玻璃大部分都被气流摧毁了。

万没有想到，我在此时竟碰到一件怪事。我正在哗啦声中沿街前进，走到兵营操场附近，从远处看到一个老头，弯腰屈背，仔细看什么。他手里没有拿着笤帚之类的东西，不像是扫玻璃的。走到跟前，我才认清，原来是德国飞机制造之父、蜚声世界的流体力学权威普兰特尔（Prandtl）教授。我赶忙喊一声："早安，教授先生！"他抬头看到我，也说了声："早安！"他告诉我，他正在看操场周围的一段短墙，看炸弹爆炸引起的气流是怎样摧毁这一段短墙的。他嘴里自言自语："这真是难得的机会！我的流体力学试验室里是无论如何也装配不起来的。"我陡然一惊，立刻又肃然起敬。面对这样一位抵死忠于科学研究的老教授，我还能说些什么呢？

无独有偶。我听说，在南德慕尼黑城，在一天夜里，盟军大批飞机飞临城市上空，来"铺地毯"。正在轰炸高峰时，全城到处起火。人们都纷纷从楼上往楼下地下室或防空洞里逃窜，急急如漏网之鱼。然而独有一个老头却反其道而行之，他是从楼下往楼顶上跑，也是健步如飞，急不可待。他是一位地球物理学教授。他认为，这是极其难得的做实验的机会，在实验室里无论如何也不会有这样的现场：全城震声冲天，地动山摇。头上飞机仍在盘旋，随时可能有炸弹掉在他的头上。然而他全然不顾，宁愿为科学而舍命。对于这样的学者，我又有什么话好说呢？

大轰炸就这样在全国展开。德国人民怎样反应呢？法西斯头子又怎样办呢？每次大轰炸之后，德国人在地下室或防空洞里蹲上半夜，饥寒交迫，担惊受怕，情绪当然不会高。他们天性不会说怪话，至于有否腹诽，我不敢说。此时，法西斯头子立即宣布，被炸城市的居民每人增加"特别分配"一份，咖啡豆若干粒，还有一点别的什么。外国人不在此列。不了解当时德国情况的人，无法想象德国人对咖啡偏爱之深。有一本杂志上有一幅漫画：一只白金戒指，上面镶的不是宝石，不是金刚钻，而是一颗咖啡豆。可见咖啡身价之高。挨过一次炸，正当接近闹情绪的节骨眼上，忽然皇恩浩荡，几粒咖啡豆从天而降，一杯下肚，精神焕发，又大唱德国必胜的滥调了。

在哥廷根第一次被轰炸之后，我再也不敢麻痹大意了。只要警笛一响，我立即躲避。到了后来，英国飞机几乎天天来。用不着再在家里恭候防空警报了。我吃完早点，就带着一个装满稿子的皮包，走上山去，躲避空袭。另外还有几个中国留学生加入了这个队伍，各自携带着认为有价值的东西，走向山中。最奇特的是刘先志和滕莞君两夫妇携带的东西，他们只提着一只篮子，里面装的一非稿子，二非食品，而是一只乌龟。提起此龟，大有来历，还必须解释几句。原来德国由于粮食奇缺，不知道从哪一个被占领的国家运来了一大批乌龟，供人食用。但是德国人吃东西是颇为保守的，对于这一批敢同兔子赛跑的勇士，有点见而生畏，哪里还敢往肚子里填！于是德国政府又大肆宣扬乌龟营养价值之高，引经据典，还不缺少统计图表，证明乌龟肉简直赛过仙丹醍醐。刘氏夫妇在柏林时买了这只乌龟。但看到它笨拙的躯体，灵活的小眼睛，一时慈上心头，不忍下刀，便把它养了起来。又从柏林带到哥廷根，陪我们天天上山，躲避炸弹。我们仰卧在绿草上，看空中英国飞机编队飞过哥廷根上空，一躺往往就是几个小时。在我们身旁绿草丛中，这一只乌龟瞪着小眼睛，迈着缓慢的步子，仿佛想同天空中飞驰的大东西，赛一个你输我赢一般。我们此时顾而乐之，仿佛现在不是乱世，而是乐园净土，天空中带着死亡威胁的飞机的嗡嗡声，霎时间变成了阆苑仙宫的音乐，我们忘掉了周围的一切，有点忘乎所以了。

在饥饿地狱中

同轰炸并驾齐驱的是饥饿。

我初到德国的时候，供应十足充裕，要什么有什么，根本不知饥饿为何物。但是，法西斯头子侵略成性，其实法西斯的本质就是侵略，他们早就扬言：要大炮，不要奶油。在最初，德国人桌子上还摆着奶油，肚子里填满了火腿，根本不了解这句口号的真正意义。于是，全国翕然响应，仿佛他们真不想要奶油了。大概从 1937 年开始，逐渐实行了食品配给制度。最初限量的就是奶油，以后接着是肉类，最后是面包和土豆。到了 1939 年，希特勒悍然发动第二次世界大战，德国人的腰带就一紧再紧了。这一句口号得到了完满的实现。

我虽生也不辰，在国内时还没有真正挨过饿。小时候家里穷，一年至多只能吃两三次白面，但是吃糠咽菜，肚子还是能勉强填饱的。现在到了德国，才真受了“洋罪”。这种“洋罪”是慢慢地感觉到的。我们中国人本来吃肉不多，我们所谓“主食”实际上是西方人的“副食”。黄油从前我们根本不吃，所以在德国人开始沉不住气的时候，我还优哉游哉，处之泰然。但是，到了我的“主食”面包和土豆限量供应的时候，我才感到有点不妙了。黄油失踪以后，取代它的是人造油。这玩意儿放在汤里面，还能呈现出几个油珠儿。但一用来煎东西，则在锅里嗞嗞几声，一缕轻烟，油就烟消云散了。在饭馆里吃饭时，要经过几次思想斗争，从战略观点和全局观点反复考虑之后，才请餐馆服务员（Herr Ober）“煎”掉一两肉票。倘在汤碗里能发现几滴油珠，则必大声唤起同桌者的注意，大家都乐不可支了。

最困难的问题是面包，少且不说，实质更可怕，完全不知道里面掺了什么东西。有人说是鱼粉，无从否认或证实。反正是只要放上一天，第二天便有腥臭味。而且吃了，能在肚子里制造气体。在公共场合出虚恭，俗话就是放屁，在德国被认为是极不礼貌，有失体统的。然而肚子里带着这样的面包去看电影，则在影院里实在难以保持体统。我就曾在看电影时亲耳听到虚恭之声，此伏彼起，东西应和。我不敢耻笑别人，我自己也正在同肚子里过量的气体做殊死斗争，为了保持体面，想把它镇压下去，而终于还以失败告终。

但是也不缺少令人兴奋的事：我打破了纪录，是自己吃饭的纪录。有一天，我同一位德国女士骑自行车下乡，去帮助农民摘苹果。在当时，城里人谁要是同农民有一些联系，别人会垂涎三尺的，其重要意义绝不亚于今天的走后门。这一位女士同一户农民挂上了钩，我们就应邀下乡了。苹果树都不高，只要有一个短梯子，就能照顾全树了。德国苹果品种极多，是本国的主要果品。我们摘了半天，工作结束时，农民送了我一篮子苹果，其中包括几个最优品种的；另外还有五六斤土豆。我大喜过望，跨上了自行车，有如列子御风而行，一路青山绿水看不尽，轻车已过数重山。到了家，把土豆全部煮上，蘸着积存下的白糖，一鼓作气，全吞进肚子，但仍然还没有饱意。

“挨饿”这个词儿，人们说起来，比较轻松。但这些人都是没有真正挨过饿的。我是真正经过饥饿炼狱的人，其中滋味实不足为外人道也。我非常佩服东西方的宗教家们，他们对人情世事真是了解到令人吃惊的程度，在他们的地狱里，饥饿是被列为最折磨人的项目之一。中国也是有地狱的，但却是舶来品，其来源是印度。谈到印度的地狱学，那真是博大精深，蔑以加矣。“死鬼”在梵文中叫Preta，意思是“逝去的人”。到了中国译经和尚的笔下，就译成了“饿鬼”，可见“饥饿”在他们心目中占多么重要的地位。汉译佛典中，关于地狱的描绘，比比皆是。《长阿含经》卷十九《地狱品》的描绘可能是有些代表性的。这里面说，共有八大地狱：第一大地狱名想，其中有十六小地狱：第一小地狱名曰黑沙，二名沸屎，三名五百钉，四名饥，五名渴，六名一铜釜，七名多铜釜，八名石磨，九名脓血，十名量火，十一名灰河，十二名铁丸，十三名钺斧，十四名豺狼，十五名剑树，十六名寒冰。地狱的内容，一看名称就能知道。饥饿在里面占了一个地位。这个饥饿地狱里是什么情况呢？《长阿含经》说：

（饿鬼）到饥饿地狱。狱卒来问：“汝等来此，欲何所求？”报言：“我饿！”狱卒即捉扑热铁上，舒展其身，以铁钩钩口使开，以热铁丸着其口中，焦其唇舌，从咽至腹，通彻下过，无不焦烂。

这当然是印度宗教家的幻想。西方宗教家也有地狱幻想，在但丁的《神曲》里面也有地狱。第六篇，但丁在地狱中看到一个怪物，张开血盆大口，露出长牙。但丁的引导人俯下身子，在地上抓了一把泥土，对准怪物的嘴，投了过去。怪物像狗一样狺狺狂吠，无非是想得到食物。现在嘴里有了东西，就默然无声了。西方的地狱内容实在太单薄，比起东方地狱来，大有小巫见大巫之势了。

为什么东西方宗教家都幻想地狱，而在地狱中又必须忍受饥饿的折磨呢？他们大概都认为饥饿最难忍受，恶人在地狱中必须尝一尝饥饿的滋味。这个问题我且置而不论。不管怎样，我当时实在是正处在饥饿地狱中，如果有人向我嘴里投掷热铁丸或者泥土，为了抑制住难忍的饥饿，我一定会毫不迟疑地不顾一切地把它们吞了下去，至于肚子烧焦不烧焦，就管不了那样多了。

我当时正在读俄文原文的果戈理的《钦差大臣》。在第二幕第一场里，我读到了奥西普躺在主人的床上独白的一段话：

> 现在旅馆老板说啦，前账没有付清就不开饭。可我们要是付不出钱呢？（叹口气）唉，我的天，哪怕有点菜汤喝喝也好呀。我现在恨不得要把整个世界都吞下肚子里去。

这写得何等好呀！果戈理一定挨过饿，不然的话，他无论如何也写不出要把整个世界都吞下去的话来。

长期挨饿的结果是，人们都逐渐瘦了下来。现在有人害怕肥胖，提倡什么减肥，往往费上极大的力量，却不见效果。于是有人说："我就是喝白水，身体还是照样胖起来的。"这话现在也许是对的，但在当时却完全不是这样。我的男房东在战争激烈时因心脏病死去。他原本是一个大胖子，到死的时候，体重已经减轻了二三十公斤，成了一个瘦子了。我自己原来不胖，没有减肥的物质基础。但是饥饿在我身上也留下了伤痕：我失掉了饱的感觉，大概有八年之久。后来到了瑞士，才慢慢恢复过来。此是后话，这里不提了。

山中逸趣

置身饥饿地狱中，上面又有建造地狱时还不可能有的飞机的轰炸，我的日子比地狱中的饿鬼还要苦上十倍。

然而，打一个比喻说，在英雄交响乐的激昂慷慨的乐声中，也不缺少像莫扎特的小夜曲似的情景。

哥廷根的山林就是小夜曲。

哥廷根的山不是怪石嶙峋的高山，这里土多于石，但是确又有山的气势。山顶上的俾斯麦塔高踞群山之巅，在云雾升腾时，在乱云中露出的塔顶，望之也颇有蓬莱仙山之概。

最引人入胜的不是山，而是林。这一片丛林究竟有多大，我住了十年也没能弄清楚，反正走几个小时也走不到尽头。林中主要是白杨和橡树，在中国常见的柳树、榆树、槐树等，似乎没有见过。更引人入胜的是林中的草地。德国冬天不冷，草几乎是全年碧绿。冬天雪很多，在白雪覆盖下，青草也没有睡觉，只要把上面的雪一扒拉，青翠欲滴的草立即显露出来。每到冬春之交时，有白色的小花，德国人管它叫“雪钟儿”，破雪而出，成为报春的象征。再过不久，春天就真的来到了大地上，林中到处开满了繁花，一片锦绣世界了。

到了夏天，雨季来临，哥廷根的雨非常多，从来没听说有什么旱情。本来已经碧绿的草和树木，现在被雨水一浇，更显得浓翠逼人。整个山林，连同其中的草地，都绿成一片，绿色仿佛塞满了寰中，涂满了天地，到处是绿、绿、绿，其他的颜色仿佛一下子都消逝了。雨中的山林，更别有一番风味。连绵不断的雨丝，同浓绿织在一起，形成一张神奇、迷茫的大网。我就常常孤身一人，不带什么伞，也不穿什么雨衣，在这一张覆盖天地的大网中，踽踽独行。除了周围的树木和脚底下的青草以外，仿佛什么东西都没有，我颇有佛祖释迦牟尼的感觉，“天上天下，唯我独尊”了。

一转入秋天，就到了哥廷根山林最美的季节。我曾在《忆章用》一文中描绘过哥城的秋色，受到了朋友的称赞，我索性抄在这里：

> 哥廷根的秋天是美的，美到神秘的境地，令人说不出，也根本想不到去说。有谁见过未来派的画没有？这小城东面的一片山林在秋天就是一幅未来派的画。你抬眼就看到一片耀眼的绚烂。只说黄色，就数不清有多少等级，从淡黄一直到接近棕色的深黄，参差地抹在一片秋林的梢上，里面杂了冬青树的浓绿，这里那里还点缀上一星星鲜红，给这惨淡的秋色涂上一片凄艳。

我想，看到上面这一段描绘，哥城的秋山景色就历历如在目前了。

一到冬天，山林经常为大雪所覆盖。由于温度不低，所以覆盖不会太久就融化了；又由于经常下雪，所以总是有雪覆盖着。上面的山林，一部分依然是绿的，雪下面的小草也仍旧碧绿，上下都有生命在运行着。哥廷根城的生命活力似乎从来没有停息过，即使是在冬天，情况也依然如此。等到冬天一转入春天，生命活力没有什么覆盖了，于是就彰明昭著地腾跃于天地之间了。

哥廷根的四时的情景就是这个样子。

从我来到哥城的第一天起，我就爱上了这山林。等到我堕入饥饿地狱，等到天上的飞机时时刻刻在散布死亡时，只要我一进入这山林，立刻在心中涌起一种安全感。山林确实不能把我的肚皮填饱，但是在饥饿时安全感又特别可贵。山林本身不懂什么饥饿，更用不着什么安全感。当全城人民饥肠辘辘，在英国飞机下心里忐忑不安的时候，山林却依旧郁郁葱葱，“依旧烟笼十里堤”。我真爱这样的山林，这里真成了我的世外桃源了。

我不知道有多少次，一个人到山林里来；也不知道有多少次，同中国留学生或德国朋友一起到山林里来。在我记忆中最难忘记的一次畅游，是同张维和陆士嘉在一起的。这一天，我们的兴致都特别高。我们边走、边谈、边玩，真正是忘路之远近。我们走呀，走呀，已经走到了我们往常走到的最远的界限；但在不知不觉之间就走越了过去，仍然一往直前。越走林越深，根本不见任何游人。路上的青苔越来越厚，是人迹少到的地方。周围一片寂静，只有我们的谈笑声在林中回荡，悠扬，遥远。远处在林深处听到柏叶上有窸窣的声音，抬眼一看，是几只受了惊的梅花鹿，瞪大了两只眼睛，看了我们一会儿，立即一溜烟似的逃到林子的更深处去了。我们最后走到了一个悬崖上，下临深谷，深谷的那一边仍然是无边无际的树林。我们无法走下去，也不想走下去，这里就是我们的天涯海角了。回头走的路上，遇到了雨。躲在大树下，避了一会儿雨。然而雨越下越大，我们只好再往前跑。出我们意料之外，竟然找到了一座木头凉亭，真是避雨的好地方。里面已经先坐着一个德国人，打了一声招呼，我们也就坐下，同是深林躲雨人，相逢何必曾相识。我们没有通名报姓，就上天下地胡谈一通，宛如故友相逢了。

这一次畅游始终留在我的记忆里，至今难忘。山中逸趣，当然不止这一桩。大大小小、琐琐碎碎的事情，还可以写出一大堆来，我现在一律免掉。我写这些东西的目的，是想说明，就是在那种极其困难的环境中，人生乐趣仍然是有的。在任何情况下，人生也绝不会只有痛苦，这就是我悟出的禅机。

烽火连八岁　家书抵亿金

逸趣虽然有，但环境日益险恶，也是不可否认的事实。

随着形势的日益险恶，我的怀乡之情也日益腾涌。这比刚到哥廷根时的怀念母亲之情，其剧烈的程度不可同日而语了。

这种怀乡之情并不是由于受了德国方面的什么刺激而产生的。正相反，看了德国人的沉着冷静的神态，使我颇感到安慰。他们该干什么，就干什么，看不出什么紧张。就拿轰炸来说吧。我原以为，轰炸到了铺地毯的程度，已经是蔑以复加矣。然而不然。原来还有更高的层次。最初，盟军飞机飞临德国上空时，总要拉响警笛的。警笛也有不同的层次，以盟军飞机距离本城的远近来划分。飞机一飞走，警报立即解除。我们都绝对要听从警笛的指挥，不敢稍有违反。在这里也表现出德国人遵守纪律、热爱秩序的特点。但是，到了后来，东线战争毫无进展，德国从四面受到包围。防空能力一度吹嘘得像神话一般，现在则完全垮了台。盟军飞机随时可以飞临上空，也不论白天和夜晚，愿意投弹则投弹；不愿意投弹，则以机关枪向地面扫射。警笛无法拉响，警报无法发出。因为一天二十四小时，时时刻刻都在警报中，警笛已经是英雄无用武之地了。到了此时，我们出门，先抬头看一看天空，天上有飞机，则到街道旁边的房檐下躲一躲。飞机一过，立即出来，该干什么干什么。常常听到人说，什么地方的村庄和牛被敌机上的机关枪扫射了，子弹比平常的枪弹要大得多。听到这些消息，再加上空中的飞机声，然而人们丝毫也不紧张，而有点处之泰然了。

再拿食品来说吧。日益短缺，这自在意料之中，不足为怪。奇怪的倒是德国人，他们也是处之泰然的，不但没有怪话，而且有时还颇有些幽默感。我曾在一张报纸上看到一幅漫画，画的是一家在吃饭。舅舅用叉子叉着一块兔子肉，嘴里连声称赞："真好吃呀！"而坐在对面的小外甥，则低头垂泪。这兔子显然是小孩豢养大的。从城里来的舅舅只知道肉好吃，全然不理解小孩的心情。德国人给人的印象是严肃、认真、淳朴，他们的彻底性是有口皆碑的。他们似乎不像英国人那样欣赏幽默。然而在食品缺乏到可怕的程度的时候，他们居然并不缺少幽默。我提到的这一幅漫画不是一个绝好的证明吗？

德国人这种对待轰炸和饥饿的超然泰然的态度，当然会感染了我。但是我身处异域，离开自己的祖国和亲人有千山万水之遥。比起德国人来，祖国和亲人就在眼前，当然感受完全不同。我是一个"老外"，是在异域受"洋罪"。自己的一些牢骚、一些想法，平常日子无法宣泄，自然而然地就在梦中表现出来。我不是庄子所谓的"至人无梦"的"至人"，我的梦非常多。我的一些希望在梦中肆无忌惮地得到了满足。我梦的最多的是祖国的食品。我这个人素无大志，在食品方面亦然。我从来没有梦到过什么燕窝、鱼翅、猴头、熊掌，这些东西本来就与我缘分不大。我做梦梦到最多的是吃炒花生米和锅饼（北京人叫“锅盔”）。这都是小时候常吃而直到今天耄耋之年仍然经常吃的东西。每天平旦醒来，想到梦中吃的东西，怀乡之情如大海怒涛，奔腾汹涌，无论如何也抑制不住。

此时，大学的情况也真让人触目伤心。大战爆发以后，有几年的时间，男生几乎都被征从军，只剩下了女生，奔走于全城各研究所之间，哥廷根大学变成一个女子大学。无论走进哪一间教室或实验室，都是粉白黛绿，群雌粥粥，仿佛到了女儿国一般。等到战争越过了最高峰逐渐走向结束的时候，从东部俄国前线上送回来了大量的德国伤兵，一部分就来到了哥廷根。这时候，在大街上奔走于全城各研究所之间的，除了女生以外，就是缺胳膊断腿的拄着双拐或单拐，甚至乘坐轮椅的伤残大学生。在上课的大楼中，在洁净明亮的走廊上，拐杖触地的清脆声处处可闻。这种声音回荡在粉白黛绿之间，让人听了，不知应当作何感想。德国的大音乐家还没有哪一个谱过拐声交响乐。我这个外乡人听了，真是欲哭无泪。

同德国伤兵差不多同时涌进哥廷根城的是苏联、波兰、法国等国的俘虏，人数也是很多的。既然是俘虏，最初当然有德国人看管。后来大概是由于俘虏太多，而派来看管的德国男人则又太少了，我看到好多俘虏自由自在地在大街上闲逛。我也曾在郊外农田里碰到过俄国俘虏，没有看管人员，他们就带了锅，在农田挖掘收割剩下的土豆，挖出来，就地解决，找一些树枝，在锅里一煮，就狼吞虎咽地吃开了。他们显然是饿得够呛的。俘虏中是有等级的，苏联和法国俘虏级别似乎高一点，而波兰的战俘和平民，在法西斯眼中是亡国之民，受到严重的侮辱性的歧视，每个人衣襟上必须缝上一个写着 P 字的布条，有如印度的不可接触者，让人一看就能够分别。法显《佛国记》中说是“击木以自异”，在现代德国是“挂条以自异”。有一天，我忽然在一个我每天必须走过的菜园子里，看到一个襟缝 P 字的波兰少女在那里干活，圆圆的面孔，大大的眼睛，非常像八九年前我在波兰火车上碰到的 Wala。难道真会是她吗？我不敢贸然搭话。从此我每天必然看到她在菜地里忙活。“同是天涯沦落人”，我首先想到的就是这一句话。我心里痛苦万端，又是欲哭无泪。经过长期酝酿，我写成了那一篇《Wala》，表达了我的沉痛心情。

我当时的心情就是这个样子。

此时，我同家里早已断了书信。祖国抗日战争的情况也几乎完全不清楚。偶尔从德国方面听到一点消息，由于日本是德国盟国，也是全部谎言。杜甫的诗说：“烽火连三月，家书抵万金。”我想把它改为“烽火连八岁，家书抵亿金”，这样才真能符合我的情况。日日夜夜，不知道有多少事情揪住了我的心。祖国是什么样子了？家里又怎样了？叔父年事已高，家里的经济来源何在？婶母操持这样一个家，也真够她受的。德华带着两个孩子，日子不知是怎样过的？“可怜小儿女，未解忆长安。”我想，他们是能够忆长安的。他们大概知道，自己有一个爸爸在很远很远的地方。家里还有一条名叫“憨子”的小狗，在国内时，我每次从北京回家，一进门就听到汪汪的吠声；但一看到是我，立即摇起了尾巴，憨态可掬。这一切都是我时刻想念的。连院子里那两棵海棠花也时来入梦。这些东西都使我难以摆脱。真正是抑制不住的离愁别恨，数不尽的不眠之夜！

我特别经常想到母亲。初到哥廷根时思念母亲的情景，前面已经谈过了。当我同祖国和家庭完全断掉联系的时候，我思母之情日益强烈。母亲入梦，司空见惯。但可恨的是，即使在梦中看到母亲的面影，也总是模模糊糊的。原因很简单，我的家乡是穷乡僻壤，母亲一生没照过一张相片。我脑海里那一点母亲的影子，是我在十几岁时离开她用眼睛摄取的，是极其不可靠的。可怜我这个失母的孤儿，连在梦中也难以见到母亲的真面目，老天爷不是对我太残酷了吗？

学习吐火罗文

我在前面曾讲到偶然性，我也经常想到偶然性。一个人一生中不能没有偶然性，偶然性能给人招灾，也能给人造福。

我学习吐火罗文，就与偶然性有关。

说句老实话，我到哥廷根以前，没有听说过什么吐火罗文。到了哥廷根以后，读通了吐火罗文的大师西克就在眼前，我也还没有想到学习吐火罗文。原因其实是很简单的，我要学三个系，已经选了那么多课程，学了那么多语言，已经是超负荷了。我是有自知之明的（有时候我觉得过了头），我学外语的才能不能说一点都没有，但是绝非语言天才。我不敢在超负荷上再超负荷。而且我还想到，我是中国人，到了外国，我就代表中国。我学习砸了锅，丢个人的脸是小事，丢国家的脸却是大事，决不能掉以轻心。因此，我随时警告自己：自己的摊子已经铺得够大了，决不能再扩大了。这就是我当时的想法。

但是，正如我在前面已经讲到的，第二次世界大战一爆发，瓦尔德施米特被征从军，西克出来代理他。老人家一定要把自己的拿手好戏统统传给我。他早已越过古稀之年，难道他不知道教书的辛苦吗？难道他不知道在家里颐养天年会更舒服吗？但又为什么这样自找苦吃呢？我猜想，除了个人感情因素之外，他是以学术为天下之公器，想把自己的绝学传授给我这个异域的青年，让印度学和吐火罗学在中国生根开花。难道这里面还有某一些极“左”的先生所说的什么侵略的险恶用心吗？中国佛教史上有不少传法、传授衣钵的佳话，什么半夜里秘密传授，什么有其他弟子嫉妒，等等，我当时都没有碰到，大概是因为时移事迁今非昔比了吧。倒是最近我碰到了一件类似这样的事情。说来话长，不讲也罢。

总之，西克教授提出了要教我吐火罗文，丝毫没有征询意见的意味，他也不留给我任何考虑的余地。他提出了意见，立刻安排时间，马上就要上课。我真是深深地被感动了，除了感激之外，还能有什么话说呢？我下定决心，扩大自己的摊子，“舍命陪君子”了。

能够到哥廷根来跟这一位世界权威学习吐火罗文，是世界上许多学者的共同愿望。多少人因为得不到这样的机会而自怨自艾。我现在是近水楼台，是为许多人所艳羡的，这一点我是非常清楚的。我要是不学，实在是难以理解的。正在西克给我开课的时候，比利时的一位治赫梯文的专家沃尔特·古勿勒（Walter Couvreur）来到哥廷根，想从西克教授治吐火罗文。时机正好，于是一个吐火罗文特别班就开办起来了。大学的课程表上并没有这样一门课，而且只有两个学生，还都是外国人，真是一个特别班。可是西克并不马虎，以他那耄耋之年，每周有几次从城东的家中穿过全城，走到高斯-

韦伯楼来上课。精神矍铄，腰板挺直，不拿手杖，不戴眼镜，他本身简直就是一个奇迹。走这样远的路，却从来没有人陪他。他无儿无女，家里没有人陪，学校里当然更不管这些事。尊老的概念，在西方国家几乎没有。西方社会是实用主义的社会，一个人对社会有用，他就有价值；一旦没用，价值立消。没有人认为其中有什么不妥之处。因此西克教授对自己的处境也就安之若素，处之泰然了。

吐火罗文残卷只有中国新疆才有。原来世界上没有人懂这种语言，是西克和西克灵在比较语言学家 W. 舒尔策（W. Schulze）帮助下读通了的。他们三人合著的《吐火罗语语法》，蜚声全球士林，是这门新学问的经典著作。但是，这一部长达五百一十八页的皇皇巨著，却绝非一般的入门之书，而是异常难读的。它就像是一片原始森林，艰险复杂，歧路极多，没有人引导，自己想钻进去，是极为困难的。读通这一种语言的大师，当然就是最理想的引路人。西克教吐火罗文，用的也是德国的传统方法，这一点我在前面已经谈到过。他根本不讲解语法，而是从直接读原文开始。我们一起头就读他同他的伙伴西克灵共同转写成拉丁字母、连同原卷影印本一起出版的吐火罗文残卷——西克经常称之为“精制品”（Prachtstück）的《福力太子因缘经》。我们自己在下面翻读文法，查索引，译生词；到了课堂上，我同古勿勒轮流译成德文，西克加以纠正。这工作是异常艰苦的。原文残卷残缺不全，没有一页是完整的，连一行完整的都没有，虽然是“精制品”，也只是相对而言，这里缺几个字，那里缺几个音节。不补足就抠不出意思，而补足也只能是以意为之，不一定有很大的把握。结果是西克先生讲得多，我们讲得少。读贝叶残卷，补足所缺的单词或者音节，一整套做法，我就是在吐火罗文课堂上学到的。我学习的兴趣日益浓烈，每周两次上课，我不但不以为苦，有时候甚至有望穿秋水之感了。

不知道为什么原因，我回忆当时的情景，总是同积雪载途的漫长的冬天联系起来。有一天，下课以后，黄昏已经提前降临到人间，因为天阴，又由于灯火管制，大街上已经完全陷入一团黑暗中。我扶着老人走下楼梯，走出大门。十里长街积雪已深，阒无一人。周围静得令人发怵，脚下响起了我们踏雪的声音，眼中闪耀着积雪的银光。好像宇宙间就只剩下我们师徒二人。我怕老师摔倒，紧紧地扶住了他，就这样一直把他送到家。我生平可以回忆值得回忆的事情，多如牛毛。但是这一件小事却牢牢地印在我的记忆里。每一回忆就感到一阵凄清中的温暖，成为我回忆的“保留节目”。然而至今已时移境迁，当时认为是细微小事，今生今世却绝无可能重演了。

同这一件小事相连的，还有一件小事。哥廷根大学的教授们有一个颇为古老的传统：星期六下午，约上二三同好，到山上林中去散步，边走边谈，谈的也多半是学术问题；有时候也有争论，甚至争得面红耳赤。此时大自然的旖旎风光，在这些教授心目中早已不复存在了，他们关心的还是自己的学问。不管怎样，这些教授在林中漫游倦了，也许找一个咖啡馆，坐下喝点什么，吃点什么。然后兴尽回城。有一个星期六的下午，我在山下散步，逢巧遇到西克先生和其他几位教授正要上山，我连忙向他们致敬。西克先生立刻把我叫到眼前，向其他几位介绍说：“他刚通过博士论文答辩，是最优等。”言下颇有点得意之色。我真是既感且愧，我自己那一点学习成绩，实在是微不足道，然而老人竟这样赞誉，真使我不安了。中国唐诗中杨敬之诗:“平生不解藏人善,到处逢人说项斯。”“说项”传为美谈，不意于万里之外的异域见之。除了砥砺之外，我还有什么好说呢？

有一次，我发下宏愿大誓，要给老人增加点营养，给老人一点欢悦。要想做到这一点，只有从自己少得可怜的食品分配中硬挤。我大概有一两个月没有吃奶油，忘记了是从哪里弄到的面粉和贵似金蛋的鸡蛋，以及一斤白糖，到一个最有名的糕点店里，请他们烤一个蛋糕。这无疑是一件极其贵重的礼物，我像捧着一个宝盒一样把蛋糕捧到老教授家里。这显然有点出他意料，他的双手有点颤抖，叫来了老伴，共同接了过去，连“谢谢”二字都说不出来了。这当然会在我腹中饥饿之火上又加上了一把火，然而我心里是愉快的，成为我一生最愉快的回忆之一。

等到美国兵攻入哥廷根以后，炮声一停，我就到西克先生家去看他。他的住房附近落了一颗炮弹，是美军从城西向城东放的。他的夫人告诉我，炮弹爆炸时，他正伏案读有关吐火罗文的书籍，窗子上的玻璃全被炸碎，玻璃片落满了一桌子，他奇迹般地竟然没有受任何一点伤。我听了以后，真不禁后怕起来了。然而对这一位把研读吐火罗文置于性命之上的老人，我的崇敬之情在内心里像大海波涛一样汹涌澎湃起来。西克先生的个人成就，德国学者的辉煌成就，难道是没有原因的吗？从这一件小事中我们可以学习多少东西呢？同其他一些有关西克先生的小事一样，这一件也使我毕生难忘。

我拉拉杂杂地回忆了一些我学习吐火罗文的情况，我把这归之于偶然性。这是对的，但还有点不够全面。偶然性往往与必然性相结合，在这里有没有必然性呢？不管怎样，我总是学了这一种语言，而且把学到的知识带回到中国。尽管我始终没有把吐火罗文当作主业，它只是我的副业，中间还由于种种原因我几乎有三十年没有搞，只是由于另外一个偶然性我才又重理旧业；但是，这一种语言的研究在中国毕竟算生了根，开花结果是必然的结果。一想到这一点，我对我这一位像祖父般的老师的怀念之情和感激之情，便油然而生。

现在西克教授早已离开人世，我自己也年届耄耋，能工作的日子有限了。但是，一想起我的老师西克先生，我的干劲就无限腾涌。中国的吐火罗学，再扩大一点说，中国的印度学，现在可以说是已经奠了基。我们有一批朝气蓬勃的中青年梵文学者，是金克木先生和我的学生和学生的学生，当然也可以说是西克教授和瓦尔德施米特教授学生的学生的学生。他们将肩负起繁荣这一门学问的重任，我深信不疑。一想到这一点，我虽老迈昏庸，又不禁有一股清新的朝气涌上心头。

纳粹的末日——美国兵入城

我在前面多次讲到 1945 年美国兵占领哥廷根以后的事情，好像与时间顺序有违；但是为了把一件事情叙述完整，不得不尔。按顺序来说，现在是叙述美国兵进城的情况了。

时间到了 1945 年春末，战局急转直下。此时，德国方面已经谈不到什么抵抗，只有招架之功，没有还手之力，甚至连还手之力也没有了。一天二十四小时，都是警报期。老百姓盛传，英美飞机不带炸弹了。他们愿意什么时候飞来，就什么时候飞来，从飞机上用机枪扫射。有什么地方一辆牛车被扫中，牛被打得流出了肠子。如此等等，不一而足。但是，从表面上看起来，老百姓并没有惊慌失措，他们还是相当沉着的，只是显然有点麻木。

德国民族是异常勤奋智慧的民族，办事治学一丝不苟的彻底性，名扬世界。他们在短短的一两百年内所创造的文化业绩，彪炳寰中。但是，在政治上，他们的水平却不高。我初到德国的时候，他们受法西斯头子的蛊惑，有点忘乎所以的样子，把自己的前途看成是一条阳关大道，只有玫瑰，没有荆棘。后来来了战争，对他们的想法，似乎没有任何影响。在长期的战争中，他们的情绪有时候昂扬奋发，有时候又低沉抑郁。到了英美和苏联的大军从东西两方面压境的时候，他们似乎感觉到，情况有点不妙了。但是，总起来看，他们的情绪还是平静的。前几年听了所谓“特别报道”而手舞足蹈的情景，现在完完全全看不到了。

在无言中，他们似乎在等待着什么。

他们等待的事情果然到了。这是一个天翻地覆的改变。为了保存当时的真实情况，为了反映我当时真实的思想感情，我干脆抄几天当时的日记，一字不改。这比我现在根据回忆去写，要真实得多、可靠得多了。我个人三天的经历，只能算是极小的一个点；但是一滴水中可以见大海，一颗砂粒中可以见宇宙，一个点中可以见全面，一切都由读者去意会了。

1945 年 4 月 6 日

昨晚到了那 Keller（指种鲜菌的山洞——美林注）里，坐下。他们（指到这里来避难的德国人）都睡起来。我无论如何也睡不着，里面又冷，坐着又无依靠。好久以后，来了 Entwarnung（解除空袭警报）。但他们都不走，所以我也只好陪着，腿冻得像冰，思绪万端，啼笑皆非。外面警笛又作怪，有几次只短短的响一声。于是人们就胡猜起来。有的说是 Alarm（警报），有的说不是。仔细倾耳一听，外面真有飞机。这样一直等到四点多，我们三个人才回到家来。一头躺倒，醒来已经快九点了。刚在吃早点，听到外面飞机声，而且是大的轰炸机。但立刻也就来了 Voralarm（前警报），紧跟着是 Alarm。我们又慌成一团，提了东西就飞跑出去。飞机声震得满山颤动。在那 Keller 外面站了会儿，又听到机声，人们都抢着往里挤。刚进门，哥廷根城就是一片炸弹声。心里想：今天终于轮到了。Keller 里仿佛打雷似的，连木头椅子都震动。有的人跪在地上，有的竟哭了起来。幸而只响了两阵就静了下来。十一点，我惦记着厨房里煮上的热水，就一个人出来回家来。不久也就来了 Vorentwarnung（前解除警报）。吃过早点，生好炉子。以纲（张维）来，立刻就走了。吃过午饭，躺下，没能睡着。又有一次 Voralarm。五点，刚要听消息，又听到飞机声，立刻就来了 Alarm。赶快出去到那 Deckungsgraben（掩体防空壕）外面站了会儿。警报解除，又回来。吃过晚饭，十点来了 Voralarm。自己不想出去，但天空里隔一会儿一架飞机飞过，隔一会儿又一架，一直延续了三个钟头。自己的神经仿佛要爆炸似的。这简直是万剐凌迟的罪。快到两点警报才解除。

1945 年 4 月 7 日

早晨起来，吃过早点，进城去，想买一个面包。走了几家面包店，都没有。后来终于在拥挤之余在一家买到了。出来到伤兵医院去看 Storck，谈了会儿就回家来。天空里盘旋着英美的侦察机。吃过午饭，又来了 Alarm，就出去向那 Pilzkeller（培植蘑菇的山洞）跑。幸而并不严重，不久也就来了 Vorentwarnung。我在太阳地里坐了会儿，只是不敢回家来。一直等到五点多，觉得不会再有什么事情了，才慢慢回家来。刚坐下不久，就听到飞机声，赶快向楼下跑。外面已经响起了炸弹，然后才听到警笛。走到街上，抬头看到天空里成排的飞机。丢过一次炸弹，我就趁空向前跑一段。到了一个 Keller，去避了一次，又往上跑，终于跑到那 Pilzkeller。仍然是一批批炸弹向城里丢。我们所怕的 Grossangriff（大攻击）终于来了。好久以后，外面静下来。我们出来，看到西城车站一带大火，浓烟直升入天空。装弹药的车被击中，汽油车也被击中。大火里子弹声响成一片，真可以说是伟观。八点前回到家来。吃过晚饭，在黑暗里坐了半天，心里极度不安，像热锅上的蚂蚁，终于还是带了东西，上山到那 Pilzkeller 去。

1945 年 4 月 8 日

Keller 里非常冷，围了毯子，坐在那里，只是睡不着。我心里很奇怪，为什么有这样许多人在里面，而且接二连三地往里挤。后来听说，党部已经布告，妇孺都要离开哥廷根。我心里一惊，当然更不会再睡着了。好歹盼到天明，仓促回家吃了点东西，往 Keller 里搬了一批书，又回去。远处炮声响得厉害。Keller 里已经乱成一团。有的说，德国军队要守哥城；有的说，哥城预备投降。蓦地城里响起了五分钟长的警笛，表示敌人已经快进城来。我心里又一惊，自己的命运同哥城的命运，就要在短期内决定了。炮声也觉得挨近了。Keller 前面仓皇跑着德国打散的军队。隔了好久，外面忽然静下来。有的人出去看，已经看到美国坦克车。里面更乱了，谁都不敢出来，怕美国兵开枪。结果我同一位德国太太出来，找到一个美国兵，告诉他这情形。回去通知大家，才陆续出来。我心里很高兴，自己不能制止自己了，跑到一个坦克车前面，同美国兵聊起来。我忘记了这还是战争状态，炮口对着我。回到家已经三点了。忽然想到士心夫妇，以为他们给炸弹炸坏了，因为他们那一带炸得很厉害，又始终没有得到他们的消息。所以饭也吃不下去。不久以纲带了太太同小孩子来。他们的房子被美国兵占据了。同他们谈了谈，心里乱成一团，又快乐，又兴奋，说不出应该怎样好。吃过晚饭，同以纲谈到夜深才睡。

哥廷根就这样被解放了。

上面就是我一个人在关键的三天内写的日记，是一幅简单而朴素的素描。

哥廷根城只是德国的一个点，而这个种植鲜蘑菇的山洞又只是哥廷根城的一个点，我在这个点中更是一个小小的点。这个小点中的众生相，放大了来看，就能代表整个德国的情况。难道不是这样吗？

无论如何，这是一个极大的转折点。从此以后，哥廷根——我相信，德国其他地方也一样——在历史上揭开了新的一页。法西斯彻底完蛋了。他们横行霸道，倒行逆施，气焰万丈，不可一世，而今安在哉！德国普通老百姓对此反应不像我想的那样剧烈。他们很少谈论这个问题。他们好像是当头挨了一棒，似乎清楚，又似乎糊涂；似乎有所反思，又似乎没有；似乎有点在乎，又似乎根本不在乎。给我的总印象是茫然，木然，懵然，默然。一个极端有天才的民族，就这样在一夜之间糊里糊涂地、莫名其妙地沦为战败国，成了任人宰割的民族。不管德国人自己怎样想，我作为一个在德国住了十年、对德国人民怀有深厚感情的外国人，真有点欲哭无泪了。

对我个人来说，人类历史上迄今最残酷的战争，就这样结束了，似乎有点不够意思。我在前面谈到第二次世界大战爆发时，曾经这样说过："可是万万没有想到，这一出人类历史上罕见的大戏，开端竟是这样平平淡淡。"今天大战结束了，结束得竟也是这样平平淡淡。难道历史上许多后代认为是惊天地泣鬼神的大战之类的事件，当时开始与结束都是这样的平平淡淡吗？

但是，对哥廷根的德国人来说，不管他们的反应如何麻木，却绝非平平淡淡，对一部分人还有切肤之痛。在人类历史上，有许多战胜国进入战败国"屠城"的记载，中国就有不少。但是，美国军队进城以后没有"屠城"，而且从表面上看起来还似乎非常文明。我从来没有看到"山姆大叔"在大街上污辱德国人的事情。战胜国与战败国之间的关系，似乎颇为融洽。我也没有看到德国人敌视美国兵，搞什么破坏活动。我看到的倒是一些德国女孩子围着美国大兵转的情景，似乎有一些祥和之气了。

实际上并非完全如此。美国大兵也是有一本账的，他们不知从哪里弄到了一个"卐名单"，哥城的各类纳粹头子都是榜上有名。美国兵就按图索骥，有一天就索到了我住房对门的施米特先生家里。他有一个女儿是纳粹女青年组织的一个 Gau（大区）的头子。先生不在家，他的胖太太慌了神，吓得浑身发抖，来敲门求援。我只好走过去，美国兵大概很出意外，问我是干什么的。我说是中国人，是“盟国”，来帮他当翻译的。美国兵没有再说话，我就当起翻译来。他没有问多少话，态度中正平和，一点没有凶狠的样子。反正胖太太的女儿已经躲了起来，当母亲的只说不知道。讯问也就结束了，从此美国大兵没有再来。

此外，美国兵还占用了一些民房。他们漂洋过海，不远万里而来。进了城，没有适当的营房，就占用德国居民的房子。凡是单独成楼、花园优美的房子，很多都被选中。我的老师瓦尔德施米特教授在城外山下新盖的一幢小楼，也没能逃过美国大兵的“优选”，他们夫妇俩被赶到不知什么地方去暂住，美国一群大兵则昂然住了进去。虽然只不过住了几天，就换防搬走，然而富丽堂皇、古色古香的陈设已经受到了一些破坏。有几把古典式的椅子，平常他们夫妇俩爱如珍宝，轻搬轻放，此时有的竟折断了腿。美国兵搬走后，我到他家里去看。教授先生指给我看，一脸苦笑，没有讲什么话，心中滋味，只能意会。教授夫人则不那么冷静，她告诉我，美国大兵夜里酗酒跳舞，通宵达旦，把楼板跺得震天价响。玲珑苗条的椅子腿焉得不断！老夫妇都没有口出恶言，说明他们很有涵养。然而亡国奴的滋味他们却深深地尝到了，恐怕大出他们的臆断吧。

被占的房子当然不止这一家。在比较紧张的那些日子里，我走在大街上，看街道两旁的比较漂亮的房子，临街的房间，只要开着窗子，就往往看到室内的窗台上，密密麻麻地整整齐齐地排满了大皮靴的鞋底，不是平卧着，而是直立着。当然不是晒靴子，那样靴底不会是直立着。仔细一推究，靴底的后面会有靴子；靴子的后面会有脚丫子；脚丫子后面会有大小腿；大小腿后面会有躯体；到了最后，在躯体后面还会有脑袋，脑袋大概就枕在什么地方。然而此时，“删繁就简三秋树”，把从靴子到脑袋统统删掉了（只有表象如此，当然不会实际删掉），接触我的视线的就只有皮靴底。乍看之下，就先是一愣，忽然顿悟，看了这样洋洋大观的情景，我只有大笑了。

这是美国大兵在那里躺着休息，把脚放到了窗台上。美国兵个个年轻，有的长身玉立，十分英俊。但是总给人以吊儿郎当的印象。他们向军官敬礼，也不像德国兵那样认真严肃，总让人感到嬉皮笑脸，嘻嘻哈哈。据说，他们敬礼也并不十分严格，尉官只给校官以上的敬礼，同级不敬；兵对兵也不敬礼，不管是哪一等。这些都同德国不同。此外，美国兵的大少爷作风和浪费习气，也十分令人吃惊。他们吃饭，罐头食品居多。一罐鸡鱼鸭肉，往往吃了不到一半，就任意往旁边一丢，成了垃圾。给汽车加油，一桶油往往灌不到一半，便不耐烦起来，大皮靴一踢，滚到旁边，桶里的油还汩汩地向外流着，闪出了一丝丝白色的光。更令人吃惊的是他们剪断通信电缆的豪举。美军进城以后，为了通信方便，需要架设电缆。又为了省事起见，自己不竖立电线杆，而是就把电缆挂在或搭在大街两旁的树枝上。最初只有屈指可数的几条，后来大概是由于机关增多，需要量随之大增，电缆的数目也日益增多，有的树枝上竟搭上了十几条几十条，压在一起，黑黑的一大堆。过了不久，美军有的撤走，不再需要电缆通信。按照我的想法，他们似乎应该把厚厚的一大摞电缆，从树枝上一一取下，卷起，运走，到别的地方再用。然而，确实让我大吃一惊，美国大兵不愿意费这个事，又不肯留给德国人使用。他们干脆把电缆在每一棵树上就地剪断。结果是街旁绿树又添奇景：每一棵树的枝头都累累垂垂悬挂着剪断的电缆。电缆，以及我上面谈到的罐头食品和汽油，都是从遥远的美国用飞机或轮船运来的。然而美国这个暴发户大国和它的大少爷士兵们，好像对这一点连想都没有想，他们似乎从来不讲什么节约，大手大脚，挥霍浪费。这同我们中国的传统教育大相径庭，我有什么话好说呢？

在上面我拉拉杂杂地写了美国兵进城和纳粹分子垮台的一些情况。这只是我个人，而且是一个外国人眼中看到、心中想到的。我对德国这样一个伟大的民族素所崇奉，同时又痛恨纳粹分子的倒行逆施。我一方面万万没有想到，在我在德国住了十年之后，能够亲眼看到纳粹的崩溃。这真是三生有幸，去无遗憾了。在另一方面，对德国普通老百姓所受的屈辱又感到伤心。当年德法交恶，德国一时占了上风。法国大文豪阿·都德写了有名的小说《最后一课》，成为世界文学中宣扬爱国主义的名篇。到了今天，物换星移，德国处于下风。沧海桑田，世事变幻之迅速、之不定，令人吃惊。但是，德国竟没有哪一位文豪写出第二篇《最后一课》，是时间来不及呢？还是另有原因呢？又不禁令人感到遗憾了。

盟国

专就我个人以及其他中国留学生而论，我们是应该大大地庆祝一番的。我们从一些没有国籍的“流浪汉”一变而为胜利者盟国的一分子，地位真有天壤之别了。中国古人常以“阶下囚”和“座上客”来比喻这种情况。德国人从来没有把我当作阶下囚来对待，但是座上客现在我却真正变成了。

美国人进城以后不久，我就同张维找到了美国驻军的一个头头，大概是一个校官。我们亮出了我们的身份，立即受到了很好的招待。他同我们素昧平生，一无档案，二无线索。但是他异常和气，只简单地问了几句话，马上拿过来一张纸，刷、刷、刷，大笔一挥，说明我们是 DP（Displaced Person，即由于战争、政治迫害等被迫离开本国的人）。这当然不是事实，我们一进门就告诉他，我们是留学生，这一点他是清楚的。但是在他的笔下，我们却一变而成为 DP。他的用意何在，我们不清楚，我们也没有进行争辩。他叫我们拿着这一张条去找一个法国战俘的头。我们最初根本不知道这葫芦里卖的是什么药，我们遵命去了。原来是一个法国战俘聚居的地方。说老实话，我过去在哥廷根还从来没有注意到有法国战俘。我曾在大街上看到很多走来走去的俄国和波兰俘虏。这些人因为无衣可换，都仍然穿着各自的已经又脏又破的制服，所以一看便知。现在忽然出现了这样多的法国兵，实出我意外。要去探讨研究，我没有那个兴趣和时间，看来也无此必要。反正那个法国俘虏兵的头头连说加比画，用法语告诉我们，以后每天可以到那里去领牛肉。这一举动又出我意外，但是心里是高兴的。当年孔子在齐闻韶，三月不知肉味。我现在在德国只闻机声，大概有三年不知肉味了。如今竟然从天上掉下来了新鲜牛肉，可以大快朵颐，焉得不喜！

但是，就是每天去领牛肉这样一个极其简单的活动，有时候也出点小的“花絮”。有一天我去领肉，领完要走，那一个头头样子的法国兵忽然对我说：

Demain deux jours（明日，两天）

我好久没有听说法语了，一时如丈二和尚，摸不着头脑，瞪大了眼睛，不了解他的意思。那个法国兵又重复说这三个字，口讲指画，显得有点着急。不知道从哪里来的灵感，我一下子明白过来了：明天来领两天的牛肉。我于是也用法语重复他的话，说了三个字：

Demain deux jours

法国兵大笑不止，我拿着牛肉离开时，他还对我说了声 Au revoir（再见），皆大欢喜。

对当时的德国老百姓来说，鲜牛肉简直如宝贝一般。我的女房东也不例外。我一生没有独自吃喝不管别人的习惯。何况是对我那母亲一般的女房东。眼前夫丧子离，只有她孤身一人。我每天领来了牛肉，都由她来烹调。烹调完了，我们就共同享受。就这样过了一段颇为美好的日子。我同张维还拿着那张条子，到哥廷根市政府一个什么机构，领了一张照顾中国人饮食习惯特批大米的条子。从此以后，有吃又有喝，真正成为座上客了。

优胜记略

日子过得还不就这样平淡。借用鲁迅《阿 Q 正传》中的一个提法，我们也还有“优胜记略”。“我们”指的仍然是张维和我。

有一天，不知从哪里传来了消息说，车站附近有一个美军进城时幸逃轰炸的德军罐头食品存贮仓库，里面堆满了牛肉和白糖罐头。现在被打开了，法国俘虏兵在里面忙活着，不知道要干什么。为了满足好奇心，我同张维就赶到那里，想看个究竟。从远处就看到仓库大门外挤满了德国人，男女老幼都有。大门敞开着，有法国兵把守，没有哪个德国人敢向前走一步，只是站在那里围观，好像赶集一样。

我们俩走了走，瞅了瞅，前门实在是无隙可乘，便绕到了后门来。这里冷冷清清，一个人都没有。围墙非常低，还有缺口。我们一点也没犹豫，立即翻身过墙，走到院子里。里面库房林立，大都是平房，看样子像是临时修筑的简易房子，不准备长期使用的。院子里到处都撒满了大米、白糖。据说，在美国兵进城时，俄国和波兰的俘虏兵在这里曾抢掠过一次，米和糖就是他们撒的。现在是美国当局派法国兵来整顿秩序，制止俄波大兵的抢劫。我们在院子里遇到了一个法国人，他领我们上楼去，楼梯上也是白花花一片，不知是盐是糖。他领我们到一间存放牛肉罐头的屋子里，里面罐头堆得像山一般。我们大喜过望。进去以后我正准备往带来的皮包里面装的时候，忽然来了一个穿着破烂军服的法国兵。他问我是干什么的，我连忙拿出随身携带的护照，递给他看。他翻看了一下护照，翻到有法文的那一页，忽然发现没有我的签字，好像捞到了稻草，瞪大了眼睛质问我。我翻到有英文的那一页，我的签名赫然具在，指给他看。他大概只懂法文，可是看到了我的签名，也就无话可说，把护照退还给我，示意我愿意拿什么，就拿什么；愿意拿多少，就拿多少，望望然而去之。我如释重负，把皮包塞满，怀里又抱满，跳出栅栏，走回家去。天热，路远，皮包又重，怀里抱着那些罐头，又不听调度，左滚右动。到家以后，已经汗流浃背了。

只是到了此时，我在喘息之余，才有余裕来检阅自己的战利品。我发现，抱回来的十几二十个罐头中，牛肉罐头居多数，也有一些白糖罐头。牛肉当然极佳，白糖亦殊不劣，在饥饿地狱里待久了的人，对他们来说，这一些无疑都是仙药醍醐，而且都是于无意中得之，其快乐概可想见了。我把这些东西分了分，女房东当然有一份，这不在话下。我的老师们和熟人都送去一份。在当时条件下，这简直比雪中送炭还要得人心，真是皆大欢喜了。

但是，我自己事后回想起来，却有一股抑制不住的后怕。在当时兵荒马乱、哥廷根根本没有政权的情况下，一切法律俱缺，一切道德准绳全无，我们贸然闯进令人羡煞的牛肉林中，法国兵手里是有枪的，我们懵然、木然，而他们却是清醒的。说不定哪一个兵一时心血来潮，一扳枪机，开上一枪，则后果如何不是一清二楚吗？我又焉得不后怕呢？

我的“优胜记略”就是如此。但愿这是我一生中唯一的一次，也是最后的一次。

第三辑

异国的人们

章用一家

我上面屡次提到章用，对他的家世也做了一点简要的介绍。现在集中谈他的一家。

章士钊下台以后，夫妇俩带着三个儿子，到欧洲来留学，就定居在哥廷根。后来章士钊先回国，大儿子章可转赴意大利去就学，三儿子章因到英国去念书。只有二儿子章用留在哥廷根，陪伴母亲。我到哥廷根的时候，情况就是这样，母子二人在这里已经住了几年了。

他们租了一层楼，是在一座小洋楼的顶层，下面两层德国房东自己住。男房东一脸横肉，从来不见笑容，是一个令人见而生厌的人。他有一个退休的老母亲，看样子有七八十岁了，老态龙钟，路都走不动，孤身一人，住在二楼的一间小房子里，母子不在一起吃饭。我拜访章用时，有时候看到她的卧室门外地上摆着一份极其粗粝的饭菜，一点热气都没有。用中国话说就是“连狗都不吃的”。男房东确实养着一条大狼狗，他这条狗不但不吃这样的饭，据说非吃牛肉不行。牛肉吃多了，患了胃病，还要请狗大夫会诊。有一次，老太太病了，我到章家去，一连几天，看到同一份饭摆在房门口，清冷，寂寞，在等候着老太太享用。可惜这时候她大概连床都起不来了。

这是顺便提到的闲话，还是谈主题吧。

章老太太（我同龙丕炎管她叫“章伯母”）是英国留学生，英文蛮好的。她当孙中山的秘书，据说就是管英文的。她崇拜英国，到了五体投地的程度。英国人的傲慢与偏见，她样样俱全。对英文的崇拜，也绝不下于英国人。英国人常以英文自傲，他们认为，口叼雪茄烟而能运用自如的语言，大千世界中只有英文。因此，在西方国家中，最不肯学外国语言的人，就是英国人。而其他国家的人则必须以学习英文为神圣职责。在这方面，章伯母是一个地地道道的英国人。她来德国几年，连一句“早安”、“晚安”都不会说。她每天必须出去买东西，无论有多大本领，多少偏见，她反正无法让德国店员都履行自己的神圣职责。无已，她就手持一本英德文小字典，想买什么东西，先找出英文，下面跟着就是德文，只需用手指头一指，店员就明白了。要买三个或者三斤，再伸出三个手指头。于是这一个买卖活动立即完成，不费吹灰之力，皆大欢喜。

她不肯说德国话，当然更不肯认德国字，德国的花体字母更成了她的眼中钉，这种字母与英法德等国通用的拉丁字母不同，认起来比较麻烦。法西斯锐意提倡花体字，以表示自己的意志超于一切的爱国主义。街名牌子多半改用了这种字母，因此，章伯母就遇到了更大的麻烦。再加上，她识别方向记忆街名的能力低到惊人的水平。在哥廷根住了几年，依然不辨东西南北。有几次出门，走路比较远了一点，结果是找不回家来。

章伯母就是这样一个人。她虽然已年逾花甲，但是却幼稚而单纯，似乎有点不失其赤子之心。在别的方面也有同样的表现，她出身名门大族，自己是留英学生，做过孙中山的秘书，嫁的丈夫又是北洋政府的总长，很自然地养成一种恶性发展的门第优越感。别人也许有这种优越感，但总是想方设法来掩蔽起来，也许还做出一点谦恭下士的伪装。章伯母不懂这一套，她认为自己是“官家”，我们都是“民家”，官民悬隔，有如天壤，泾渭分明，不容混淆。她一开口就是:“我们官家如何如何,你们民家又如何如何。”态度坦率泰然，毫不忸怩。我们听了，最初是吃一大惊，继之是觉得可笑。有时候也来点恶作剧，故意提高了声音说：“你们官家也是用筷子吃饭，用茶杯喝茶吗？”她丝毫也觉察不出我们的用心,继续“官家”、“民家”嚷嚷不休。在这方面，她已修炼得超凡入圣，我辈凡人实在是束手无策。

她儿子章用是很聪明的人，对自己母亲这种举动当然是看不惯的。他是一个沉默寡言的人，又是一个很孝顺的人。他从不打断母亲的话。但是从他那紧蹙的眉头来看，他是很不愉快的。他经常好像是在考虑什么问题，也许是数学问题，也许是什么别的东西。平日家居，大概不大同母亲闲聊。老太太独处危楼，举目无亲，没有任何德国朋友，没有人可以说话，一定是寂寞得难以忍耐。所以一见我们这些“民家”，便喜笑颜开，嘴里连连说着：“我告诉你一件大事！”连气都喘不上来。她所说“大事”，都是屁大的小事。她刺刺不休，话总说不完。但是她一不读书，二不看报，可谈的话题实在有限。往往是三句话过后，就谈章士钊。谈章士钊同她结婚时的情景。章士钊当了大官，但是对待妻子，总以西方礼节为准。上汽车给她开车门，走路挽着她的胳臂，而且满嘴喊 Darling（亲爱的）不止。她自己如坐云端，认为自己是普天之下最幸福的妇女。但是，天有不测风云，有一天，她忽然发现真实情况完全不是这个样子。于是立刻从九天之上的云端坠了下来。适逢章士钊也下了台，于是夫妇俩同儿子们来到了哥廷根。

她谈的有关章士钊的情况，远远不止这一点。为了为贤者讳，我在这里就讲这一些。在将近两年的时间内，她讲丈夫的故事，不知讲了多少遍，有时候绘形绘声，讲得琐细生动之至。这对章用当然更是刺激，他虽然照常是沉默不语，然而眉头却蹙得更加厉害了。

就这样，章伯母欢迎我们到她家去，我自己也愿意去看一看这一位简单天真的老人。我的目的主要是去找章用，听他谈一些问题。他母亲说，我一去，章用就好像变了一个人，脸上有了笑容，话也多了起来。这时，老太太显然也高兴了起来，立刻拿点心，沏龙井茶，还多半要留我吃饭。嘴里一方面讲章士钊，一方面忙前忙后，忙得不可开交。我同章用谈论什么问题，也谈得兴致正浓。有几次，在这样谈话的间隙中，忽然听到楼外雷声如擂鼓。从楼顶上的小玻璃窗子里看出去，天空阴云翻滚，东面山上的丛林被乱云封住，迷蒙成一片，颇感到大自然的威力。但是，我们谈兴不减，稍一注意，就听到大雨敲窗的声音。

这样美好的时光并不很长，可能只有 1936 年一个夏天。一转到 1937 年，章家的国内经济来源出了问题，无力供给在德、英、意三个国家的孩子读书和生活。他们决定，章用先回国去探听探听。章用走了以后，老太太孤身一人留在哥廷根，等候儿子的消息。此时，我同龙丕炎就承担了照看老太太的责任。我们三个人每天在饭馆里一起吃午饭。每天见面时，老太太照例气喘吁吁地说：“我告诉你一件大事！”我们知道，没有什么大事。吃过午饭，送老太太回家，天天如此。后来，章用从国内来了信，经济问题无法解决，章用不能回来了，要老太太也立即回国。我们于是又帮她退房子，收拾东西，办护照，买车船票，忙成一团。就在这样的非常时期，老太太还并没有忘记自己的“官家”身份。她照了相，要我们帮她挑选“标准相”，回国后好送给新闻记者。

老太太终于走了，章用一家在哥廷根长达六七年的生活也终于结束了。章用在德国苦读了六七年，最终也没有能再回德国来，没有能取得博士学位。从此以后，我同他们母子都没有能再见面。章用先在浙江大学教书，抗战军兴，到处播迁，在颠沛流离之中，他没有忘记我，也没有忘记写诗。时常有信给我，有时附上自己的诗。我现在还能记住一些他的诗，比如“常歌建德非吾土，岂意祁门来看山”等。不记得是在哪一年了，他把自己生平写的不算太多的诗全部寄给了我。我不知道，他是怎样考虑的。难道他已经预感到自己肺病缠身，将不久于人世，因而尽早把自己的心血的结晶寄给可靠的朋友，传之其人吗？他的预感是正确的，不久他就在流离播迁中离开人世，只剩下我这个受他重托的人还活在人间。综观章用一生，他是一个寂寞的人，一个孤傲的人，一个落落寡合的人，一个短命的才人。他是把我这个同他仅仅有一年多交谊的人，看作自己唯一的知己的。此境可悲，此情可感！现在茫茫人世，芸芸众生，知道章用，想到章用的人，恐怕只有我一个了。我愈来愈感到，我也失去了一位难得的知己。然而人天悬隔，欲哭无泪，“上穷碧落下黄泉，两处茫茫皆不见”，恐怕我要抱恨终天了。悲夫！

我的老师们

在深切怀念我的两个不在眼前的母亲的同时，在我眼前那一些德国老师，就越发显得亲切可爱了。

在德国老师中同我关系最密切的当然是我的 Doktor-Vater（博士父亲）瓦尔德施米特教授。我同他初次会面的情景，我在前面已经讲了一点。他给我的第一个印象是，他非常年轻。他的年龄确实不算太大，同我见面时，大概还不到四十岁吧。他穿一身厚厚的西装，面孔是孩子似的面孔。我个人认为，他待人还是彬彬有礼的。德国教授多半都有点教授架子，这是他们的社会地位和经济地位所决定的，是不以人的意志为转移的。后来听说，在我以后的他的学生们都认为他很严厉。据说有一位女士把自己的博士论文递给他，他翻看了一会儿，一下子把论文摔到地下，愤怒地说道："Das ist aber alles Mist！（这全是垃圾，全是胡说八道！）"这位小姐从此耿耿于怀，最终离开了哥廷根。

我跟他学了十年，应该说，他从来没有对我发过脾气。他教学很有耐心，梵文语法抠得很细。不这样是不行的，一个字多一个字母或少一个字母，意义方面往往差别很大。我以后自己教学生，也学他的榜样，死抠语法。他的教学法是典型的德国式的。记得是德国 19 世纪的伟大东方语言学家埃瓦尔德（Ewald）说过一句话："教语言比如教游泳，把学生带到游泳池旁，把他往水里一推，不是学会游泳，就是淹死，后者的可能是微乎其微的。"瓦尔德施米特采用的就是这种教学法。第一、二两堂，念一念字母。从第三堂起，就读练习，语法要自己去钻。我最初非常不习惯，准备一堂课，往往要用一天的时间。但是，一个学期四十多堂课，就读完了德国梵文学家施滕茨勒（Stenzler）的教科书，学习了全部异常复杂的梵文文法，还念了大量的从梵文原典中选出来的练习。这个方法是十分成功的。

瓦尔德施米特教授的家庭，最初应该说是十分美满的。夫妇二人，一个上中学的十几岁的儿子。有一段时间，我帮助他翻译汉文佛典，常常到他家去，同他全家一同吃晚饭，然后工作到深夜。餐桌上没有什么人多讲话，安安静静。有一次他笑着对儿子说道："家里来了一个中国客人，你明天大概要在学校里吹嘘一番吧？"看来他家里的气氛是严肃有余，活泼不足。他夫人也是一个不大爱说话的人。

后来，大战一爆发，他自己被征从军，是一个什么军官。不久，他儿子也应征入伍。过了不太久，从 1941 年冬天起，东部战线胶着不进，相持不下，但战斗是异常激烈的。他们的儿子在北欧一个国家阵亡了。我现在已经忘记了，夫妇俩听到这个噩耗时反应如何。按理说，一个独生子幼年战死，他们的伤心可以想见。但是瓦尔德施米特教授是一个十分刚强的人，他在我面前从未表现出伤心的样子，他们夫妇也从未同我谈到此事。然而活泼不足的家庭气氛，从此更增添了寂寞冷清的成分，这是完全可以想象的了。

在瓦尔德施米特被征从军后的第一个冬天，他预订的大剧院的冬季演出票没有退掉。他自己不能观看演出，于是就派我陪伴他夫人观看，每周一次。我吃过晚饭，就去接师母，陪她到剧院。演出有歌剧，有音乐会，有钢琴独奏，有小提琴独奏，等等，演员都是外地或国外来的，都是赫赫有名的人物。剧场里灯火辉煌，灿如白昼；男士们服装笔挺，女士们珠光宝气，一片升平祥和气象。我不记得在演出时遇到空袭，因此不知道敌机飞临上空时场内的情况。但是散场后一走出大门，外面是完完全全的另一个世界，顶天立地的黑暗，由于灯火管制，不见一缕光线。我要在这任何东西都看不到的黑暗中，送师母摸索着走很长的路到山下她的家中。一个人在深夜回家时，万籁俱寂，走在宁静的长街上，只听到自己脚步的声音，跫然而喜。但此时正是乡愁最浓时。

我想到的第二位老师是西克（Sieg）教授。

他的家世，我并不清楚。到他家里，只见到老伴一人，是一个又瘦又小的慈祥的老人。子女或什么亲眷，从来没有见过。看来是一个非常孤寂清冷的家庭，尽管老夫妇情好极笃，相依为命。我见到他时，他已经早越过了古稀之年。他是我平生所遇到的中外各国的老师中对我最爱护、感情最深、期望最大的老师。一直到今天，只要一想到他，我的心立即剧烈地跳动，老泪立刻就流满全脸。他对我传授知识的情况，前面已经讲了一点，后面还要讲到。在这里我只讲我们师徒二人相互间感情深厚的一些情况。为了存真起见，我仍然把我当时的一些日记，一字不改地抄在下面：

1940 年 10 月 13 日

昨天买了一张 Prof. Sieg 的相片，放在桌子上，对着自己。

这位老先生我真不知道应该怎样感激他，他简直有父亲或者祖父一般的慈祥。我一看到他的相片，心里就生出无穷的勇气，觉得自己对梵文应该拼命研究下去，不然简直对不住他。

1941 年 2 月 1 日

五点半出来，到 Prof. Sieg 家里去。他要替我交涉增薪，院长已答应。这真是意外的事。我真不知道应该怎样感谢这位老人家，他对我好得真是无微不至，我永远不会忘记！

原来他发现我生活太清苦，亲自找文学院长，要求增加我的薪水。其实我的薪水是足够用的，只因我枵腹买书，所以就显得清苦了。

1941 年，我一度想设法离开德国回国。我在 10 月 29 日的日记里写道：

十一点半，Prof. Sieg 去上课。下了课后，我同他谈到我要离开德国，他立刻兴奋起来，脸也红了，说话也有点震颤了。他说，他预备将来替我找一个固定的位置，好让我继续在德国住下去，万没想到我居然想走。他劝我无论如何不要走，他要替我设法同 Rektor（大学校长）说，让我得到津贴，好出去休养一下。他简直要流泪的样子。我本来心里还有点迟疑，现在又动摇起来了。一离开德国，谁知道哪一年再能回来，能不能回来？这位像自己父亲一般替自己操心的老人十九是不能再见了。我本来容易动感情，现在更控制不住自己，很想哭上一场。

像这样的情况，日记里还有一些，我不再抄录了。仅仅这三则，我觉得，已经完全能显示出我们之间的关系了。还有一些情况，我在后面谈吐火罗文的学习时再谈，这里暂且打住。

我想到的第三位老师是斯拉夫语言学教授布劳恩（Braun）。他父亲生前在莱比锡大学担任斯拉夫语言学教授，他可以说是家学渊源，能流利地说许多斯拉夫语。我见他时，他年纪还轻，还不是讲座教授。由于年龄关系，他也被征从军。但根本没有上过前线，只是担任翻译，是最高级的翻译。苏联一些高级将领被德军俘虏，希特勒等法西斯头子要亲自审讯，想从中挖取超级秘密。担任翻译的就是布劳恩教授，其任务之重要可想而知。他每逢休假回家的时候，总高兴同我闲聊他当翻译时的一些花絮，很多是德军和苏军内部最高领导层的真实情况。他几次对我说，苏军的大炮特别厉害，德国难望其项背。这是德国方面从来没有透露过的极端机密，给我留下了深刻的印象。

他的家庭十分和美。他有一位年轻的夫人，两个男孩子，大的叫安德烈亚斯，约有五六岁，小的叫斯蒂芬，只有两三岁。斯蒂芬对我特别友好，我一到他家，他就从远处飞跑过来，扑到我的怀里。他母亲教导我说："此时你应该抱住孩子，身子转上两三圈，小孩子最喜欢这玩意！"教授夫人很和气，好像有点愣头愣脑，说话直爽，但有时候没有谱儿。

布劳恩教授的家离我住的地方很近，走两三分钟就能走到。因此，我常到他家里去玩。他有一幅中国古代的刺绣，上面绣着五个大字：时有溪山兴。他要我翻译出来。从此他对汉文产生了兴趣，自己买了一本汉德字典，念唐诗。他把每一个字都查出来，居然也能讲出一些意思。我给他改正，并讲一些语法常识。对汉语的语法结构，他觉得既极怪而又极有理，同他所熟悉的印欧语系语言迥乎不同。他认为，汉语没有形态变化，也可能是优点，它能给读者以极大的联想自由，不像印欧语言那样被形态变化死死地捆住。

他是一个多才多艺的人，擅长油画。有一天，他忽然建议要给我画像。我自然应允了。于是有比较长的一段时间，我天天到他家里去，端端正正地坐在那里，当模特儿。画完了以后，他问我的意见。我对画不是内行，但是觉得画得很像我，因此就很满意了。在科学研究方面，他也表现了他的才艺。他的文章和专著都不算太多，他也不搞德国学派的拿手好戏：语言考据之学。用中国的术语来说，他擅长义理。他有一本讲19世纪沙俄文学的书，就是专从义理方面着眼，把列夫·托尔斯泰和陀思妥耶夫斯基列为两座高峰，而展开论述，极有独特的见解，思想深刻，观察细致，是一部不可多得的著作。可惜似乎没有引起多少注意，我都觉得有寂寞冷落之感。

总之，布劳恩教授在哥廷根大学是颇为不得志的。正教授没有份儿，哥廷根科学院院士更不沾边儿。有一度，他告诉我，斯特拉斯堡大学有一个正教授缺了人，他想去，而且把我也带了去。后来不知为什么，没有实现。一直到四十多年以后我重新访问联邦德国时，我去看他，他才告诉我，他在哥廷根大学终于得到了一个正教授的讲座，他认为可以满意了。然而他已经老了，无复年轻时的潇洒英俊。我一进门他第一句话说是："你晚来了一点，她已经在月前去世了！"我知道他指的是谁，我感到非常悲痛。安德烈亚斯和斯蒂芬都长大了，不在身边。老人看来也是冷清寂寞的。在西方社会中，失掉了实用价值的老人，大多如此。我欲无言了。去年听德国来人说，他已经去世。我谨以心香一瓣，祝愿他永远安息！

我想到的第四位德国老师是冯 · 格林博士（Dr. von Grimm）。据说他是来自俄国的德国人，俄文等于是他的母语。在大学里，他是俄文讲师。大概是因为他从来没有发表过什么学术论文，所以连副教授的头衔都没有。在德国，不管你外语多么到家，只要没有学术著作，就不能成为教授。工龄长了，工资可能很高，名位却不能改变。这一点同中国是很不一样的。中国教授贬值，教授膨胀，由来久矣。这也算是中国的"特色"吧。反正冯 · 格林始终只是讲师。他教我俄文时已经白发苍苍，心里总好像是有一肚子气，终日郁郁寡欢。他只有一个老伴，他们就住在高斯 - 韦伯楼的三楼上，屋子极为简陋。老太太好像终年有病，不大下楼。但心眼极好，听说我患了神经衰弱症，夜里盗汗，特意送给我一个鸡蛋，补养身体。要知道，当时一个鸡蛋抵得上一个元宝，在饿急了的时候，鸡蛋能吃，而元宝则不能。这一番情意，我异常感激。冯 · 格林博士还亲自找到大学医院的内科主任沃尔夫（Wolf）教授，请他给我检查。我到了医院，沃尔夫教授仔仔细细地检查过以后，告诉我，这只是神经衰弱，与肺病毫不相干。这一下子排除了我的一块心病，如获重生。这更增加了我对这两位孤苦伶仃的老人的感激。离开德国以后，没有能再见到他们，想他们早已离开人世了，却永远活在我的心中。

我回想起来的老师当然不限于以上四位，比如阿拉伯文教授冯·素顿（von Soden），英文教授勒德（Roeder）和怀尔德（Wilde），哲学教授海泽（Heyse），艺术史教授菲茨图姆（Vitzthum）侯爵，德文教授麦伊（May），伊朗语教授欣茨（Hinz），等等，我都听过课或有过来往，他们待我亲切和蔼，我都永远不会忘记。我在这里就不一一叙述了。

我的女房东

我在前面已经多次谈到我的女房东欧朴尔太太。

我在这里还要再集中来谈。

我不能不谈她。

我们共同生活了整整十年，共过安乐，也共过患难。在这漫长的时间内，她为我操了不知多少心，她确实像我的母亲一样。回忆起她来，就像回忆一个甜美的梦。

她是一个平平常常的德国妇女。我初到的时候，她大概已有五十岁了，比我大二十五六岁。她没有多少惹人注意的特点，相貌平平常常，衣着平平常常，谈吐平平常常，爱好平平常常，总之是一个非常平常的人。

然而，同她相处的时间越久，便越觉得她在平常中有不平常的地方：她老实，她诚恳，她善良，她和蔼，她不会吹嘘，她不会撒谎。她也有一些小小的偏见与固执，但这些也都是平平常常的，没有什么越轨的地方；这只能增加她的人情味，而决不能相反。同她相处，不必费心机，设提防，一切都自自然然，使人如处和暖的春风中。

她的生活是十分单调的，平凡的。她的天地实际上就只有她的家庭。中国有一句话说：妇女围着锅台转。德国没有什么锅台，只有煤气灶或电气灶。我的女房东也就是围着这样的灶转。每天一起床，先做早点，给她丈夫一份，给我一份。然后就是无尽无休地擦地板，擦楼道，擦大门外面马路旁边的人行道。地板和楼道天天打蜡，打磨得油光锃亮。楼门外的人行道，不光是扫，而且是用肥皂水洗。人坐在地上，绝不会沾上半点尘土。德国人爱清洁，闻名全球。德文里面有一个词儿 Putzteufel，指打扫房间的洁癖，或有这样洁癖的女人。Teufel 的意思是“魔鬼”，Putz 的意思是“打扫”。别的语言中好像没有完全相当的字。我看，我的女房东，同许多德国妇女一样，就是一个不折不扣“清扫魔鬼”。

我在生活方面所有的需要，她一手包下来了。德国人生活习惯同中国人不同。早晨起床后，吃早点，然后去上班；十一点左右，吃自己带去的一片黄油夹香肠或奶酪的面包；下午一点左右吃午饭。这是一天的主餐，吃的都是热汤热菜，主食是土豆。下午四点左右，喝一次茶，吃点饼干之类的东西。晚上七时左右吃晚饭，泡一壶茶或者咖啡，吃凉面包、香肠、火腿、干奶酪，等等。我是一个年轻的穷学生，一无时间，二无钱来摆这个谱儿。我还是中国老习惯，一日三餐。早点在家里吃，一壶茶，两片面包。午饭在外面馆子里或学生食堂里吃，都是热东西。晚上回家，女房东把她们中午吃的热餐给我留下一份。因此，我的晚餐也都是热汤热菜，同德国人不一样，这基本上是中国办法。这都是女房东在了解了中国人的吃饭习惯之后精心安排的。我每天在研究所里工作了一整天之后，回到家来，能够吃上一顿热乎乎的晚饭，心里当然是美滋滋的。对女房东这番情意，我是由衷地感激的。

晚饭以后，我就在家里工作。到了晚上十点左右，女房东进屋来，把我的被子铺好，把被罩拿下来，放到沙发上。这工作其实是非常简单的，我自己尽可以做。但是，女房东却非做不可，当年她儿子住这一间屋子时，她就是天天这样做的。铺好床以后，她就站在那里，同我闲聊。她把一天的经历，原原本本，详详细细，都向我"汇报"。她见了什么人，买了什么东西，碰到了什么事情，到过什么地方，一一细说，有时还绘声绘形，说得眉飞色舞。我无话可答，只能洗耳恭听。她的一些婆婆妈妈的事情，我并不感兴趣。但是，我初到德国时，听说德语的能力都不强。每天晚上上半小时的"听力课"，对我大有帮助。我的女房东实际上成了我的不收费的义务教员。这一点我从来没有对她说，她也永远不会懂的。"汇报"完了以后，照例说一句："夜安！祝你愉快地安眠！"我也说同样的话，然后她退出，回到自己的房间里。我把皮鞋放在门外，明天早晨，她把鞋擦亮。我这一天的活动就算结束了，上床睡觉。

其余许多杂活，比如说洗衣服、洗床单、准备洗澡水，等等，无不由女房东去干。德国被子是鸭绒的，鸭绒没有被固定起来，在被套里面享有绝对的自由活动的权利。我初到德国时，很不习惯，睡下以后，在梦中翻两次身，鸭绒就都活动到被套的一边去，这里绒毛堆积如山，而另一边则只剩下两层薄布，当然就不能御寒，我往往被冻醒。我向女房东一讲，她笑得眼睛里直流泪。她于是细心教我使用鸭绒被的方法。我就像一个小孩子一样，在她的照顾下愉快地生活。

她的家庭看来是非常和睦的，丈夫忠厚老实，一个独生子不在家，老夫妇俩对儿子爱如掌上明珠。我记得，有一段时间，老头月月购买哥廷根的面包和香肠，打起包裹，送到邮局，寄给在达姆施塔特（Darmstadt）高工念书的儿子。老头腿有点毛病，走路一瘸一拐，很不灵便；虽然拿着手杖，仍然非常吃力。可他不辞辛劳，月月如此。后来老夫妇俩出去度假，顺便去看儿子。到儿子的住处大学生宿舍里去，一瞥间，他们看到老头千辛万苦寄来的面包和香肠，却发了霉，干瘪瘪地躺在桌子下面。老头怎样想，不得而知。老太太回家后，在晚上向我“汇报”时，絮絮叨叨地讲到这件事，说她大为吃惊。但是，奇怪的是，老头还是照样拖着两条沉重的腿，把面包和香肠寄走。我不禁想到，“可怜天下父母心”，古今中外之所同。然而儿女对待父母的态度，东西方却不大相同了。章太太的男房东可以为证。我并不提倡愚忠愚孝，但是，即使把父母与子女之间的关系，化为一般人与人之间的关系，像房东儿子的做法不也是有点过分了吗？

女房东心里也是有不平的。

儿子结了婚，住在外城，生了一个小孙女。有一次，全家回家来探望父母。儿媳长得非常漂亮，衣着也十分摩登。但是，女房东对她好像并不热情，对小孙女也并不宠爱。儿媳是年轻人，对好多事情有点马大哈，从中也可以看出德国两代人之间的“代沟”。有一天，儿媳使用手纸过多，把马桶给堵塞了。老太太非常不满意，拉着我到卫生间指给我看。脸上露出了许多怪物相，有愤怒，有轻蔑，有不满，有憎怨。此事她当然不能对儿子讲，连丈夫大概也没有敢讲，茫茫宇宙间她只有对我一个人诉说不平了。

女房东也是有偏见的。

关于戴帽子的偏见，我在前面已经谈过了，这里不再重复。她的偏见不只限于这一点，而且最突出的也不是这一件事。最突出的是宗教偏见。她自己信奉的是耶稣教，对天主教怀有莫名其妙的刻骨的仇恨。世界各地区各民族都毫无例外地有宗教偏见。这种偏见比任何其他偏见都更偏见。欧洲耶稣基督教新旧两派之间的偏见，也是异常突出的。我的女房东没有很高的文化，她的偏见也因而更固执。但她偏偏碰到一个天主教的好人。女房东每个月要雇人洗一次衣服、床单等，承担这项工作的是一个天主教的老处女，年纪比女房东还要大，总有六十多岁了。她没有财产，没有职业，就靠帮人洗衣服为生。人非常老实，一天说不了几句话。却是一个十分虔诚的信徒，每月的收入，除了维持极其简朴的生活以外，全都交给教堂。她大概希望百年之后能够在虚无缥缈的天堂里占一个角落吧。女房东经常对我说："特雷莎（Therese）忠诚得像黄金一样。"特雷莎是她的名字。但是，忠诚归忠诚，一提到宗教，女房东就愤愤不平。晚上向我"汇报"时，对她也时有微词，具体的例子却从来没有听说过。

我的女房东就是这样一个有不平、有偏见、有自己的与宇宙大局、世界大局和国家大局无关的小忧愁、小烦恼，有这样那样的特点的平平常常的人，但却是一个心地善良、厚道、不会玩弄任何花招的平常人。

她的一生也是颇为坎坷的，走的并非都是阳关大道。据她自己说，第一次世界大战前，德国人家里普遍都有金子，她家里也一样。大战一结束，德国发了疯似的通货膨胀，把她的一点点黄金都膨胀光了，成了无金阶级。到了第二次世界大战，她只是靠工资过日子。她对政治不感兴趣，她从来不赞扬希特勒，当然更不懂去反对他。由于种族偏见，犹太人她是反对的，但也说不上是“积极分子”，只是随大流而已。她在乡下没有关系户，食品同我一样短缺。在大战中间，她丈夫饿得从一个大胖子变成一个瘦子，终于离开了人世。老两口一生和睦相处，我从来没有听到他们俩拌过嘴，吵过架。老头一死，只剩下她孤零一人。儿子极少回来，屋子里空荡荡的。她心里是什么滋味，我不知道。从表面上来看，她只能同我这一个异邦的青年相依为命了。

战争到了接近尾声的时候，日子越来越难过。不但食品短缺，连燃料也无法弄到。哥廷根市政府俯顺民情，决定让居民到山上去砍伐树木。在这里也可以看到德国人办事之细致、之有条不紊、之遵守法纪。政府工作人员在茫茫的林海中划出了一个可以砍伐的地区，把区内的树逐一检查，可以砍伐者画上红圈。砍伐没有红圈的树，要受到处罚。女房东家里没有劳动力，我当然当仁不让，陪她上山，砍了一天树，运下山来，运到一个木匠家里，用机器截成短段，然后运回家来，贮存在地下室里，供取暖之用。由于那一个木匠态度非常坏，我看不下去，同他吵了一架。他过后到我家来，表示歉意。我觉得，这不过是小事一端，一笑置之而已。

我的女房东是一个平常人，当然不能免俗。当年德国社会中非常重视学衔，说话必须称呼对方的头衔。对方是教授，必须呼之为“教授先生”；对方是博士，必须呼之为“博士先生”。不这样，就显得有点不礼貌。女房东当然不会是例外。我通过了博士口试以后，当天晚上“汇报”时，她突然笑着问我：“我从今以后是不是要叫你‘博士先生’？”我真是大吃一惊，是我万万没有想到的。我连忙说：“完全没有必要！”她也不再坚持，仍然照旧叫我“季先生”，我称她为“欧朴尔太太”，相安无事。

一想到我的母亲般的女房东，我就回忆联翩。在漫长的十年中，我们晨夕相处，从来没有任何矛盾。值得回忆的事情实在太多太多了，即使回忆困难时期的情景，这回忆也仍然是甜蜜的。这些回忆一时是写不完的，因此我也就不再写下去了。

离开德国以后，在瑞士停留期间，我曾给女房东写过几次信。回国以后，在北平，我费了千辛万苦，弄到了一罐美国咖啡，大喜若狂。我知道，她同许多德国人一样，嗜咖啡若命。我连忙跑到邮局，把邮包寄走，期望它能越过千山万水，送到老太太手中，让她在孤苦伶仃的生活中获得一点喜悦。我不记得收到了她的回信。到了 50 年代，“海外关系”成了十分危险的东西。我再也不敢写信给她，从此便云天渺茫，互不相闻。正如杜甫所说的“明日隔山岳，世事两茫茫”了。

1983 年，在离开哥廷根将近四十年之后，我又回到了我的第二故乡。我特意挤出时间，到我的故居去看了看。房子整洁如故，四十年漫长岁月的痕迹一点也看不出来。我走上三楼，我的住房门外的铜牌上已经换了名字。我也无从打听女房东的下落，她恐怕早已离开了人世，同她丈夫一起，静卧在公墓的一个角落里。我回首前尘，百感交集。人生本来就是这样，我有什么办法呢？我只有虔心祷祝她那在天之灵——如果有的话——永远安息。

反希特勒的人们

出国前夕，清华的一位老师告诫我说，德国是法西斯专政的国家，一定要谨言慎行。对政治不要随便发表意见。

这些语重心长的话，我忆念不忘。

到了德国以后，排犹高潮已经接近尾声。老百姓绝大多数拥护希特勒，至少表面上是这样。我看不出压迫老百姓的情况。舆论当然是统一的，“万众一心”。这不一定就是钳制的结果，老百姓有的是清清楚楚地拥护这一套，有的是糊里糊涂地拥护这一套，总之是拥护的。我前面曾经说到，我认识一个德国女孩子，她甚至想同希特勒生一个孩子。这是一个极端的例子，这话恐怕是出自内心的。但是不见得人人都是如此。至于德国人心里究竟是怎么想的，我这局外人就无从说起了。

希特勒的内政外交，我们可以存而不论，但是他那一套诬蔑中国人的理论，我们却不应该置之不理。他说，世界上只有他们所谓的“北方人”是文明的创造者，而中国人等则是文明的破坏者。这种胡说八道的谬论，引起了中国留学生的极大的愤怒。但是，我们是寄人篱下，只是敢怒而不敢言了。

在我认识的德国人中间，确实也有激烈地反对希特勒的人。不过人数极少极少，而且为了自己的安全起见，都隐忍不露。我同德国人在一起，不管是多么要好的朋友，我都严守“莫谈国事”的座右铭。日子一久，他们也都看出了这一点。有的就主动跟我谈希特勒，先是谈，后是骂，最后是破口大骂。给我印象最深的是一个退休的法官，岁数比我大一倍还要多。我原来并不认识他，是一个中国学生先认识的。这位中国学生来历诡秘，看来像是蓝衣社之类，我们都不大乐意同他往来。但他却认识了这样一个反希特勒的法官。他的主子是崇拜希特勒的，从这一点来看，他实在是一个“不肖”之徒。不管怎样，我们也就认识了这一位退休法官。希特勒的所作所为，他无不激烈反对。我没到他家里去过，他好像是一个孤苦伶仃的老汉。只有同我们在一起时，才敢讲几句心里话，发泄一下满腹的牢骚。我看，这就成了这一位表情严肃的老人的最大乐趣了。

另外一个反希特勒的德国朋友，是一位大学医科的学生。我原来也并不认识他，是龙丕炎先认识的。他年纪还轻，不过二十来岁，同我自己差不多。同那位法官正相反，他热情洋溢，精力充沛，黑头发，黑眉毛，透露出机警聪明。他的家世我也不清楚，我也不清楚他反对希特勒的背景。“反对希魔同路人，相逢何必曾相识。”有了这一条，我们就走到一起来了。

在德国人民中，在大学的圈子里，反对希特勒的人，一定还有，但是绝不会太多。一般说起来，德国人在政治上并不敏感，而且有点迟钝。能认识这两个人，也就很不错了，我也很满意了。我们几个常在一起的中国学生，不常同他们往来。有时候，在星期天，我们相约到山上林中去散步。我们是醉翁之意不在酒，他们大概也一样。记得有几次在春天，风和日丽，林泛新绿，鸟语花香，寂静无人。我们坐在长椅上，在骀荡的春风中，大骂希特勒，也确实是人生一乐。林深人稀，不怕有人偷听，每个人都敢于放言高论，胸中郁垒，一朝涤尽。此时，虽然身边眼前美景如画，我们都视而不见了。

现在，法官恐怕早已逝世。从年龄上来看，医科学生还应活着。但是，哥城一别，从未通过音问，他的情况我完全茫然。可是我有时还会想到这一位异邦的朋友。人世变幻，盛会难再，不禁惘然了。

伯恩克（Boehncke）一家

讲到反对希特勒的人，我不禁想到伯恩克一家。

所谓一家，只有母女二人。我先认识伯恩克小姐。原来我们可以算是同学，她年龄比我大几岁，是学习斯拉夫语言学的。我前面已经说过，斯拉夫语研究所也在高斯－韦伯楼里面，同梵文研究所共占一层楼。一走进二楼大房间的门，中间是伊朗语研究所，向左转是梵文研究所，向右转是斯拉夫语研究所。我天天到研究所来，伯恩克小姐虽然不是天天来，但也常来。我们共同跟冯·格林博士学俄文，因此就认识了。她有时请我到她家里去吃茶。我也介绍了张维和陆士嘉同她认识。她家里只有一个老母亲。父亲已经去世，据说生前是一个什么学的教授，在德国属于高薪阶层。因此经济情况是相当好的，自己住一层楼，家里摆设既富丽堂皇，又古色古香。风闻伯恩克小姐的父亲是四分之一或六分之一犹太人，已经越过了被屠杀被迫害的临界线，所以才能安然住下去。但是，既然有这样一层瓜葛，她们对希特勒抱有强烈的反感，这也就成了我们能谈得来的基础。

伯恩克小姐是高才生，会的语言很多。专就斯拉夫语而言，她就会俄文、捷克文、南斯拉夫文等。这是她的主系，并不令人吃惊。至于她的两个副系是什么，我忘记了，也许当时就不知道，总之是说不出来了。她比我高几年，学习又非常优秀；因为是女孩子，没有被征从军。对她来说，才能和时间都是绰绰有余的。但是到了我通过博士口试时，她依然是一个大学生。以她的才华和勤奋，似乎不应该这样子。然而竟是这样子，个中隐秘我不清楚。

这位小姐长得不是太美，脾气大概有点孤高，因此，同她来往的人非常少。她早过了及笄之年，从来不见她有过男朋友，她自己也似乎不以为意。母女二人，形影相依，感情极其深厚诚挚。有一次，我在山上林中，看到她母女二人散步，使我顿悟了一层道理。“散步”这两个字似乎只适用于中国人，对德国人则完全不适用。只见她们母女二人并肩站定，母右女左，挽起胳膊，然后同出左脚，好像是在演兵场上，有无形的人喊着口令，步伐整齐，不容紊乱，目光直视，刷刷刷地走上前去，速度是竞走的速度，只听得脚下鞋声击地，转瞬就消逝在密林深处了。这同中国人的悠闲自在、慢慢腾腾，简直是风马牛不相及。其中乐趣我百思不解，只能怪我自己缘分太浅了。

这个问题先存而不论。我们认识了以后，除了在研究所见面外，伯恩克小姐也间或约我同张维夫妇到她家去吃茶吃饭。她母亲个儿不高，满面慈祥，谈吐风雅，雍容大方，看来她是有很高的文化素养的。欧洲古典文化，无论是音乐、绘画，还是文学、艺术，老太太样样精通，谈起来头头是道，娓娓动听，令人怡情增兴，乐此不疲。下厨房做饭，老太太也是行家里手。小姐只能在旁边端端盘子，打打下手。当时正是食品极端缺少的时期，有人请客都自带粮票。即使是这样，“巧妇难为无米之炊”，请一次客，自己也得节省几天，让本来已经饥饿的肚子再加码忍受更难忍的饥饿。这一位老太太就是在这样的情况下，亲手烹制出一桌颇为像样子的饭菜的。她简直像是玩魔术，变戏法。我们简直都成了神话中人，坐在桌旁，一恍惚，热气腾腾的美味佳肴已经整整齐齐地摆在桌子上。大家可以想象，我们这几个沦入饥饿地狱里的饿鬼，是如何地狼吞虎咽了。这一餐饭就成了我毕生难忘的一餐。

但是，我认为，最让我兴奋狂喜的还不是精美的饭菜，而是开怀畅谈，共同痛骂希特勒等法西斯头子。她们母女二人对法西斯的一切倒行逆施，无不痛恨。正如我在前面讲到的那样，有这种想法的德国人，只能忍气吞声，把自己的想法深埋在心里，绝不敢随意暴露。但是，一旦同我们在一起，她们就能够畅所欲言，一吐为快了。当时的日子，确实是非常难过的。张维、陆士嘉和我，我们几个中国人，除了忍受德国人普遍必须忍受的一切灾难之外，还有更多的灾难，我们还有家国之思。我们远处异域，生命朝不保夕。英美的飞机说不定什么时候一高兴下蛋，落在我们头上，则必将去见上帝或者阎王爷。肚子里饥肠辘辘，生命又没有安全感。我们虽然还不至于“此中日夕只以眼泪洗面”，但是精神绝不会愉快，是可想而知的。在这样的情况下，只有到了伯恩克家里，我才能暂时忘忧，仿佛找到了一个沙漠绿洲，一个安全岛，一个桃花源，一个避秦乡。因此，我们往往不顾外面响起的空袭警报，尽兴畅谈，忘记了时间的流逝，一直谈到深夜，才蓦地想起：应该回家了。一走出大门，外面漆黑一团，寂静无声，抬眼四望，不见半缕灯光，宇宙间仿佛只剩下我一个人，我一个人仿佛变成了我佛如来，承担人世间所有的灾难。

我离开德国以后，在瑞士时，曾给她母女二人写过一封信。回国以后，没有再联系。前些日子，见到张维，他告诉我说，他同她们经常有联系。后来伯恩克小姐嫁了一个瑞典人，母女搬到北欧去住。母亲九十多岁于前年去世，女儿仍在瑞典。今生还能见到她吗？希望可以说是微乎其微了。悲夫！

迈耶（Meyer）一家

迈耶一家同我住在一条街上，相距不远。我现在已经记不清楚，我是怎样认识他们的。可能是由于田德望住在那里，我去看田，从而就认识了。田走后，又有中国留学生住在那里，三来两往，就成了熟人。

他们家有老夫妇俩和两个如花似玉的女儿。老头同我的男房东欧朴尔先生非常相像，两个人原来都是大胖子，后来饿瘦了。脾气简直是一模一样，老实巴交，不会说话，也很少说话。在人多的时候，呆坐在旁边，一言不发，脸上却总是挂着憨厚的微笑。这样的人，一看就知道，他绝不会撒谎、骗人。他也是一个小职员，天天忙着上班、干活。后来退休了，整天待在家里，不大出来活动。家庭中执掌大权的是他的太太。她同我的女房东年龄差不多，但是言谈举动，两人却不大一样。迈耶太太似乎更活泼，更能说会道，更善于应对进退，更擅长交际。据我所知，她待中国学生也是非常友好的。住在她家里的中国学生同她关系都处得非常好。她也是一个典型的德国妇女，家庭中一切杂活她都包了下来。她给中国学生做的事情，同我的女房东一模一样。我每次到她家去，总看到她忙忙碌碌，里里外外连轴转。但她总是喜笑颜开，我从来没有看到她愁眉苦脸过。她们家是一个非常愉快美满的家庭。

我同她们家来往比较多，还有另外一个原因。在我写作博士论文的那几年中，我用德文写成稿子，在送给教授看之前，必须用打字机打成清稿；而我自己既没有打字机，也不会打字。因为屡次反复修改，打字量是非常大的。适逢迈耶家的大小姐伊姆加德（Irmgard）能打字，自己又有打字机，而且她还愿意帮我打。于是，有很长的一段时间，我几乎天天晚上到她家去。因为原稿改得太乱，而且论文内容稀奇古怪，对伊姆加德来说，简直像天书一般。因此，她打字时，我必须坐在旁边，以备咨询。这样往往工作到深夜，我才摸黑回家。

我考试完结以后，打论文的任务完全结束了。但是，在我仍然留在德国的四五年间，我自己又写了几篇论文，所以一直到我于1945年离开德国时，还经常到伊姆加德家里去打字。她家里有什么喜庆日子，招待客人吃点心，吃茶，我必被邀请参加。特别是在她生日的那一天，我一定去祝贺。她母亲安排座位时，总让我坐在她旁边。此时，留在哥廷根的中国学生越来越少。以前星期日总在席勒草坪会面的几个好友都已走了。我一个人形单影只，寂寞之感，时来袭人。我也乐得到迈耶家去享受一点友情之乐，在战争喧闹声中，寻得一点清静。这在当时是非常难能可贵的。至今记忆犹新，恍如昨日。

在这样的情况下，我离开迈耶一家，离开伊姆加德，心里是什么滋味，完全可以想象。1945 年 9 月 24 日，我在日记里写道：

> 吃过晚饭，七点半到 Meyer 家去，同 Irmgard 打字。她劝我不要离开德国。她今天晚上特别活泼可爱。我真有点舍不得离开她。但又有什么办法？像我这样一个人不配爱她这样一个美丽的女孩子。

同年 10 月 2 日，在我离开哥廷根的前四天，我在日记里写道：

> 回到家来，吃过午饭，校阅稿子。三点到 Meyer 家，把稿子打完。Irmgard 只是依依不舍，令我不知怎样好。

日记是当时的真实记录，不是我今天的回想；是代表我当时的感情，不是今天的感情。我就是怀着这样的感情离开迈耶一家，离开伊姆加德的。到了瑞士，我同她通过几次信，回国以后，就断了音问。说我不想她，那不是真话。1983 年，我回到哥廷根时，曾打听过她，当然是杳如黄鹤。如果她还留在人间的话，恐怕也将近古稀之年了，而今我已垂垂老矣。世界上还能想到她的人恐怕不会太多。等到我不能想到她的时候，世界上能想到她的人，恐怕就没有了。

留在德国的中国人

战争结束了，“座上客”当上了，苦难到头了，回国有望了，好像阴暗的天空里突然露出来了几缕阳光。

我们在哥廷根的中国留学生，商议了一下，决定到瑞士去，然后从那里回国。当时这是唯一的一条通向祖国的道路。

哥廷根是一座小城，中国留学生人数从来没有多过。有一段时间，好像只有我一个人，置身日耳曼人中间，连自己的黄皮肤都忘记了。战争爆发以后，那些大城被轰炸得很厉害，陆续有几个中国学生来到这里，实际上是来避难的。各人学的科目不同，兴趣爱好不同，合得来的就来往，不然就各扫门前雪，间或一聚而已。在这些人中，我同张维、陆士嘉夫妇，以及刘先志、滕莼君夫妇，最合得来，来往最多。商议一同到瑞士去的也就是我们几个人。

留下的几位中国学生，我同他们都不是很熟。有姓黄的学物理的两兄弟，是江西老表。还有姓程的也是学自然科学的两兄弟，好像是四川人。此外还有一个我在前面提到过的那一个姓张的神秘人物。此人从来也不是什么念书的人，我们都没有到他家里去过，不知道每天他的日子是怎样打发的。这几个人为什么还留下不走，我们从来也没有打听过。反正各有各的主意，各有各的想法，局外人是无须过问的。我们总之是要走了。我把我汉文讲师的位置让给了姓黄的哥哥。从此以后，同留在哥廷根的中国人再没有任何联系，“明日隔山岳，世事两茫茫”了。

我在这里又想到了哥廷根城以外的那一些中国人，不是留学生，而是一些小商贩，统称之为“青田商人”。顾名思义，他们是浙江青田人。浙江青田人怎样来到德国、来到欧洲的呢？我没有研究过他们的历史，只听说他们背后有一段苦难的历程。他们是刘伯温的老乡，可惜这一位上知天文下知地理神机妙算的半仙之人，没有想到青田这地方的风水竟是如此不佳。在旧社会的水深火热中土地所出养不活这里的人，人们被迫外出逃荒，背上一袋青田石雕刻的什么东西，沿途叫卖，有的竟横穿中国大地，经过中亚，走到西亚，然后转入欧洲。行程数万里，历经无数国家。当年这样来的华人，是要靠“重译”的。我们的青田老乡走这一条路，不知要吃多少苦头，经多少磨难。我实在说不出，甚至也想象不出。有的走海路，为了节省船费，让商人把自己锁在货箱里，再买通点关节，在大海中航行时，夜里偷偷打开，送点水和干粮，解解大小便，然后再锁起来。到了欧洲的马赛或什么地方登岸时，打开箱子，有的已经变成一具尸体。这是多么可怕可悲的情景！这一些幸存者到了目的地，就沿街叫卖，卖一些小东西，如领带之类，诡称是中国丝绸制成的。他们靠我们祖先能织绸的威名，糊口度日，虽然领带上明明写着欧洲厂家的名字。

他们一无护照，二无人保护，转徙欧洲各国，弄到什么护照，就叫护照上写的名字。所以他们往往是今天姓张，明天姓王；居无定处，行无定名。这护照是世袭的，一个人走了或者死了，另一个人就继承。在欧洲穿越国境时，也不走海关，随便找一条小路穿过，据说也有被边防兵开枪打死的。这样辛辛苦苦，积攒下一点钱，想方设法，带回青田老家。这些人誓死不忘故国，在欧洲同吉卜赛人并驾齐驱。

我原来并不认识青田商人，只是常常听人谈到而已。可是有一天，我忽然接到附近一座较大的城市卡塞尔地方法院的一个通知，命令我于某月某日某时，到法院里出庭当翻译。不去，则课以罚款一百马克；去，则奖以翻译费五十马克。我啼笑皆非。然而我知道，德国人是很认真守法的，只好遵命前往。到了才知道，被告就是青田商人。在法庭上，也须“重译”才行。被告不但不会说德国话，连中国普通话也不会说。于是又从他们中选出了一位能说普通话的，形成了一个翻译班子，审问才得以顺利进行。其实也没有什么了不起的事。这一位被告沿街叫卖，违反了德国规定。在货色和价钱方面又做了些手脚，一些爱管闲事的德国太太向法院告了状。有几个原告出了庭，指明了时间和地点，并且一致认为是那个人干的。那个人矢口否认，振振有词，说在德国人眼里，中国人长得都一样，有什么证据说一定是他呢？几个法官大眼瞪小眼，无词以对，扯了几句淡，就宣布退庭。一位警察告诉我说：“你们这些老乡真让我们伤脑筋，我们真拿他们没有办法。我们是睁一只眼闭一只眼，没有人来告，我们就听之任之了，反正没有什么了不起的事。”我同他开玩笑，劝他两只眼都闭上。他听了大笑，同我握手而别。

我口袋里揣上了五十马克，被一群青田商人簇拥着到了他们的住处。这是一间大房子，七八个人住在里面，基本都是地铺，谈不到什么设备，卫生条件更说不上，生活是非常简陋的。中国留学生一般都瞧不起他们，他们更视大使馆为一个衙门，除非万不得已，决不沾边。今天竟然有我这样一个留学生，而且还是大学里的讲师，忽然光临。他们简直像捧到一个金凤凰，热情招待我吃饭。我推辞了几次，想走，但是为他们的热情感动，只好留下。他们拿出了面包和酒，还有不知从哪里弄来的猪蹄子，用中国办法煨得稀烂，香气四溢。我已经几个月不知肉味了，开怀饱餐了一顿。他们绝口不谈法庭上的事。我偶一问到，他们说，这都是家常便饭，小事一端。同他们德国人还能说实话吗？我听了，心里不知是什么滋味。这一批青田商人背井离乡，在异域奔波，不知道有多少危险，有多少困难，辛辛苦苦弄点钱寄回家去。不少人客死异乡，即使幸存下来，也是十年八年甚至几十年回不了家。他们基本上都不识字，我没有办法同他们交流感情。看了他们木然又欣然的情景，我直想流泪。

这样见过一次面，真如萍水相逢，他们却把我当成了朋友。我回到哥廷根以后，常常接到他们寄来的东西。有一年，大概是在圣诞节前，他们从汉堡给我寄来了五十条高级领带。这玩意儿容易处理：分送师友。又有一年，仍然是在圣诞节前，他们给我寄来了一大桶豆腐。在德国，只有汉堡有华人做豆腐。对欧洲人来说，豆腐是极为新奇的东西。嗜之者以为天下之绝，陌生者以为稀奇古怪。这一大桶豆腐落在我手里，真让我犯了难。一个人吃不了，而且我基本上不会烹调；送给别人，还需先做长篇大论的宣传鼓动工作，否则他们硬是不敢吃。处理的细节，我现在已经忘记了。总之，我对我这些淳朴温良又有点天真幼稚的青田朋友是非常感激的。

我前面已经说过，这些人的姓名是糊里糊涂的。我认识的几个人，我都不知道他们的真实姓名。姓名的更改完全以手中的那一份颇有问题的护照为转移。如今我要离开德国了，要离开他们了，不知道有多少老师好友需要我去回忆，我的记忆里塞得满满的，简直无法再容下什么人。然而我偏偏要想到这一些流落异域受苦受难的炎黄子孙，我的一群不知姓名的朋友。我不知道他们是怎样度过第二次世界大战的。他们现在还到处漂泊吗？今生今世，我恐怕再也无法听到他们的消息了。我遥望西天，内心在剧烈地颤抖。

第四辑

漫漫归国路

别哥廷根

是我要走的时候了。

是我离开德国的时候了。

是我离开哥廷根的时候了。

我在这座小城里已经住了整整十年了。

中国古代俗语说：千里搭凉棚，没有不散的筵席。人的一生就是这个样子。当年佛祖规定，浮屠不三宿桑下。害怕和尚在一棵桑树下连住三宿，就会产生留恋之情。这对和尚的修行不利。我在哥廷根住了不是三宿，而是三宿的一千二百倍。留恋之情，焉能免掉？好在我是一个俗人，从来也没有想当和尚，不想修仙学道，不想涅槃，西天无份，东土有根。留恋就让它留恋吧！但是留恋毕竟是有限期的。我是一个有国有家有父母有妻子的人，是我要走的时候了。

回忆十年前我初来时，如果有人告诉我：你必须在这里住上五年。我一定会跳起来的：五年还了得呀！五年是一千八百多天呀！然而现在，不但过了五年，而且是五年的两倍。我一点也没有感觉到有什么了不得。正如我在本书开头时说的那样，宛如一场缥缈的春梦，十年就飞去了。现在，如果有人告诉我：你必须在这里再住上十年。我不但不会跳起来，而且会愉快地接受下来的。

然而我必须走了。

是我要走的时候了。

当时要想从德国回国，实际上只有一条路，就是通过瑞士，那里有国民党政府的公使馆。张维和我于是就到处打听到瑞士去的办法。经多方探询，听说哥廷根有一家瑞士人。我们连忙专程拜访，见到一位家庭妇女模样的中年妇人，人很和气。但是，她告诉我们，入境签证她管不了；要办，只能到汉诺威（Hannover）去。张维和我于是又搭乘公共汽车，长驱百余公里，赶到了这一地区的首府汉诺威。

汉诺威是附近最大最古的历史名城。我久仰大名，只是从没有来过。今天来到这里，我真正大吃一惊：这还算是一座城市吗？尽管从远处看，仍然是高楼林立，但是走近一看，却只见废墟。剩下没有倒的一些断壁颓垣，看上去就像是古罗马留下来的斗兽场。马路还是有的，不过也布满了大大小小的弹坑。汽车有的已经恢复了行驶，不过数目也不是太多。引起我们注意的是马路两旁人行道上的情况。德国高楼建筑的格局，各大城市几乎都是一模一样：不管楼高多少层，最下面总有一个地下室，是名副其实的建筑在地下的。这里不能住人。住在楼上的人每家分得一二间，在里面贮存德国人每天必吃的土豆，以及苹果、瓶装的草莓酱、煤球、劈柴之类的东西。从来没有想到还会有别的用途的。战争一爆发，最初德国老百姓轻信法西斯头子的吹嘘，认为英美飞机都是纸糊的，绝不能飞越德国国境线这个雷池一步。大城市里根本没有修建真正的防空壕洞。后来，大出人们的意料，敌人纸糊的飞机变成钢铁的了，法西斯头子们的吹嘘变成了肥皂泡了。英美的炸弹就在自己头上爆炸，不得已就逃入地下室躲避空袭。这当然无济于事。英美的重磅炸弹有时候能穿透楼层，在地下室中向上爆炸。其结果可想而知。有时候分量稍轻的炸弹，在上面炸穿了一层两层或多一点层的楼房，就地爆炸。地下室幸免于难，然而结果却更可怕。上面的被炸的楼房倒塌下来，把地下室严密盖住。活在里面的人，呼天天不应，叫地地不灵，这是什么滋味，我没有亲身经历，不愿瞎说。然而谁想到这一点，会不不寒而栗呢？最初大概还会有自己的亲人费上九牛二虎的力量，费上不知多少天的努力，把地下室中受难者亲属的尸体挖掘出来，弄到墓地里去埋掉。可是时间一久，轰炸一频繁，原来在外面的亲属说不定自己也被埋在什么地方的地下室，等待别人去挖尸体了。他们哪有可能来挖别人的尸体呢？但是，到了上坟的日子，幸存下来的少数人又不甘不给亲人扫墓，而亲人的墓地就是地下室。于是马路两旁高楼断壁之下的地下室外垃圾堆旁，就摆满了原来应该摆在墓地上的花圈。我们来到汉诺威看到的就是这些花圈，这种景象在哥廷根是看不到的。最初我是大惑不解，了解了原因以后，我又感到十分吃惊，感到可怕，感到悲哀。据说地窖里的老鼠，由于饱餐人肉，营养过分丰富，长到一尺多长。德国这样一个优秀伟大的民族，竟落到这个下场。我心里酸甜苦辣，万感交集，真想到什么地方去痛哭一场。

汉诺威的情况就是这个样子。这当然是狂轰滥炸时“铺地毯”的结果。但是，即使是地毯，也难免有点空隙。在这样的空隙中还幸存下少数大楼，里面还有房间勉强可以办公。于是在城里无房可住的人，晚上回到城外乡镇中的临时住处，白天就进城来办公。瑞士驻汉诺威的代办处也设在这样一座楼房里。我们穿过无数的断壁残垣，找到办事处。因为我没有收到瑞士方面的正式邀请和批准，办事处说无法给我签发入境证。我算是空跑一趟。然而我不但不后悔，反而还有点高兴：我于无意中得到一个机会，亲眼看一看所谓轰炸究竟真实情况如何。不然的话，我白白在德国住了十年，也自命经历过轰炸。哥廷根那一点轰炸，同汉诺威比起来，真如小巫见大巫。如没能看到真正的轰炸，将会抱恨终生了。

汉诺威是这样，其他比汉诺威更大的城市，比如柏林之类，被炸的情况略可推知。我后来听说，在柏林，一座大楼上面几层被炸倒以后，塌了下来，把地下室严严实实地埋了起来。地下室中有人在黑暗中赤手扒碎砖石，走运扒通了墙壁，爬到邻居的尚没有被炸的地下室中，钻了出来，重见天日。然而十个指头的上半截都已磨掉，血肉模糊了。没有这样走运的，则是扒而无成，只有呼叫。外面的人明明听到叫声，然而堆积如山的砖瓦碎石，一时无法清除。只能忍心听下去，最初叫声还高，后来则逐渐微弱，几天之后，一片寂静，结果可知。亲人们心里是什么滋味，他们是受到什么折磨，人们能想下去吗？有过这样一场经历，不入疯人院，则入医院。这样惨绝人寰的悲剧是号称“万物之灵”的人类自己亲手酿成的。难道不是这样的吗？

听到这些情况以后，我自然而然地就想到了原来的柏林，十年前和三年前我到过的柏林。十年前不必说了，就是在三年前，柏林是个什么样子呀！当时战争虽然已经爆发，柏林也已有过空袭，但是还没有被“铺地毯”，市面上仍然是繁华的，人们熙攘往来，还颇有一点劲头。然而转瞬之间，就几乎变成了一片废墟，这变化真是太大了。现在让我来描述这一个今昔对比的变化，我本非江郎，谈不到才尽，不过现在更加窘迫而已。在苦思冥想之余，我想出了一个偷巧的办法。我想借用中国古代词赋大家的文章，从中选出两段，一表盛，一表衰，来做今昔对比。时隔将近两千年，地距超过数万里，情况当然是完全不一样的。然而气氛则是完全一致的，我现在迫切需要的正是描述这种气氛。借古人的生花妙笔，抒我今日盛衰之感怀。能想出这样移花接木的绝妙好法，我自己非常得意，不知是哪一路神仙在冥中点化，使我获得“顿悟”，我真想五体投地虔诚膜拜了。是否有文抄公的嫌疑呢？不，决不。我是付出了劳动的，是我把旧酒装在新瓶中的，我是偷之无愧的。

下面先抄一段左太冲《蜀都赋》：

> 亚以少城，接乎其西。市廛所会，万商之渊。列隧百重，罗肆巨千。贿货山积，纤丽星繁。都人士女，袨服靓妆。贾贸墆鬻，舛错纵横。异物崛诡，奇于八方。

上面列举了一些奇货。从这短短的几句引文里，也可以看出蜀都的繁华。这种繁华的气氛，同柏林留给我的印象是完全符合的。

我再从鲍明远的《芜城赋》里引一段：

> 观基扃之固护，将万祀而一君。出入三代，五百余载，竟瓜剖而豆分。泽葵依井，荒葛罥途。坛罗虺蜮，阶斗麏鼯……通池既已夷，峻隅又已颓。直视千里外，唯见起黄埃。凝思寂听，心伤已摧。

这里写的是一座芜城，实际上鲍照是有所寄托的。被炸得一塌糊涂的柏林，从表面上来看，与此大不相同。然而人们从中得到的感受又何其相似！法西斯头子们何尝不想“万祀而一君”。然而结果如何呢？所谓“第三帝国”被“瓜剖而豆分”了。现在人们在柏林看到的是断壁颓垣，“直视千里外，唯见起黄埃”了。据德国朋友告诉我，不用说重建，就是清除现在的垃圾也要用上五十年的时间。德国人“凝思寂听，心伤已摧”，不是很自然的吗？我自己在德国住了这么多年，看到眼前这种情况，我心里是什么滋味，也就概可想见了。

然而是我要走的时候了。

是我离开德国的时候了。

是我离开哥廷根的时候了。

我的真正的故乡向我这游子招手了。

一想到要走，离情别绪立刻就涌上我的心头。我常对人说，哥廷根仿佛是我的第二故乡。我在这里住了十年，时间之长，仅次于济南和北京。这里的每一座建筑，每一条街，甚至一草一木，十年来和我同甘共苦，共同度过了将近四千个日日夜夜。我本来就喜欢它们，现在一旦要离别，更觉得它们可亲可爱了。哥廷根是个小城，全城每一个角落似乎都留下了我的足迹，我仿佛踩过每一粒石头子，不知道有多少商店我曾出出进进过。看到街上的每一个人都似曾相识。古城墙上高大的橡树、席勒草坪中芊绵的绿草、俾斯麦塔高耸入云的尖顶、大森林中惊逃的小鹿、初春从雪中探头出来的雪钟、晚秋群山顶上斑斓的红叶，等等，这许许多多纷然杂陈的东西，无不牵动我的情思。至于那一所古老的大学和我那一些尊敬的老师，更让我觉得难舍难分。最后但不是最小，还有我的女房东，现在也只得分手了。十年相处，多少风晨月夕，多少难以忘怀的往事，“当时只道是寻常”，现在却是可想而不可即，非常非常不寻常了。

然而我必须走了。

我那真正的故乡向我招手了。

我忽然想起了唐代诗人刘皂的《旅次朔方》那一首诗：

客舍并州已十霜，
归心日夜忆咸阳。
无端又度桑干水，
却望并州是故乡。

别了，我的第二故乡哥廷根！

别了，德国！

什么时候我再能见到你们呢？

赴瑞士

我于 1945 年 10 月 6 日离开哥廷根，乘吉普车奔赴瑞士。

哪里来的车呢？我在这里要追溯一下这一段故事。我在前面几次提到德国的交通已经完全被破坏，想到瑞士去，必须自己找车。我同张维于是又想到“盟军”。此时美国驻军还有一部分留在哥廷根，但是市政管理已经移交给英国。我们就去找所谓军政府，见到英军上尉沃特金斯（Watkins），他非常客气，答应帮忙。我们定好 10 月 6 日起程。到了这一天，来了一辆车，司机是一个法国人，一位美军少校陪我们去。据他自己说，他是想借这个机会去游一游瑞士。美国官兵只有在服役一定期间以后，才有权利到瑞士去逛，机会是并不很容易得到的。这位少校不想放弃这个机会，于是就同我们同行了。

离开哥廷根的共有六个中国人：张维一家三人，刘先志一家两人，加上我一人。

我们经过了一些紧张激动的场面，在车上安顿好，车子立即开动，驶上了举世闻名的国家高速公路。我回头看了哥廷根一眼，一句现成的唐诗立即从我嘴里流出："客树回看成故乡"。哥廷根的烟树入目清新。但是汽车越开越快，终于变成了一团模糊的阴影，完全消逝不见了。

我此时心里面已经完全没有余裕来酝酿离情别绪，公路两旁的青山绿水吸引住了我的全部注意力。德国全国树木茂密，此时正是金秋天气。虽经过六年的战火，但山林树木并没有受到损失，依然蓊郁茂盛。我以前在哥廷根每年都看到的斑斓繁复的秋林景色，如今依然呈现在我眼前，只不过随着汽车的行进而时时变换，让人看了怡情悦目。然而一旦进入一个比较大一点的城市，则又是一片断壁颓垣，让人看了伤心惨目。这种一会儿高兴一会儿又伤心的心情，如大海波涛，腾涌不定。我又信口吟出了两句诗：

无情最是原上树，
依旧红霞染霜天。

从中可见我的心情之一斑。

因为我们离开哥廷根时已经快到中午了，我们的车子开到法兰克福时，天已经晚下来了，我们只能在这里住宿。也许陪我们的那位美军少校一开始就打算在这里过夜的，因为这里是全德美军总部所在地，食宿条件都非常有利。我们住在一家专门为美国军官预备的旅馆里，名字叫四季旅馆。旅馆里管事的美国人非常和气，给我们安排了一顿多少年来没有吃过的丰盛的晚餐，大快朵颐。要知道，此时我们都是无钱阶级，美国钞票我们没有，德国钞票好像已经作废，我们身无分文，竟受到如此的优待，真不能不由衷地感激。美国人好动成性，活泼有余，沉稳不足。这旅馆里也并不安静。然而我们的心情是愉快的，过了一个非常舒适的夜晚。

第二天一大早，我们就上车出发。我现在把 1945 年 10 月 7 日的日记抄在下面：

> 八点多开车，顺着 Reichsautobahn（国家公路）向南开。路上没经过多少城市，连乡村都很少。因为这条汽车路大半取直线。在 Mannheim（曼海姆）城里走迷了路，绕了半天弯子，才又开出城去。这座大城也只剩了断瓦残垣。从 Heidelberg(海德堡)旁边绕过，只看到远处一片青山。走进法国占领区，第一个令人注意的地方就是汽车渐渐少了。法国兵里面的真正法国人很少，大半是黑人，也有黄人。黄昏时候，到了德瑞边境。通过法国检查处，以为一帆风顺。到了瑞士边境，因为入境证成问题，交涉了半天，又回到德国 Lönach（勒纳赫），在一个专为法国军官预备的旅馆里住下。

这就是我在德国境内最后一天的情况。满以为“一帆风顺”，实际上却是一帆不顺，在边境上搁了浅，进退两难，我们心里之焦急，可以想见。

第二天早晨，我们又回到瑞士边境，同中国驻瑞士使馆以及我的初中同学张天麟通了电话。反正我们已经来到这里，义无反顾，想反顾也是不可能的。我们虽无釜可破，无舟可沉，也只能以破釜沉舟的精神，背水一战，再没有第二条出路了。我们总算走运，瑞士方面来了通知，放我们入境。我们这一群中国人当然兴高采烈。但是陪我们来的美国少校和给我们开车的法国司机，却无法进入瑞士。我们真觉得十分抱歉，觉得非常对不起他们。但又无能为力，只有把我们随身携带的一些中国小玩意儿送给他们，作为纪念，希望今后能长相思、不相忘。我们自知这也不过是欺人之谈。人生相逢，有时真像是浮萍与流水，稍纵即逝。我们同这一位美国朋友和法国朋友，相聚不过两天，分手时颇有依依难舍之感，他们的面影会长留在我们的记忆中。

我们终于告别了德国，进入了瑞士。

在弗里堡（Fribourg）

对于瑞士，我真可以说是久仰久仰了。我从很小的时候起，就看到了许多瑞士风景的照片或者图画。我大为吃惊，那里的山色湖光，颜色奇丽，青紫相间，斑斓如画，宛如阆苑仙境。我总怀疑，这些都是出自艺术家的创造，出自他们的幻想，世间根本不可能有这样匪夷所思、奇丽如幻的自然风光。

今天我真的亲身来到了瑞士。初入境时，我只能坐在火车上，凭窗观赏。我又一次大为吃惊，吃惊的是，我亲眼看到的瑞士自然风光，其美妙、其神奇、其变幻莫测、其引人遐思，远远超过了我以前看到的照片或者图画。远山如黛，山巅积雪如银，倒影湖中，又氤氲成一团紫气，再衬托湖畔的浓碧，形成了一种神奇的仙境。我学了半辈子语言，说了半辈子话，读了半辈子中西名著。然而，到了今天，我学的语言，我说的话，我读的名著，哪一个也帮不了我。我要用嘴描绘眼前的美景，我说不出；我要用笔写出眼前的美景，我写不出。最后，万不得已，我只能乞灵于《世说新语》中的人物，徒唤“奈何”了。我现在完全领悟到，这绝非出自艺术家的创造，出自他们的幻想。不但如此，我只能说，他们的创造远远不够，他们的幻想也远远不足。中国古诗说：“意态由来画不成，当时枉杀毛延寿。”瑞士山水的意态又岂是人世间凡人艺术家所能表现出的呢！我现在完全不怪那些艺术家了。

离开哥廷根时，我挨饿挨怕了，“一旦被蛇咬，三年怕井绳”，我的心情正是这样。我把我保存的几块黑面包，郑重地带在身上，以备路上不时之需。然而在路上虽然待了两天，面包竟没有用上。上了瑞士的火车，我觉得黑面包的历史使命已经完成，瑞士变成了它的“无用武之地”了，它没法用武了。我想遵照我们的“国法”（中国的办法也），从车窗里丢出去，让瑞士的蚂蚁——不知道它们肯不肯吃这种东西？——去会餐吧。于是我一面凭窗欣赏窗外的青山绿水，一面又低头看铁路两旁的地上，想找一个有点垃圾不太洁净的地方，为我的面包寻一个归宿之地。但是，我找呀，看呀，看呀，找呀，从边境直到瑞士首都伯尔尼，竟没有找到哪怕是一片有点垃圾有点纸片的地方。我非常“失望”，也非常吃惊，手里攥着那块德国黑面包，下了火车。

在车站上，有我的老朋友张天麟、牛西园和他们的小儿子张文，以及使馆里的什么人，来迎接我们。我们到了张家，休息了一会儿，就到中国驻瑞士公使馆去报到。见到了政务参赞王家鸿博士，他是留德老前辈，所以谈话就比较融洽、投机。他把10月份的救济费发给我们，谈了谈国内的情况。他大概同哥廷根那位姓张的一样，身上有点蓝气。这与我们无关，我们不去管它。国民党政府指令瑞士使馆，竭尽全力，救济沦落在欧洲的中国留学生，其用意当然如司马昭之心，人皆知之。这个我们也不去管它，我们是感激的。使馆为了省钱，把我们介绍到离伯尔尼不远的弗里堡的一所天主教设立的公寓里去住。对此我们也都没有异议，反正能有地方住，我们就很满足了。

当天晚上，我们就乘车来到弗里堡。

我们住的公寓叫圣·朱斯坦公寓，已经有几个中国学生住在这里，都是老住户。其中一位是天主教神父，另外三位有的信天主教，有的也不信。他们几位都到车站去迎接我们。从此我就在这里做了几个月的寓公。

弗里堡是一座非常小的城市。人口只有几万人，却有一所颇为知名的天主教大学，还有一个藏书颇富的图书馆，也可以算是文化城了。瑞士是一个山国，弗里堡更是山国中的一个山城。城里面地势还算是比较平坦，但是一出城，有的地方就有悬崖峭壁，有的高达几十米或者更高。在相距几十米上百米的两个悬崖之间，往往修上一条铁索桥，汽车和行人都能从上面通过。行人走动时，桥都摇摇晃晃；汽车走过，则全桥震动，大有地动山摇之势。从桥上往下看，好像是从飞机上往下看一样，令人头昏目眩。

这地方的居民绝大多数是讲法语的，但是我在农村里看到一些古老的建筑，雕刻在柱子或窗子上的却是德文。我猜想，这地方原是德语区，后来不知由于什么原因，说德语的人迁走了，说法语的人迁了进来。瑞士本来就是一个多民族国家，官方语言就有德文、法文、意大利文三种。因此瑞士人多半都能掌握几种语言。又因为瑞士是世界花园，是旅游胜地，英文在这里也流行。在首都伯尔尼大街上卖鲜花的老太婆也都能讲几种语言，这都不算是什么新鲜事儿。

在我住的公寓里，也能看出这种多语言、多民族的现象。公寓的老板是讲法语的沙利爱神父。而管理公寓的则是一位讲德语的奥地利神父。此人个子极高，很懂得幽默。一见面他就说："年幼长身体的时候，偶一不小心，忘记了停止长，所以就长得这么高！"在天主教里面，男神父有很大的自由，除了不许结婚以外，其他人世间的饮食娱乐，他都能享受，特别是酒，欧洲许多天主教寺院都能酿造极好的酒。相对之下，对于修女则颇多限制，行动有不少的不自由。

既然是天主教开办的公寓，里面有一些生活习惯颇带宗教色彩。最突出的是每顿饭前必祷告。我非教徒，但必须吃饭。所以每次就餐前，吃饭的人都站在餐桌前，口中念念有词。我不知道他们念的是什么，但也只能奉陪肃立。好在时间极短，等教徒们感谢完了上帝，我这个非教徒也可以叨光狼吞虎咽了。

公寓老板沙利爱神父大概很有点活动能力。我到后不久，他就被梵蒂冈教廷任命为瑞士三省大主教。为了求实存真起见，我现在把当时写的日记摘抄几段：

1945 年 11 月 21 日

吃过早点就出去。因为今天是新主教 Charriere（沙利爱）就职的日子，在主教府前面站了半天，看到穿红的主教们一个个上汽车走了。到百货店去买了一只小皮箱就回来。同冯、黄谈了谈。十一点一同出去到城里去看游行。一直到十二点才听到远处音乐响，不久就看到兵士和警察，后面跟着学生，一队队过了不知有多久。再后面是神父、政府大员、各省主教。最后是教皇代表、沙主教，穿了奇奇怪怪的衣服，像北平的喇嘛穿了彩色的衣服在跳舞捉鬼。快到一点，典礼才完成。

一个多月以后，在1945年12月25日，我又参观了沙大主教第一次主持大弥撒。我从那一天的日记中摘抄一段：

今天沙主教第一次主持大弥撒，我们到了St. Nicolas大教堂，里面的人已经不少了。停了不久，仪式也就开始了。一群神父把沙主教接进去，奏乐、唱歌、磕头，种种花样。后来沙主教下了祭坛，到一个大笼子似的小屋子里向信众讲道。讲完，又上祭坛。大弥撒才真正开始，仍然是鞠躬、唱歌、磕头，种种花样，一直到十一点半才完。

以上是我这样一个教外人士对瑞士天主教的一点具体的印象和回忆。在这以前或以后，我都同天主教没有任何接触。同住在圣·朱斯坦公寓的一位田神父，同我长谈过几次关于宗教信仰和上帝的问题，看样子是想“发展”我入教。可惜我是一个没有任何宗教细胞，也可以说没有任何宗教需要的俗人，辜负了他的一片美意。解放后，我在北京见到他，他已经脱下僧装换俗装，成家立业了。我们没有再长谈，没有问他究竟是怎么一回事，也不便问他。我只慨叹人生变化之剧烈了。

在弗里堡我还有很多值得回忆的事，其中最突出的是认识了几个德国和奥国学者，当然都是说德语的。首先要提到的是弗里茨·克恩（Fritz Kern）教授。他原来是德国一所大学——记得是波恩大学——的历史教授，思想进步，反对纳粹，在祖国待不下去了，被迫逃来瑞士。但是在这里无法找到一个大学教席，瑞士又是米珠薪桂的地方，他的夫人在无可奈何的情况下，到弗里堡附近一个乡村神父家里去当保姆。这位神父脾气极怪，又极坏，村人给他起了一个绰号，叫Tempête（暴风雨），具体形象地说明了他的特点：脾气一发，简直如暴风骤雨。在这样一个主人家里当保姆，会是什么滋味，一想就会明白。然而为了糊口养家，在德国一般都不工作的教授夫人，到了瑞士，在人屋檐下，焉得不低头，也只有忍辱吞声了。教授年纪已经过了五十，但是精力充沛，为人豪爽，充分表现出日耳曼人的特点。我们萍水相逢，可以说是一见如故。有一段时间，我们俩几乎天天见面，共同翻译《论语》和《中庸》。他有一个极其庞大的写作计划，要写一部长达几十卷的《世界历史》，把中西各国的历史、文化等从比较历史学和比较文化学的观点上彻底地探讨一番。研究中国的经典也是为这个庞大计划服务的。他的学风常常让我想到德国历史上那一些Universalgenie（多学科巨匠）。我有时候跟他开玩笑，说他幻想过多，他一笑置之。他有时候说我太Kritisch（批判严格），我当然也不以为忤。由此可见我们之间关系之融洽。他夫妇俩都非常关心我的生活。我在德国十年，没有钱买一件好大衣。到瑞士时正值冬天，我身上穿的仍然是十一年前在中国买的大衣，既单薄，又破烂。他们讥笑称之为 Mäntelchen（小大衣）。教授夫人看到我的衣服破了，给我缝补过几次，还给我织过一件毛衣。这一切在我这个背井离乡漂泊异域十年多的游子心中产生什么情感，大家一想就可以知道，用不着我再讲了。在 1945 年 11 月 20 日的日记里，有下面一段话：

> Prof. Kern（克恩教授）劝我无论如何要留下。我同他认识才不久，但我们之间却发生了几乎超过师生以上的感情，对他不免留恋。他也舍不得我走。我只是多情善感，当然有痛苦。不知为什么上天把我造成这样一个人?

可见我同他们感情之深。他们夫妇成了我毕生难忘的人。我回国后还通过几次信，后来就“世事两茫茫”了。至今我每次想到他们，心里就激动、怀念，又是快乐，又是痛苦，简直是酸甜苦辣，说不清是什么滋味了。

其次我想到的是几位奥国学者 W. 施米特（Schmidt）、科伯斯（Koppers）等，都是天主教神父。他们都是人类学家，是所谓维也纳学派的领导人。第二次世界大战爆发，奥国很早被德国纳粹吞并，为了躲避凶焰，他们逃来瑞士，在弗里堡附近一个叫作弗鲁瓦德维尔（Froideville）的小村里建立了根据地，有一个藏书相当丰富的图书馆。这一学派的许多重要人物也都来这里聚会，同时还接待外国学者，到这里来从事研究工作。我于 1945 年 10 月 23 日首次见到克恩教授，是在圣 · 朱斯坦公寓的主任诺伊维尔特（Neuwirth）的一次宴会上。第二次见面就是两天后在弗鲁瓦德维尔的这个研究所里。两次都见到了科伯斯教授，第二次见到施米特教授和一位日本学者名叫沼泽。施米特曾在中国北京辅仁大学教过书，他好像是人类学维也纳学派的首领，著作等身，对世界人类语言的分类有自己的一套体系，在世界学人中广有名声。我同这些人来往，感觉最深刻的是他们虽是神父，但并没有“上帝气”，研究其他宗教，也颇能持客观态度。我以为，他们算得上学者。

由于克恩教授的介绍，我还认识了一位瑞士银行家兼学者的萨拉赞（Sarasin）。他是一位亿万富翁，但是颇爱学问，对印度学尤其感兴趣，因此建立了一个有相当规模的印度学图书馆，欢迎学者使用他的图书。大概就是由于这个原因，克恩教授介绍我去拜访他。他住在巴塞尔，距弗里堡颇远。我辗转搭车，到了巴塞尔，克恩教授在那里等我。我们一同拜访了萨拉赞，看了看他收藏的图书。在世界花园中，有这样一块印度学的园地，颇为难得。他请我们喝茶，吃点心。然后告辞出来，到一个在中国住过多年的牧师名叫热尔策（Gelzer）的家里去，他请我们吃晚饭。离开他家时已经比较晚了，赶到车站，一打听，知道此时没有到弗里堡的直达通车。我没有法子，随便登上了一辆车。反正瑞士是一个极小的国家，上哪一趟车都能到达目的地。但是，我初来乍到，对瑞士并不熟悉。上了车以后，我不辨南北东西，晕头转向。车窗外一片黑暗，什么都看不见。但是，我知道，那些旖旎到神奇程度的山林湖泊，仍然是存在的，也许比白天还更要美丽，只是人们看不到而已。车厢内则是灯火通明，笑语不绝。我自己仿佛变成了漫游奇境的爱丽丝，不像是处在人的世界中。碰巧我邻座有一位讲德语的中年男子，我连他的姓名、国籍都没有来得及询问，便热烈地交谈起来，三言两语，仿佛就成了朋友。不知怎么一来，我就讲到了弗里堡的沙利爱神父已升任三省大主教。这一下子仿佛踏了我那新朋友的脚鸡眼，他立刻兴奋起来，自称是新教徒，对天主教破口大骂，简直是声震车顶。我什么教都不信，对天主教和新教更是一个局外人。我无从发表意见。他见我并不反对，于是更为兴奋。火车在瑞士全国转了大半夜之后，终于在弗里堡站停了车。我不知道我那位新朋友是到哪里去。他一定要跟我下车，走到一个旅馆里，硬是要请我喝酒。我不能喝酒，但是盛情难却，陪他喝了几杯，已经颇有醉意，脑袋里糊里糊涂地不知怎样回到了房间，纳头便睡。醒了一睁眼，“红日已高三丈透”，我那位朋友仿佛是见首不见尾的神龙，消逝到不知什么地方去了。我回到了圣·朱斯坦公寓，回想夜间的经历似有似无，似真似假，难道我是做了一个梦吗？

同使馆的斗争

南京政府在瑞士设有公使馆。当时最高级的驻外代表机构好像就是公使馆。因为瑞士地处欧洲中心地带，又没有被卷入世界大战，所以这里的公使馆俨然就成了欧洲的外交代表。南京政府争取留学生回国，也就以瑞士作为集中地点。他们派来此地的外交人员级别也似乎特别高。驻瑞士使馆的武官曾一度是蒋介石手下的所谓“十三太保”之一，后来成为台湾海军的总司令。

我们在瑞士打交道的就是这个公使馆。

我们于10月9日到了瑞士，当晚就坐火车赶到弗里堡。第二天又回到伯尔尼，晚上参加了使馆举行的所谓庆祝双十节的宴会，到的留学生相当多，济济一堂，来自欧洲的许多国家，大有“八方风雨会中州”之势。我在饥饿地狱里已经待了不少年头，乍吃这样精美的中国饭菜，准备狼吞虎咽，大大地干它一场。然而德国医生告诉过我，人们饿久了，一旦得到充足的食物，自己会失掉饱的感觉。德国第一次世界大战以后就有不少人是这样撑死的。我记住了这些话，随时警惕，不敢畅所欲吃，然而已经解馋不少了。

从这以后，我住在弗里堡，不常到使馆里去。但是逐渐从老留学生嘴里知道了使馆内部的一些情况。内部人员之间有矛盾，在国民党内部派系复杂的情况下，这是完全不可避免的。但是，使馆又与留学生有矛盾。详情不得而知，只听说有一次一些留学生到使馆里去闹，可能主要也是由于经济问题。大概闹得异常厉害，连电话线都剪断了。使馆里一位秘书之类的官员，从楼上拿着手枪往下跑，连瑞士警察也被召唤来了。由于国际惯例，中国使馆是属于中国的，瑞士人不能随便进去，因此请来的警察只能待在馆外作壁上观，好像中国旧小说里常讲到的情况。这场搏斗胜败如何，我没有兴趣去仔细打听，但是却对我们产生了影响：我们于必要时何不也来仿效一下呢？

这样的时机果然来了，起因也是经济问题。使馆里有一位参赞原是留德学生，对我们刚从德国来的几位学生特别表示好感。他大概同公使有点矛盾，唯恐天下不乱，总想看公使的笑话。有一天他偷偷告诉我们，南京政府又汇来了几十万美元，专用作救济留欧学生之用，怂恿我们赶快去要钱。我们年少气盛，而且美元也绝不会扎手，于是就到使馆去了。最初我们还是非常有礼貌的，讲话措辞也很注意。但是，一旦谈到了我们去的主要目的：要钱，那位公使脸上就露出了许多怪物相，一味支吾，含糊其词。我在 1945 年 11 月 17 日的日记上写了我对他的印象："这位公使是琉璃蛋，不成问题，恐怕已经长出腿来了。虎文说他说话不用大脑。我说他难得糊涂。"这应该说不是好印象。他一支吾，我们就来了火气。我们直截了当地告诉他，国内已经汇来了美元，这一点我们完全知道，瞒也瞒不住。此时，他脸上勃然变色，似乎有点出汗的样子，他下意识地拉开抽屉，斜着眼睛向里面瞧。我猜想，抽屉里不是藏的美钞，就是藏的账本。不管他瞧的是什么，都挽救不了他的困境。最后，他答应给我们美元。但有一个要求，希望我们不要告诉别的留学生，不要张扬。我们点头称是，拿了美钞，一走出使馆，我们逢人便说。这是一种什么心理呢？当时没有仔细分析。说是唯恐天下不乱吧，有点过分。恐怕只是想搞一点小小的恶作剧，不让那位公使太舒服了，如此而已。

在瑞士期间，我听了很多使馆的故事或者传说。有人告诉我，在一个瑞士人举办的什么会上，中国公使被邀参加并且讲话。按外交惯例，他应该用中文发言，让译员翻译成德语或者法语，二者都是瑞士国语。但是，我们的公使大人，大概想露一手，亲自用德文讲话。如果讲得好，讲得得体，也未可厚非。可是他没有准备好的讲稿，德语又蹩脚，这样必然会出洋相的。特别是他在讲话中总是说“das，das，das”，瑞士人莫名其妙，大为惊愕。中国人士最初也是丈二和尚摸不着头脑，后来恍然顿悟：我们公使大人是在把中国讲话时一时想不起要讲什么话只好连声说“这个，这个，这个……”翻译成了德文。这样的顿悟，西方人士是无论如何也不会有的。中国人有福了。

我还听人说，在使馆的一次招待会上，有一位使馆里的什么官员，同我们一样，鼻梁儿不高，却偏喜欢学西方高鼻梁儿人士，戴卡鼻单面眼镜，大概认为这样才有风度。无奈上帝给中国人创造了低鼻梁儿，卡鼻眼镜很难卡得住。于是这一位外交官只好皱起眉头，才能勉强把眼镜保留在鼻梁儿上。稍一疏忽，脸上一想露笑容，眼镜立即从鼻梁儿上滑落。就这样，整个晚上，这一位自命有风度的外交官，皱着眉头，进退应对于穿笔挺的燕尾服的男士们和浑身珠光宝气的女士们之间。真是难为了他！无独有偶，在同一个招待会上，我们的武官，大概是什么少将之类，把自己得到的一枚勋章别在军服的胸前，以显示威风。但是，这一枚小小的勋章偏不听话，偏要捣蛋，总把背面翻转向前。这当然会减少威风的分量，是我们的武官决不能允许的。于是，整个晚上，他就老注意这枚勋章，它一露出背面，他总要把它翻转过来。我个人没有这个眼福，没有亲眼看到这一幕精彩的表演。你试着闭眼想上一想：在一个庄严隆重的外交招待会上，作为主人的官员和武官，一个紧皱眉头，一个不停地翻转勋章，这是一种什么样的景象，你能不哑然失笑吗？

其余的传言还很多，我不再讲述了。

我们与之打交道的就是这样一个使馆。我真是大开了眼界，增长了见识。最重要的是，我们从中获得一个非常宝贵的经验：对付南京派出来的外交官，硬比软更有效果。我们交涉从瑞士到法国去的用费和交通工具时，就应用了这个经验，而且取得了成功。

从瑞士到法国马赛

我们要求使馆：我们人乘坐火车，而我们的行李则用载重汽车从瑞士运到法国马赛。我们的条件一一实现。但是，我们的行李并不太多，装上载重几十吨重的大汽车，连一层都没有摆满，从远处看，几乎看不到上面有行李。空荡荡的，滑稽可笑。

然而我们却管不了那样多。行李一装上车，我们就逍遥自在，乘火车到日内瓦玩了几天，然后又上火车，驶向法国。时间是 1946 年 2 月 2 日，在过境的时候，海关检查颇严，因为当时从瑞士偷运手表到法国去，是极为赚钱的勾当。我们随身携带的几只箱子，如果一一打开，慢慢腾腾地检查，则“俟河之清，人寿几何”？连火车恐怕都要耽误了。我们中间的一个人，在紧张忙乱中，糊里糊涂地从口袋里摸出了一个瑞士法郎硬币，只是一个法郎，不值几个钱。我正大吃一惊地等待检查员发火的时候，然而却出现了奇迹，那个检查员把那个瑞士法郎放入自己的口袋，在我们所有的箱子上用粉笔画了一些“鬼画符”，我们就通过了。

我是第一次到法国来，当然是耳目为之一新。到了终点站马赛，我更注意到，这里街上的情景同瑞士完全不同。法国这个国家种族歧视比英美要轻得多。我在德国十年，没看见过一个德国妇女同一个黑人挽着臂在街上走路的。在法西斯统治下，那是绝对不可能的。到了瑞士，也没有见过。现在来到马赛，到处可以看到一对对的黑白夫妇，手挽手地在大街上溜达。我的精神一恍惚，满街都是梨花与黑炭的影像，黑白极其分明，我真是大开眼界了。法国人则是“司空见惯浑无事”，怡然自得。

我在这里生平第一次见海。我常嘲笑自己：一个生在山东半岛上、留洋十年而没有见过海的人，我恐怕是独一份儿了。现在我终于洗刷掉这个嘲笑，心里异常兴奋。而大海那种波涛汹涌、混茫无际的形象，确使我振奋不已。“乾坤日夜浮”是杜甫描写洞庭湖的诗句。这位大诗人大概也没有见过海，否则他会把这样雄浑的诗句保留给大海的。

我们拿着美军在德国哥廷根开给我们的证明文件，到此地管理因战争而抛乡离井的人们的办事处去交涉。他们立刻给我们安排了住处，是一个大仓库，虽简陋但洁净，饭食也还可以。最让我们高兴的是，管理人员全是德国战俘，在说话方面再也不会发生 Demain deux jours 那样的笑话了。

但是，我们不能满足。我们要去找此地的南京派来的总领事馆。我们同这一批人打交道，已经有了瑞士的经验：硬比软强。我们如法炮制，果然神效非凡。我们离开了大仓库，搬进了一个旅馆。我们要求乘船回国，而且一定要头等舱。总领事条条答应，皆大欢喜。

我们在马赛从 1946 年 2 月 2 日住到 2 月 8 日。事情办妥了，心情轻松了。我们天天到海边上去玩，在大街上买橘子，吃小馆，逍遥自在，快活似神仙。

船上生活

我们终于在2月8日晚上上了船。船名叫Nea Hellas，排水量一万七千吨，在当时算是很大的船。据说，这艘巨轮是英国所有，被法国租来运送法军到越南去镇压当地的老百姓的。所以，船上的管理和驾驶人员全是英国人，而乘客则几乎全是法国兵，穿便衣的乘客微乎其微，八名中国人在其中竟占了很大的比例。我们分住在两个房间里，里面的设备不能说是豪华，但是整洁、舒适，我们都很满意。船上的饭是非常丰富而美味的，我在日记里多次讲到这一点。总之，上船以后，一切都比较顺利。

但是也曾碰到过不顺利的事情。有一天，我们在最高层的甲板上观望海景。一位英国船员忽然走向我们，告诉我们说，只有头等舱的旅客才能走上最高层。我们大吃一惊，仿佛当头挨了一棒："驻马赛的中国总领事亲口答应我们买头等舱的船票的！"因为当时战争才结束不久，一切都未就绪，这一条船又是运兵的船，从船票上看不出等次。我们自认为是头等舱乘客，实际上并不是。马赛斗争我们自认为是胜利者，焉知那一位总领事是老狐狸，他轻而易举地就把我们这些“胜利者”蒙骗了。我们又气又笑，笑自己的幼稚，吃一堑，长一智，我们又增加了一番阅历。但是，为了中国人的面子，最高层我们决不能不上。我们自己要掏钱改为头等舱，就为了争这一口气，我们到船长办公室去交涉。不知道是哪里来的灵感，那位船长一笑，不要我们补钱，特批准我们能上最高层甲板，皆大欢喜。从此顺顺利利地在船上过了将近一个月。

但是，在顺利中也不会没有小小的麻烦。英国人是一个诚实严肃的民族，有过多的保守性，讲究礼节。到船上餐厅里去吃饭，特别是晚饭，必须穿上燕尾服。我们是一群穷学生，衣足蔽体而已，哪里来的什么这尾那尾的服装。但是规定又必须遵守，我们没有办法，又跑了去找船长。他允许我们，只需穿着整洁，打好领带，穿好皮鞋，就可以进餐厅了。我们感激他这一番盛情，“舍命陪君子”，尽上最大的努力打扮自己。最初，因为天气还不太热，穿上笔挺的西装，把天花板上的通气孔尽量转向自己，笔直地坐在餐桌前，喝汤不出声，刀叉不碰响，正正经经，规规矩矩，吃完一顿饭，已经是汗流浃背，筋疲力尽了，回到房间，连忙洗澡。这样忍耐了一些时候，船一进入红海，天气热得无法形容，穿着衬衫，不走不动，还是大汗直流，再想“舍命”也似乎无命可舍了。我们简直视餐厅为畏途，不敢进去吃饭。我们于是同餐厅交涉，改在房中用餐，这个小小的磨难才算克服。

船上当然不全是磨难，令人愉快的事情还是很多很多的。首先是冷眼旁观船上的法国兵。船上究竟有多少法国兵，我并不清楚，大概总有几千人，而且男女都有，当然女兵在数目上远远少于男兵。法国人是一个愉快的、喜欢交际的民族。有人说，他们把心托在自己手上，随时随地交给对方。同他们打交道不像同德国人和英国人那样难。一见面，说不上三句话，似乎就成了老朋友，船上年轻的男女法国兵都是这样。他们和她们都热情活泼，逗人喜爱。他们之间，搂搂抱抱，打打闹闹，没有人觉得奇怪。只有在晚上，我们有时候会感到有点不方便。我们在甲板上散步，想让海风吹上一吹，饱览大海的夜景，这无疑也是一种难得的福气。可是在比较黑暗的角落里，有时候不小心会踩上躺在甲板上的人，不是一个，而是两个，当然是一男一女。此时，我们实在觉得非常抱歉，非常尴尬。而被踩者却大方得很，他们毫不在意，照躺不误。我们只好加速迈步，逃回自己的房间。房间内灯火通明，外面在甲板上黑暗中的遭遇，好像一下子消逝，只剩下零零碎碎的回忆的片段了。

我认识了一位法国青年军官，不知道他的军阶。瘦癯的身材，清瘦的面孔，一副和气的模样。他能说英语，我们就有了共同的语言。我们经常在甲板上碰头、交谈，一起散步，谈到各式各样的问题，彼此没有戒心，可以说是无话不谈。他常常用轻蔑的口吻讽刺法国军队，说官比兵多，大官比小官多。对晚上我们碰到的情况，他并不隐讳，但也并不赞成。就这样，我们在二十多天内，仿佛成了非常要好的朋友，他真仿佛把托在手掌上的心交给我了，我感到非常愉快。

至于法国兵同英国船员之间的关系，我看是非常融洽的。他们怎样接触，我没有看到，不敢瞎说。我亲眼看到的事情也有一些，其中给我印象最深的是法国兵与英国管理人员之间的拳击比赛。这种比赛几乎都放在晚上，在晚饭后，在轮船最前端的甲板上，摆下了战场，离船舷只有一两米远。船舷下面几十米的深处，浪花翻腾，汹涌澎湃之声洋洋乎盈耳。海水深碧，浩渺难测，里面鱼龙水怪正在潜伏，它们听到了船上的人声，看到了反映在海面上的灯影，大惊失色，愈潜愈深了。船上则灯火通明，人声鼎沸。英法两国的棒小伙子正在挥拳对击，龙腾虎跃，各不示弱。此时轮船仍然破浪前进，片刻不停。我们离开大陆百里千里，在一望无际的大海上，似乎是一个独立的小世界。我仿佛置身于一个童话或神话中，恍惚间又仿佛是在梦中，此情此景，无论如何也不像是在人间了。

我们的船还在红海里行驶。为什么叫“红海”呢？过去也曾有过这样的疑问，但是没有得到答案。这一次的航行却于无意中把答案送给了我。2 月 19 日的日记中有这样一段话：

今天天气真热，汗流不止。吃过午饭，想休息一会儿，但热得躺不下。到最高层甲板上去看，远处一片红浪，像一条血线。海水本来是黑绿的，只有这一条特别红，浪冲也冲不破。大概这就是“红海”名字的来源。我们今天也看到飞鱼。

我想，能亲眼看到这一条红线，是并不容易的。千里航程中只有几米宽不知有多长的一条红线，看到它是要有一点运气的。如果我不适逢此时走上最高层甲板，是不会看到的。我自认为是一个极有运气的人，简直有点飘飘然了。

另外一件事证明我们全船的人都是有运气的。当时第二次世界大战刚刚结束，海上的水雷还没有来得及清除多少，从地中海经过红海到印度洋，到处都是这样。我们这一艘船又是最早从欧洲开往亚洲的极少数的船之一。在我们这一条船之前，已经有几条船触雷沉没了。这情况我们最初虽然并不完全知道，但也有所感觉。为什么一开船我们就被集合到甲板上，戴上救生圈，排班演习呢？为什么我的日记中记载着天天要到甲板上去“站班”呢？其中必有原因。过马六甲海峡以后，一天早晨，船长告诉大家，夜里他一夜没有合眼，这里是水雷危险区，他生怕出什么问题。现在好了，最危险的地区已经抛在后面了。从此以后，他可以安心睡觉了。我们听了，都有点后怕。但是，后怕是幸福的；危险过了以后，才能有后怕，这是尽人皆知的常识。

我们感到很幸福。

在洋溢着幸福感时，我们到了目的地：西贡。

西贡二月

我们于 1946 年 3 月 7 日抵达西贡，在船上过了将近一个月。

西贡并不直接濒海，轮船转入一条大河，要走很长一段路，才来到。大河虽然仍然极宽阔，虽然仍然让人想到庄子的话："秋水时至，百川灌河，泾流之大，两涘渚崖之间，不辨牛马。"但它毕竟已经不是大海了。我们过了那样多天的海上生活，不见大陆，船仿佛漂浮在天上。现在又在大河两岸看到了芦苇，蒹葭苍苍，一片青翠，我们仿佛又回到了人间，感觉到非常温暖，心里热热乎乎的。

但是，登上大陆，也并非事事温暖。下了船，在摩肩接踵人声喧闹的码头上，热闹过了一阵之后，我还没有忘记在船上结识的那一位法国青年军官朋友，我还想同他告别一声。我好不容易在万头攒动的法国官兵中发现了他，怀着一颗热烈的心，简直是跑上前去的，想同他握手。然而他却别转了头，眼睛看向别的地方，根本没有看我。我大吃一惊，仿佛当头挨了一棒，又像给人泼了一头凉水。我最初是愕然，继而又坦然，认为这是当然：现在到了他们的殖民地，他意识到了这一点，必须摆出殖民主义者的架势，才算够谱儿。在轮船上一度托在手掌上的心，现在又收回，装到腔子里去了。我并不生气，只觉得非常有趣而已。

西贡地处热带。我从来还没有在热带待过，熟悉热带风光这是第一次。我们来到的时候在当地算是春末夏初了，骄阳似火，椰树如林，到处蓊郁繁茂，浓翠扑人眉宇。仿佛有一股从地中心爆发出来的生命力，使这里的植物和动物都饱含着无量生机。说到动物，最使我这个北方人吃惊的是蝎虎子（壁虎）之多，墙上爬的到处都是这玩意儿。这种情景我以后只在西双版纳看到过。还有一种大蜥蜴，在不知名的树上爬上爬下，也是我从来没有见过的。我用小树枝打它，它立即变了颜色，从又灰又黄变得碧绿闪光，难道这就是所谓的变色龙吗？

此时正是一年雨季开始的时候。据本地人说，每到雨季，每天必定下雨，多半是在下午。雨什么时候开始下，决定于雨季来临时第一天下雨的时间。如果这一天是下午两点开始下雨，则以后每天都是此时开始。暴雨降临前，丽日当空，阳光普照大地，一点下雨的迹象都没有。但是，说时迟，那时快，一转瞬间，彤云密布，天昏地暗，雷电交加，大雨倾盆似的泻下来了。其声势之浩大，简直可以惊天地，泣鬼神。大马路上到处溅起了珍珠似的水花，椰子树也都被水冲洗。然而，时隔不久，大雨会蓦地停下，黑云退席，蓝天出台，又是一片阳光灿烂的大地了。

热带的天气必有与之相适应的热带的衣着，这在妇女衣装上更为明显。越南妇女的穿着非常有特点，有点类似中国的旗袍，但都是用白绸子缝制的。唯一的不同之处是开衩极大，几乎一直到腋下。裤子都是用黑绸子缝制的，上白下黑，或者里黑外白，又由于开衩大，所以容易飘动。年轻倩女，迎着热带的微风，款款走来，白色的旗袍和黑色的绸裤，飘动招展，仿佛是黑白大理石雕成的女神像，不是兀立不动，而是满世界游动，真是奇妙的情景！她们身上散发出青春的活力，使整个街道都显得生气勃勃。这是一种东方美，西欧国家是找不到的，越南以外的东方国家也是找不到的。

在这样的热带，稻米一年可以收获三四次，因此大米极为便宜。据说这里没有乞丐，米便宜到每个人都能不费吹灰之力就能吃饱的程度。谋生既然这样容易，在大街上看到的人们都颇为闲散，一点急迫的样子都没有。除了下雨以外，人们的活动都在户外。椰子树下，还有其他一些不知名的树下，人们懒洋洋地坐在那里，吸烟、吃茶、聊天，悠然自得。西方什么人有几句话说："世界上什么东西都害怕时间，时间唯独害怕东方人。"我一看到这些人，就想到这几句话，心中不禁暗暗叫绝。

在本地居民中，华人占了不少的比例。特别是在离西贡市中心不太远的堤岸，居民几乎全是华人。在这里的大街上和市场上，来往行走的人是中国人，商店的主人是中国人，挂在外面的招牌写的是中国字，买东西的主顾当然也是中国人。中国人在这里开办了许多小型的工厂，其中碾米厂占大多数。还有一些别的工厂，比如砖瓦厂之类。吃的东西自然是中国风味。有极大的酒楼，也有摆在集市上的小摊，一律广东菜肴。广东腊肉、腊肠等，挂满了架子。名贵的烤乳猪更是到处都有。从前有人说，食在广州。我看，改为"食在西贡”，也符合实际情况。

这里有几所华人中学，至于小学则数目更多。有华人报纸、华人办的书店，当然也有华人作家、华人文化人。还有华人医院，医生和病人全是中国人。大概因为我们也属于文化人之列，所以来到不久，就同这里的文化人有了接触。他们非常尊敬我们这一批镀过金的留学生，请我们讲演，请我们给报纸写文章，当然也无数次地请我们吃饭，热情令人感动。

他们尊敬我们，可能还有另外一个原因。南京政府派来了一位总领事，下面还有一些领事和副领事，建立了一个规模庞大的总领事馆，管理越南华侨事宜。这实际上成了一个大衙门，继承了过去衙门的几乎所有的弊病。过去中国老百姓有两句话：“八字衙门向南开，有理无钱莫进来。”这实在是非常精彩的总结。西贡总领事馆的详细情况，我不清楚。但是，住的日子一久，也就颇有所闻。有些华侨吃了亏，投诉无门，“天高皇帝远”，南京相距万里，他们也只能忍气吞声。我们这一批留学生一到，大概这里的华侨都认为，我们说不定有什么势力强大的后台，我们“有根”，否则怎能留洋镀金呢？于是颇有一些人把我们看成是“青天大老爷”，托我们到领馆里去说这说那。我们本无根、无权，也不想干涉此地的内政。有时候见到领馆的官员，有意无意之间说上一点，居然也见了效。西贡华侨信任我们，把友谊送给我们，个别的有求于我们，愿意同我们来往，结果是我们旅店门庭若市，宴会无虚日了。

总领事馆招待我们颇为周到，但并不是一开始就是这样，中间也经过了一场斗争。我们总结了在瑞士同使馆斗争的经验，并且加以利用，证明是行之有效的。在瑞士是如此，在马赛是如此，我们相信，在西贡也将是如此。所以，我们一住进旅馆，就给了领馆一点颜色看。第一次吃饭，看到餐桌上摆的是竹筷。我们说："这不行，必须换象牙筷子！"这有点近于无理取闹，但是，第二次吃饭时，就一律是象牙筷子，在餐桌上闪闪射出白光了。我在这里引两段当时记的日记原文，证明我不是事后吹牛，瞎说一通。1946 年 3 月 13 日日记中有这样的记载：

十点同他们到领事馆去见尹凤藻（总领事）。一直等到十一点，他才回去。一见面，态度非常不客气。我心里大火，向他顶了几句，他反而和气了。这种官僚真没有办法！

挨了一个月，在 4 月 13 日，日记中又有这样一段话：

早晨六点起来，吃过早点，同虎文、士心、萧到领事馆去，交涉订大中华的舱位。老尹又想狡赖。看我们来势不善，终于答应了。

这两段日记可以具体地说明当时的真实情况。从中我们能够得到很多启发，学习很多东西。

从空间距离上来看，祖国离开我们已经比在万里外的欧洲近得多了，我们也确实感到了祖国的气息。这里的华侨十分关心祖国的抗战，同世界其他各地的华侨一样，他们热爱祖国，与祖国的命运息息相关。此时抗战虽然已经胜利，但是在长达八年的浴血抗战中出现的许多新鲜事物，仍然在此地保留着。比如《义勇军进行曲》我就是第一次在西贡听到的。它振奋了我这个远方归来的游子的心，让我感到鼓舞，感到光荣，感到兴奋，感到骄傲，觉得从此可以挺起腰板来做人了。有一次，我在一个中学里讲演，偶尔提到了蒋介石的名字，全场忽地一声，全体起立。我吓了一大跳，手足无所措。后来才知道，当时都是如此，也许是从国内传过来的。但是，后来我回到国内，并没有碰到这种情况，这对我至今还是一个谜。此外，从当地华侨嘴里说的普通话中，我还听到了一些新词儿，比如“伤脑筋”、“搞”等，都是我离开祖国时还没有出现过的。语言是随时变动的，这些词儿都是变动的产物。

这一些大大小小的新鲜事物，都明确无误地告诉我说，我离祖国不远了，祖国就在我的身边了，我心里感到异常的、前所未有的温暖。

从西贡到香港

我们于 1946 年 4 月 19 日离开西贡，登上了一艘开往香港的船。

这一条船相当小，不过一千多吨，还不到 Nea Hellas 的十分之一。设备也比较简陋。我们住的是头等舱，但里面并不豪华。至于二等舱、三等舱，以至于统舱，那就更不必说了。

我们的运气也不好，开船的第二天，就遇上了大风。是不是台风，我忘记了，反正风力大到了可怕的程度。我们这一条小船被吹得像海上的浮萍，随浪上下，一会儿仿佛吹上了三十三天，一会儿又仿佛吹下了十八层地狱。但见巨浪滔天，狂风如吼；波涛里面真如有鱼龙水怪翻腾滚动，瞬息万变。仿佛孙大圣正用那一根定海神针搅动龙宫，以致全海抖动。我本来就有晕船的毛病，现在更是呕吐不止，不但不能吃东西，而且胃里原有的那一点储备，也完完全全吐了出来，最后吐出来的只是绿颜色的水。我在舱里待不住了，因为随时都要吐。我干脆走到甲板上，把脑袋放在船舷上，全身躺在那里，吐起来方便。此时我神志还比较清楚，但见船上的桅杆上下摆动，有九十度的幅度。海水当然打上了甲板，但我顾不得那样多了，只是昏昏沉沉地半闭着眼，躺着不动。这场风暴延续了两天。船长说，有一夜，轮船开足了马力，破浪前进，但是一整夜，寸步未动。马力催进一步，暴风打退一步，二者相抵，等于原地踏步了。

风暴过后，我已经两天多滴水未进了。船上特别准备了鸡肉粥。当我喝完一碗粥的时候，觉得其味香美，异乎寻常，燕窝鱼翅难比其美，仙药醍醐庶几近之。这是我生平吃的最香最美的一碗粥，至今记忆犹新。此时，晴空万里，丽日中天，海平如镜，水波不兴。飞鱼在水面上飞驰，像飞鸟一样。远望一片混茫，不见岛屿，离陆地就更远更远了。我真是顾而乐之，简直想手舞足蹈了。

我们的船于 4 月 25 日到了香港。南京政府在这里有一个外交特派员，相当于驻其他国家的公使或者大使。负责接待我们的就是这个特派员公署。他们派人到码头上去接我们，把我们送到一家客栈里。这家客栈设备极其简陋，根本没有像样的房间，同内地的鸡毛小店差不多。分给我们两间极小的房子，门外是一个长筒子房间，可以叫作一个“厅”吧，大约有二三十平方米，没有床，只有地铺，住着二三十个客人，有的像是小商贩，有的则是失业者。有人身上长疮，似乎是梅毒一类的东西。这些人根本不懂什么礼貌，也没有任何公德心，大声喧哗，随口吐痰，抽劣质香烟，把屋子弄得乌烟瘴气。香港地少人多，寸土寸金。能够找到这样一个住处，也就不容易了。因为我们要等到上海去的船，只能在这样的地方暂住了。

我久仰香港大名，从来没有来过。这次初到，颇有一点新奇之感，然而给我的印象却并不美妙。我在欧洲住了十年多，瑞士、法国、德国等国的大世面，我都见过，亲身经历过。40 年代中叶的香港同今天的香港，有相同的地方，就是地少人多，但是不相同的地方却一目了然：那时的香港颇有点土气，没有一点文化的气息，找一个书店都异常困难。走在那几条大街上，街上的行人摩肩接踵，熙熙攘攘。头顶上那些鸽子窝似的房子中闹声极大，打麻将洗牌之声，有如悬河泻水，雷鸣般地倾泻下来；又像是暴风骤雨，扫过辽阔的大原。让我感觉到，自己确确实实是在人间，不容有任何幻想。在当时的香港这个人间里，自然景观，除了海景和夜景以外，几乎没有什么可看的。因为是山城，同重庆一样，一到夜里，万灯齐明，高高低低，上上下下，或大或小，或圆或方，有如天上的星星，并辉争光，使人们觉得，这样一个人间还是蛮可爱的。

在这样一个人间里，斗争也是不可避免的。同在瑞士、马赛和西贡一样，这里斗争的对象也是外交代表。我们去见外交特派员郭德华，商谈到上海去的问题。同在西贡一样，船期难定，这就需要特派员大力支持。我们走进他那宽敞明亮的大办公室。他坐在巨大的办公桌后面，威仪俨然，戴着玳瑁框的眼镜，留着小胡子，面团团如富家翁，在那里摆起架子，召见我们。我们一看，心里全明白了。俗话说“不打不成相识”，看样子需要给他一点颜色看。他不站起来，我们也没有在指定的椅子上就座，而是一屁股坐到他的办公桌上。立竿见影，他立刻站起身来，脸上也有了笑容。这样一来，乘船的问题就迎刃而解了。

我们心里一块石头落了地，在香港玩了几天，拜访了一些朋友，等候开船的日期。

回到祖国的怀抱

在香港同南京政府的外交人员进行了“最后的斗争”以后，船票终于拿到手了。我们于1946年5月13日上了开往上海的船，走上了回到祖国怀抱的最后的历程，心里很激动。

船非常小，大概还不到一千吨，设备简陋到令人吃惊的程度。乘船回国的留学生中又增添了几个新面孔，因此我们更不寂寞了。此外还有大约几百个中国旅客挤在这一条小船上，根本谈不到什么铺位。在其他船上，统舱算是最低一级的。在这条船上，统舱之下还有甲板一级。到处都是包裹，有的整齐，有的凌乱，有的包裹里还飘出了咸鱼的臭味。到处都是人，每个人只能有容身之地。霸道者抢占地盘，有人出钱，就能得到。因此讨价还价之声，争吵喧哗之声，洋洋乎盈耳。好多人都抽烟，统舱里烟雾迷腾。这种烟雾，再混乱上人声，形成了一团乌烟瘴气的大合唱。小船破浪前进所激起的海涛声，同这大合唱，简直像小巫见大巫，有时候连听都听不见了。

我们住在头等舱和二等舱里的几个留学生，是船上的“特权阶级”。不管外面多么脏，多么乱，只要把门一关，舱内还能保持干净和安静。但是，有时我们也需要呼吸点新鲜空气，此时，我们必须走到甲板上去，只需走几步路就行。可这几步路就成了一个艰难的历程。在沙丁鱼的人丛里，小心翼翼地走出一条路，是并不容易的。到了外面甲板上，我忽然在横躺竖卧的人丛中发现了那一位同我们一起上船的比利时和法国留学女生。只见她此时紧闭双眼，躺在那里，不吃不喝，不转不动。有人跨过她的身躯走路，她似乎不知不觉；有人不小心踩到她身上，她似乎不知不觉；有人提水水滴到她脸上，她仍然似乎不知不觉，连眉毛都不眨一眨。她是睡着了呢，抑或是醒着呢？我不得而知。她就这样一连躺了几天，一直躺到上海，我真是吃惊不小。我知道，她是学数学的，是一个非常虔诚的天主教徒。从她的表情来看，我总疑心，她当过修女。不管怎样，她心中一定有自己的上帝，否则她在船上的这一番功夫无论如何也是让人难以理解的。

我是一个俗人，心中没有上帝。我不想躺在那里，一动不动。我要活动，我要吃要喝，我还要想。在这时候，祖国就在我前面，我想了很多很多。将近十一年的异域流离的生活就要结束了。这十一年的经历现在一幕一幕地又重新展现在我的眼前，千头万绪的思绪一时涌上心头。我多么希望向祖国母亲倾诉一番呀！但是，我能说些什么呢？十一年前，少不更事，怀着一腔热情，毅然去国，一是为了救国，二是为了镀金。原定只有两年，咬一咬牙就能够挺过来的。但是，我生不逢时，战火连绵，两年一下子变成了十一年。其间所遭遇的苦难与艰辛，挫折与委屈，现在连回想都不愿意回想。试想一想，天天空着肚子，死神时时威胁着自己；英美的飞机无时不在头顶上盘旋，死神的降临只在分秒之间。遭万劫而幸免，实九死而一生。在长达几年的时间内，家中一点信息都没有。亲老、妻少、子幼。在故乡的黄土堆里躺着我的母亲。她如有灵，怎能不为爱子担心！所有这一切心灵感情上的磨难，我多么盼望能有一天向我的祖国母亲倾诉一番。现在祖国就在眼前，倾诉的时间来到了，然而我能倾诉些什么呢？

我不能像那位虔诚的天主教徒一样，躺在那里死死不动。我靠在船舷上，注目大海中翻滚的波涛，我心里面翻滚得比大海还要厉害。我在欧洲时曾几次幻想，当我见到祖国母亲时，我一定跪下来吻她，抚摩她，让热泪流个痛快。但是，我遇到了困难，我心中有了矛盾，我眼前有了阴影。在西贡时，我就断断续续从爱国的华侨口中听了一些关于南京政府的情况。到了香港以后，听的就更具体、更细致了。在抗战胜利以后，政府中的一些大员、中员和小员，靠裙带，靠后台，靠关系，靠交情，靠拉拢，靠贿赂，乘上飞机，满天飞着，到全国各地去“劫收”。他们“劫收”房子，“劫收”地产，“劫收”美元，“劫收”黄金，“劫收”物资，“劫收”仓库，连小老婆姨太太也一并“劫收”，闹得乌烟瘴气，民怨沸腾。其肮脏程度，远非《官场现形记》所能比拟。所谓“祖国”，本来含有两部分：一是山川大地，一是人。山川大地永远是美的，是我完完全全应该爱的。但是这样的人，我能爱吗？我能对这样一批人倾诉什么呢？俗语说：“孩儿不嫌娘丑，狗不嫌家贫。”我的娘一点也不丑。可是这一群“劫收”人员，你能说他们不丑吗？你能不嫌他们吗？

我心里的矛盾就是这样翻腾滚动。不知不觉，船就到了上海，时间是 1946 年 5 月 19 日。我在日记中写道：

上海，这真是中国地方了。自己去国十一年，以前自己还想象再见祖国时的心情。现在真正地见了，但觉得异常陌生，一点温热的感觉都没有。难道是自己变了么？还是祖国变了呢？

我怀着矛盾的心情踏上了祖国的土地，心里面喜怒哀乐，像是倒了酱缸一样，不知道是什么滋味。

十年一觉欧洲梦，
赢得万斛别离情。

祖国母亲呀！不管怎样，我这个海外游子回来了。

余音袅袅

在德国整整十年，在瑞士、法国和西贡超过半年，这将近十一年的回忆就写完了。

写这样的回忆录，并不是轻松愉快的事情。我总共写过两遍，第一遍从1988年3月1日写到4月11日，只是一个草稿；第二遍从1991年1月13日写到5月11日，是完全写成的清稿。这第二稿几乎和第一稿完全不一样，不是抄，而是重写。我为什么要写这篇东西？为什么在相距三年之后又写成清稿？这一言难尽，不去说它也罢。

我只说一说写作的过程。这个写作的过程实际上就是回忆的过程，有日记为根据，回忆并不是瞎回忆。不管怎样，我必须把这十一年的生活再生活一遍，把我遇到的人都重新召唤到我的眼前，尽管有的早已长眠地下了，然而在我眼前，他们都仍然是活的。同这些人相联系的我的生活中，酸甜苦辣，五味俱全。我前后两次，在四十天和四个月内，要把十一年的五味重新品尝一遍。这滋味决不是美好的。我咬紧了牙，生活过来了。但愿以后无须再把以前已经干枯了的快乐与痛苦重新回味。

这是不是意味着今后不再写回忆录了呢？差不多就是这个意思。我个人觉得，我那过去的生命比较平淡，一点英雄业绩也没有。天天舞笔弄墨，想要写的，都已经写完了。这仿佛是一块干橘皮，再也挤不出什么汁水来了。行年八十，能值得记述的东西只有两段，一个是留德十年，一个是十年的空前浩劫。后者我也在同一年，1988 年，写成了一部草稿《牛棚杂忆》，长短同现在的《留德十年》差不多。这部草稿什么时候转成清稿，我还不敢说。也许很快，也许永远只是草稿，也很难说。总之，我在一生除了这两段以外，再没有什么值得思考回忆的酸甜苦辣去重新生活一遍的东西了。

写这一部《留德十年》，在最前面加了一个《楔子》，为了对称起见，我在最后又加了这样一条尾巴，叫作《余音袅袅》。我虽年届耄耋，看起来还不像就要走的样子。我还有很多事情要做，我还有不少酸甜苦辣要尝，我真希望这个余音能袅袅得更长一点。

1991 年 5 月 11 日写毕

第五辑

印度风情

楔　子

我走在罗湖桥上。

这是一座非常普普通通的桥，如果它坐落在其他地方，绝不会引起任何人的注意，甚至不会令人感到它的存在。何况我走过这座桥，至少已经有三四次了。因此，当我踏上桥头的时候，我的心情是很平静的，平静得有如古井静水，没有任何涟漪。

然而，却出现了我意想不到的情况。

我猛然一抬头，看到十几米以外，对面桥头上站着一位解放军，草绿色的军帽，草绿色的军衣，整洁朴素，雍容大方，同国内天天见到的成千上万的解放军一样，也没有什么特异之处；而且就在一个月以前我还是天天看到他们的，当时，对他们简直可说是视若无睹。然而，此时此地，军帽上那一颗红星，领子上那两块红色领章，却闪出了异样的光彩，赫然像一团烈火，照亮了我的眼睛，照亮了我的心。我心里猛然一震动，泪水立刻夺眶而出：我最可爱的祖国，我又踏上你的土地了，又走到你的怀抱里来了。我很想俯下身去，吻一吻祖国的土地，但我终于控制住了自己，仍然走上前去。

更令我吃惊的是，在这无比快乐的心潮中，却有一点淡淡的哀愁在。这是什么原因呢？刚分手不久的印度人民、印度朋友的音容笑貌又突然出现在我的眼前，回荡在我的耳边。其中有老人，也有青年；有工人，也有农民；有大学生，也有大学教授；有政府官员，也有全印柯棣华大夫纪念委员会和印中友好协会的领导人。“印中友好万岁”、“印地秦尼巴依巴依”（“印中人民是兄弟”）的喊声我又仿佛能够听到；那种充满了热情的眼神，我又仿佛能够感到；那一双双热乎乎的手，我又仿佛能够握到；老教授朗诵自己作的欢迎诗的声音，年轻的男女大学生致欢迎词的清脆的声音，我又仿佛能够听到；万人大会上人群像汹涌的大海的情景，我又仿佛能够看到。我的脖子上又仿佛感到沉重起来，成串的红色的、黄色的、蓝色的、棕色的花环仿佛又套上我的脖子，花香直刺我的嗅官。

这一切都是说不完道不完的。

然而现在哪里去了呢？

中国古诗上说：“马后桃花马前雪，教我哪得不回头？”我想改一下：“桥前祖国桥后印，教我前后两为难。”杜甫的诗说：“明日隔山岳，世事两茫茫。”我也想改一下：“今日隔山岳，世事两茫茫。”印度对我已经有点茫茫了。

我们在印度的时候，经常对印度人民说：“我给你们带来了中国人民的友谊，我也将把你们的友谊带回中国去，带给中国人民。”然而友谊究竟应该怎么个带法呢？友谊确确实实是存在的，但却是我看不到摸不着，既无形体，又无气味；既无颜色，又无分量。成包地带，论斤地带，都是毫无办法的。唯一的办法，就是用我们的行动带。对我这样喜欢舞笔弄墨的人来说，行动就是用文字写下来，让广大的中国人民都能读到，他们虽然不能每个人都到印度去，可是他们能在中国通过文字来分享我们的快乐，分享印度人民对中国人民的友情。

一说到舞笔弄墨，我就感到内疚于心。我虽然舞得不好，弄得不好，却确实舞过弄过，而且舞弄了已经几十年了。但是到印度来之前，我却一点想舞想弄的意思都没有，我带来了一个笔记本，上面连一个字也没有写。为什么呢？原因很多，我在这里不去谈它了，总之是什么也不想写。

在印度过了半个多月以后，今天又回到祖国。我现在走在罗湖桥上，一时万感交集，奔突脑海。我深深地感觉到：如果我不把我的经历写下来，那就好像是对印度人民犯了罪，也好像是对中国人民犯了罪，至少也是自私自利的行为。我的内心在催促着我，在驱策着我。不管舞弄得好或坏，我只好舞弄它一下子了。于是过去三十年来积压在心头的东西一下子腾涌起来。我自己也难以说明白，为什么在过去这样长的时间竟基本上什么也没有写。写成的一点点东西，竟也没有拿出去发表——论中印友好的文章，我确实还是写了一些，但是我自己的亲身感受却是没有去碰。这究竟是为什么呢？我说不出。

我现在脑海里乱得很，里面好像在过电影。这些电影片有旧的、有新的。按理说，新的总应该比旧的清晰一些。但是有时候也不尽然，有的旧的比新的还要清晰，还要色彩绚丽。有时候我自己也分不出哪新哪旧。既然这些影片非要转变成文字不可，那就让它们转一转吧。至于是新是旧，那是无关紧要的，我也不去伤那个脑筋加以分辨。反正都是发生在印度大地上，发生在我的眼前，反映到我的心中，现在又在我笔下转变成了文字。

《儒林外史》上有一个回目叫："说楔子敷陈大义。"我也在这里敷陈大义。什么是我的大义呢？我的大义就是中印两国人民的传统的、既古老又崭新的友谊。下面的故事和经历，虽然有前有后，而且中间相距将近三十个年头。时移世变，沧海桑田，难免有一些变化，但是哪一个也离不开这个"大义"。而且这个"大义"不但在眼前起作用，在将来也还要起作用，要永远地起作用，这就是我坚定的信念。我相信，这也会是印度人民的坚定的信念。

1979 年 10 月 11 日

初抵德里

机外是茫茫的夜空，从机窗里看出去，什么东西也看不见。黑暗仿佛凝结了起来，凝成了一个顶天立地的黑色的大石块。飞机就以每小时二千多里的速度向前猛冲。

但是，在机下二十多里的黑暗的深处，逐渐闪出了几星火光，稀疏，暗淡，像是寥落的晨星。一转眼间，火光大了起来，多了起来，仿佛寥落的晨星一变而为夏夜的繁星。这一大片繁星像火红的珍珠，有的错落重叠，有的成串成行，有的方方正正，有的又形成了圆圈，像一大串火红的珍珠项链。

我知道，德里到了。

德里到了，我这一次远游的目的地到了。我有点高兴，但又有点紧张，心里像开了锅的水似的翻腾起来。我自己已经有二十三年的时间没有到印度来了。中间又经历了一段对中印两国人民来说都是不愉快的时期。虽然这一点小小的不愉快在中印文化交流的长河中只能算是一个泡沫；虽然我相信我们的印度朋友绝不会为这点小小的不愉快所影响；但是到了此时此刻，当我们乘坐的飞机就要降落到印度土地上的时候，我脑子里的问号一下子多了起来。印度人民现在究竟想些什么呢？我不知道。他们怎样看待中国人民呢？我不知道。我本来认为非常熟悉的印度，一下子陌生起来了。

这不是我第一次访问印度，我以前已经来过两次了。即使我现在对印度似乎感到陌生，即使我对将要碰到的事情感到有点没有把握，但是我对过去的印度是很熟悉的，对过去已经发生的事情是很有把握的。

我第一次到印度来，已经是二十七年前的事情了。同样乘坐的是飞机，但却不是从巴基斯坦起飞，而是从缅甸；第一站不是新德里，而是加尔各答；不是在夜里，而是在白天。因此，我从飞机上看到的不是黑暗的夜空，而是绿地毯似的原野。当时飞机还不能飞得像现在这样高，机下大地上的一切都历历如在目前。河流交错，树木蓊郁，稻田棋布，小村点点，好一片锦绣山河。有时甚至能看到在田地里劳动的印度农民，虽然只像一个小点，但却清清楚楚，连妇女们穿的红绿纱丽都清晰可见。我虽然还没有踏上印度土地，但却似乎已经熟悉了印度，印度对于我已经不陌生了。

不陌生中毕竟还是有点陌生。一下飞机，我就吃了一惊。机场上人山人海，红旗如林。我们伸出去的手握的是一双双温暖的手。我们伸长的脖子戴的是一串串红色、黄色、紫色、绿色的鲜艳的花环。我这一生还是第一次戴上这样多的花环，花环一直戴到遮住我的鼻子和眼睛。各色的花瓣把我的衣服也染成各种颜色。有人又向我的双眉之间、双肩之上，涂上、洒上香油，芬芳扑鼻的香气长时间地在我周围飘拂。花香和油香汇成了一个终生难忘的印象。

即使是终生难忘吧，反正是已经过去的事了。我第二次到印度来只参加了一个国际会议，不算是印度人民的客人。停留时间短，访问地区少，同印度人民接触不多，没有多少切身的感受。现在我又来到了印度，时间隔得长，中间又几经沧桑，世局多变。印度对于我就成了一个谜一样的国家。我对于印度曾有过一段从陌生到熟悉的过程，现在又从熟悉转向陌生了。

我就是带着这样一种陌生的感觉走下了飞机。因为我们是先遣队，印度人民不知道我们已经来了，因此不会到机场上来欢迎我们，我们也就无从验证他们对我们的态度。我们在冷冷清清的气氛中随着我们驻印度使馆的同志们住进了那花园般的美丽的大使馆。

我们的大使馆确实非常美丽。庭院宽敞，楼台壮丽，绿草如茵，繁花似锦。我们安闲地住了下来。每天一大早，起来到院子里去跑步或者散步。从院子的一端到另一端恐怕有一两千米。据说此地原是一片密林，林子里有狼、有蛇、有猴子，也有孔雀。最近才砍伐了密林，清除了杂草，准备修路盖房子。有几家修路的印度工人就住在院子的一个角落上。我们散步走到那里，就看到他们在草地上升上炉子，煮着早饭，小孩子就在火旁游戏。此外，还有几家长期甚至几代在中国使馆工作的印度清扫工人，养花护草的工人，见到我们，彼此就互相举手致敬。最使我感兴趣的是一对孔雀，它们原来是住在那一片密林中的。密林清除以后，它们无家可归，夜里不知道住在什么地方。可是每天早晨，还飞回使馆来，或者栖息在高大的开着红花的木棉树上，或者停留在一座小楼的阳台上。见到我们，仿佛吃了一惊，连忙拖着沉重的身体缓慢地飞到楼上，一转眼，就不见了。但是，当我们第二天跑步或散步到那里的时候，又看到它们蹲在小楼的栏杆上了。

日子就这样悠闲地过去。我们的团长在访问了孟加拉国之后终于来到德里。当我到飞机场去迎接他们的时候，我的心情仍然是非常悠闲的，我丝毫也没有就要紧张起来的思想准备。但是，一走近机场，我眼前一下子亮了起来：二十七年前在加尔各答机场的情景又出现在眼前了。二十七年好像只是一刹那，中间那些沧海桑田，那些多变的世局，好像从来没有出现过。我看到的是高举红旗的印度青年，一个劲地高喊“印中是兄弟”的口号。恍惚间，仿佛有什么人施展了仙术，让我一下子返回到二十七年以前去。我心里那些对印度从陌生到熟悉又从熟悉到陌生的感觉顿时涣然冰释。我多少年来向往的印度不正是眼前的这个样子吗？

因为飞机误了点，我们在贵宾室里待的时间就长了起来。这让我非常高兴，我可以有机会同迎接中国代表团的印度朋友们尽兴畅叙。朋友中有旧知，也有新交。对旧知是“有朋自远方来，不亦乐乎”！对新交是“乐莫乐兮新相知”。各有千秋，各极其妙。但是，站在机场外面的印度人民，特别是德里大学和尼赫鲁大学的教师和学生，也不时要求我们出去见面。当然又是戴花环，又是涂香油。一回到贵宾室，印度的新闻记者，日本的新闻记者，还有一些不知道从哪儿来的新闻记者，以及电台录音记者、摄影记者，又一拥而上，相机重重，镁光闪闪，一个个录音喇叭伸向我们嘴前，一团热烈紧张的气氛。刚才在汽车上还保留的那种悠闲自在的心情一下子消逝得无影无踪了。对我来说，这真好像是一场遭遇战，然而这又是多么愉快而兴奋的遭遇战啊！回想几天前从巴基斯坦乘飞机来印度时那种狐疑犹豫的心情，简直觉得非常好笑了。我的精神一下子抖擞起来，投入了十分紧张、十分兴奋、十分动人、十分愉快的对印度的正式的访问。

1979 年 10 月

在德里大学和尼赫鲁大学

我一生都在大学中工作，对大学有兴趣，是理所当然的，而别人也认为我是大学里的人。因此，我同大学，不管是国内的，还是国外的，发生联系，就是不可避免的了。

这也就决定了我到德里后一定要同那里的大学发生一些关系。

但我却绝没有想到，素昧平生的德里大学和尼赫鲁大学竟然先对我发出了邀请。我当然更不会想到，德里大学和尼赫鲁大学会用这样热情隆重到超出我一切想象的方式来欢迎我这个微不足道的人物。也许是因为我懂一点梵文和巴利文，翻译过几本印度古典文学作品，在印度有不少的朋友，又到过印度几次，因此就有一些人知道我的名字。但是实际上，尽管我对印度人民和印度文化怀有深厚的敬意，我对印度的了解却是非常肤浅的。

二十七年前，当我第一次访问印度的时候，尼赫鲁大学还没有建立，德里大学我曾来过一次。当时来的人很多，又是一个非常正式的场合，所以见的人多，认识的人少。加之停留时间非常短，又相隔了这样许多年，除了记得非常热闹以外，德里大学在我的印象中已颇为模糊了。

这一次旧地重游，到的地方好像是语言学科和社会科学学科所在地。因为怕我对这里不熟悉，拉吉波特·雷易教授特地亲自到我国驻印度大使馆来接我，并陪我参观。在门口欢迎我们的人并不多，我心里感到有点释然。因为事前我只知道，是请我到大学里来参观，没有讲到开会，更没有讲到要演讲，现在似乎证实了。然而一走进会场，却使我吃了一惊，那里完完全全是另一番景象。会场里坐满了人，门外和过道还有许多人站在那里，男、女、老、少都有。里面显然还有不少的外国人，不知道是教员还是学生。佛学研究系的系主任和中文日文系的系主任陪我坐在主席台上。我心里有点打起鼓来。但是，中国古语说，既来之，则安之。既然安排了这样一个环境，也就只好接受下来，不管我事前是怎样想的，到了此刻都无济于事。我的心一下子平静下来。

首先由学生代表致欢迎词。一个女学生用印地语读欢迎词，一个男学生用中文读。欢迎词中说：

> 在德里大学的历史上，这是我们第一次欢迎北京大学的教授来访问。我们都知道，北京大学是中国主要的大学之一，也是世界闻名的大学之一。它曾经得到“民主堡垒”的盛名。我们希望通过季羡林教授的访问，在北京大学和德里大学之间建立一座友谊的桥梁。我们希望从今以后会有更多的北京大学的学者来访问德里大学。我们也希望能有机会到北京大学去参观、

学习。

欢迎词中还说：

> 中国跟印度有两千年的友好往来。印度佛教徒佛图澄、鸠摩罗什、菩提达摩跟成百的其他印度人把印度文化的精华传播到中国。四十年前，印度医生柯棣华、巴苏华跟其他医生，不远千里去到中国抗日战争前线治疗伤病员。柯棣华大夫为中国人民的解放事业贡献出自己的生命。同样，中国的佛教徒法显、玄奘跟义净已经变成印度老幼皆知的名字。他们留下的记载对印度历史的研究做出了卓越的贡献。

这些话使我们在座的中国同志都感到很亲切，使我们很感动。长达几千年的传统的友谊一下子把我们的心灵拉到一起来了。

学生代表致过欢迎词以后，佛学研究系系主任辛格教授又代表教员致词。他首先用英文讲话，表示对我们的欢迎，接着又特地用梵文写了一首欢迎我的诗。在这里，我感觉到，所有这一切都不只是对北京大学的敬意，而是对中国所有大学的敬意，北京大学只不过偶尔作为象征而已。当然更不是对我个人的欢迎，而是对新中国所有大学教员和学员的欢迎，我只不过是偶尔作为他们的象征而已。

然而，当这样一个象征，却也并非易事。主人致过欢迎词以后，按照国际上的不成文法，应该我说话了。我的心情虽然说是平静了下来，但是要说些什么，却是毫无准备。当主人们讲话的时候，我是一方面注意地听，一方面又紧张地想。在这样一个场合，应该说些什么呢？说什么才算是适宜得体呢？我对于中印文化交流的历史曾做过一些研究，积累过一些资料。我也知道，印度朋友最喜欢听的也是这样的历史。我临时心血来潮，决定讲一讲中印文化交流从什么时候开始的问题。这是一个争论颇多的问题。我有我自己的一套看法，我就借这个机会讲了出来。我不同意那种认为中印文化交流开始于佛教的传入的说法，也就是说，中印文化交流始于公元 1 世纪。我认为要早得多，至少要追溯到公元前三四世纪的屈原时代。在屈原的《天问》中有“顾菟在腹”这样一句话。“顾菟”虽然有人解释为“蟾蜍”，但汉以来的注释都说是兔子。月亮里有兔子的神话在印度极为流行。唐玄奘《大唐西域记》卷第七婆罗痆斯国就有三兽窣堵波的记载：

> 劫初时，于此林野，有狐、兔、猿，异类相悦。时天帝释欲验修菩萨行者，降灵应化为一老夫，谓三兽曰：“二三子善安隐乎？无惊惧耶？”曰：“涉丰草，游茂林，异类同欢，既安且乐。”老夫曰：“闻二三子情厚意密，忘其老弊，故此远寻。今正饥乏，何以馈食？”曰：“幸少留此，我躬驰访。”于是同心虚己，分路营求。狐沿水滨，衔一鲜鲤，猿于林树，采异花果，俱来至止，同进老夫。惟兔空还，游跃左右。老夫谓曰：“以吾观之，尔曹未和。猿、狐同志，各能役心，惟兔空还，独无相馈。以

此言之，诚可知也。”兔闻讥议，谓狐、猿曰：“多聚樵苏，方有所作。”狐、猿竞驰，衔草曳木，既已蕴崇，猛焰将炽。兔曰：“仁者：我身卑劣，所求难遂，敢以微躬，充此一餐。”辞毕入火，寻即致死。是时老夫复帝释身，除烬收骸，伤叹良久，谓狐、猿曰：“一何至此！吾感其心，不泯其迹，寄之月轮，传乎后世。”故彼咸言，月中之兔，自斯而有。

在汉译佛典里面，这个故事还多次出现。根据种种迹象，这个神话可能就源于印度，然后传入中国，写入屈原的著作中。那么中印文化交流至少已有二千三四百年的历史。如果再说到二十八宿，中印都有这个名称，这个历史还可能提前许多年。总之，我们两国的文化交流源远流长，至今益盛，很值得我们两国人民引为骄傲的了。

我这一番简单的讲话显然引起了听众的兴趣。欢迎会开过之后，我满以为可以参观一下，轻松一下了。然而不然。欢迎会并不是高潮，高潮还在后面。许多教员和学生把我围了起来，热烈地谈论中印文化交流的问题。但是他们提出的问题又不限于中印文化交流。有的人问到四声、反切。有的人问到中国古代有关外国的记载，比如《西洋朝贡典录》之类。有的人甚至问到梵文文学作品的翻译。有的人问到佛经的中译文。有的人甚至问到人民公社，问到当前的中国教育制度，等等，等等。实际上我对这些东西都只是一知半解。可能是由于多年没有往来，今天偶尔碰到我这样一个人，印度朋友们就像找到一本破旧的字典，饥不择食地查问起来了。

但是，印度朋友们也并不光是想查字典，他们还做一些别的事情。有的人递给我一杯奶茶。有的人递给我一碟点心。有的人拿着笔记本，让我签上名字。有的人拿着照相机来照相。可是，实际却茶也喝不成，点心也吃不成，因为很多人同时挤了上来，许多问题从不同的嘴里同时提了出来。只有一个眼观六路耳听八方的人才能应付裕如，我却绝非其人。我简直幻想我能够像《西游记》上的孙悟空那样，从身上拔下许多毫毛，吹一口气，变成许许多多的自己，来同时满足许多印度朋友的不同的五花八门的要求。当然这只是一种幻想。我只是一个肉身的人，不是神仙，我只剩下出汗的本领，只有用满头大汗来应付这种局面了。

但是，我心里是愉快的。印度朋友们渴望了解新中国的劲头，他们对中国来宾招待的热情，所有那一天到德里大学去的中国同志都深深地被感动了。我自己是首当其冲，内心的激动更无法细说。但是，我内心里又有点歉然，觉得自己知道的东西实在太少，完全不能满足热情的印度朋友对我的要求和期望。拉吉波特·雷易教授很有风趣地说："整个校园都变得发了疯似的了！"情况确实是这个样子，整个校园都给浓烈的中印友谊的气氛所笼罩了。

我万万没有想到，在忙碌了一早晨之后到德里大学餐厅去吃午饭的时候，竟然遇到了中国人民的老朋友、印度著名的经济学家吉安·昌德教授。50年代初，我们访问印度的时候，他曾招待过我们。在新德里和加尔各答，都受到他热情的欢迎。后来他又曾访问过中国，好像还会见了毛主席和周总理。他一直从事促进中印友好的工作。但是在过去二十多年的漫长的时间内，我几乎没有听到他的消息。说句不好听的话，我以为像他那样大的年龄，恐怕早已不在世上了。谁知道他竟像印度神话里讲的某一个神灵那样，突然从天上降落到人间，今天站在我的面前了。这意外的会面更提高了我本来已经很高的兴致，也使我很激动。以他这样的高龄，腿脚又已经有点不方便，由一个人搀扶着，竟然还赶到大学里来会见我们这些中国朋友，怎能不令人激动？我握住了他的手，笑着问他高寿，他很有风趣地说："我刚刚才八十六岁。"这话引得旁边的人都大笑起来，他自己也笑了起来，笑得像一个年轻人那样天真，那样有力。我知道，这一位老人并不服老。为了印度人民，为了中印两国人民的友好，他将硬朗地活下去。我们也希望这一位"刚刚才八十六岁"的老而年轻的人活下去，我衷心祝愿他长寿！

隔了一天，我们又应邀到尼赫鲁大学去参观访问。情况同在德里大学差不多，也是先开一个欢迎会，同大家见见面。礼堂里挤了大概有千把人，掌声不断，情绪很高昂。所不同的只是，这里的学生用中文唱了中国歌。在万里之外，竟能听到中国歌，仿佛又回到了祖国，我们当然感到很亲切，兴致一下子就高涨了起来。同我一起坐在主席台上的除了学校领导和教授之外，还有学生会主席，他是一个年纪不到二十岁的男孩子。别人告诉我，他已经是第三次连选连任学生会主席了。这个大孩子，英俊、热情、机敏、和蔼。他似乎是无拘无束地陪我们坐在那里，微笑从来没有离开他的脸。主人们致词以后，又轮到我讲话。然后是赠送礼物，鼓掌散会，进行参观。学校里刚进行过学生会改选工作，他们所到之处，墙上都贴满了标语、传单，上面写着："选某某人！""反对某某人！"看来这里的民主气氛还是比较浓的。我们会见了许多领导人，什么副校长，什么系主任，都是亲切、和蔼、热情、友好。我们参观了许多高楼大厦、许多部门，其中包括图书馆。馆中藏有不少的中文书，给我留下了深刻的印象。他们有不少的微型胶卷。据说全套的《人民日报》和其他一些中国报刊，他们都有。中国古代的典籍他们收藏也很丰富。总之，图书馆的收藏与设备给我们留下了深刻的印象。我们所到之处，也都受到热情友好的招待。大学的几位领导人，一直陪同我们参观。那一位年轻的学生会主席也是寸步不离，一直陪同我们。到了将要分手的时候，他悄悄地对我说："我真是非常想到中国去看上一看！"我觉得，这绝不是他一个人的愿望，而是广大印度青年的共同愿望。在以后的访问过程中，我在印度许多城市，遇到了无数的印度男女青年，他们都表示了同样的愿望。正如我国的青年也愿意访问印度、了解印度一样，印度青年的这种愿望，我是完全能理解的。我衷心祝愿这位年轻的学生会主席的愿望能够早日实现！

又隔了一天，我又应邀到尼赫鲁大学去参加现代中国研究会的成立典礼。

我又万没有想到，在这时竟然遇到了另一位中国人民的老朋友，印中友好协会的主席、已达耄耋高龄的九十四岁的森德拉尔先生。他曾多次访问过中国，受到过毛主席的接见。他把毛主席接见他时合影的照片视若珍宝。回印后翻印了数万张，广为散发。1955年我第二次访问印度的时候，他那时已届七十高龄，然而仍然拄着拐杖亲自到机场去迎接我们。他一生为促进中印友好而努力。在中印友谊的天空里暂时出现乌云的日子，这一位老人始终没有动摇过。“岁寒然后知松柏之后凋也”，他经受住了考验，他坚信中印友好是人心所向，大势所趋，总有一天会拨开浓雾见青天的。他胜利了。今天我们中国友好代表团又到了印度。当我在尼赫鲁大学见到他的时候，虽然我自己也已经有了一把子年纪，但是同他比起来还要小几乎三十岁，无怪在他的眼中我只能算是一个小孩子。他搂住我的脖子，摸着我的下巴颏儿，竟像一个小孩一般地呜呜地哭起来。我们的团长王炳南同志到他家里去拜望他的时候，他也曾哭过，他说：“我今年九十多岁了。但请朋友们相信，在印中两国没有建立完全的友好关系之前，我是决不会死去的！”如果我也像问吉安·昌德教授那样问他的年龄，他大概也会说：“我刚刚才九十四岁。”以后在德里的日子里，我曾多次遇到这一位老人，他每会必到，每到必发言，每发言必如悬河泻水，滔滔不绝。如果没有人请他休息，他会不停地说下去的。我真不知道，这个个儿不大的小老头心中蕴藏了多少对中国人民的友谊，蕴藏着多少刚毅不屈的精神。他在我眼中真仿佛成了印度人民的化身，中印友好的化身。我也祝愿他长寿，超过一百岁。即使中印完全建立了友好关系，他也不会死去。

总之，我在德里大学和尼赫鲁大学不但遇到了对中国热情友好的年轻人，也遇到了对中国友好的多次访问过中国的为中印友好而坚贞不屈的老年人。老年人让我们回忆到过去，回忆起两千多年的历史。年轻人让我们看到未来，看到我们的友谊将会持续下去，再来一个两千多年，甚至比两千多年更长的时间。

1979 年 2 月 24 日

琼楼玉宇，高处不胜寒

阿格拉是有名的地方，有名就有在泰姬陵。世界舆论说，泰姬陵是不朽的，它是世界上多少多少奇之一。而印度朋友则说："谁要是来到印度而不去看泰姬陵，那么就等于没有来。"

我前两次访问印度，都到泰姬陵来过，而且两次都在这里过了夜。我曾在朦胧的月色中来探望过泰姬陵。整个陵寝在月光下幻成了一个白色的奇迹。我也曾在朝暾的微光中来探望过泰姬陵，白色大理石的墙壁上成千上万块的红绿宝石闪出万点金光，幻成了一个五光十色的奇迹。总之，我两次都是名副其实地来到了印度。这一次我也决心再来，否则，我的三访印度，在印度朋友心目中就成了两访印度了。

同前两次一样，这一次也是乘汽车来的。车子下午从德里出发，一直到黄昏时分，才到了阿格拉。泰姬陵的白色的圆顶已经混入暮色苍茫之中。我们也就在苍茫的暮色中找到了我们的旅馆。从外面看上去，这旅馆砖墙剥落，宛如年久失修的莫卧儿王朝的废宫。但是里面却是灯光明亮，金碧辉煌，完全是另一番景象。房间都用与莫卧儿王朝有关的一些名字标出，使人一进去，就仿佛到了莫卧儿王朝；使人一睡下，就能够做起莫卧儿的梦来。

我真的做了一夜莫卧儿的梦。第二天一大早，我们就赶到泰姬陵门外。门还没有开。院子里，大树下，弥漫着一团雾气，掺杂着淡淡的花香。夜里下过雨，现在还没有晴开。我心里稍有懊恼之意：泰姬陵的真面目这一次恐怕看不到了。

但是，突然间，雨过天晴云破处，流出来了一缕金色的阳光，照在泰姬陵的圆顶上，只照亮一小块，其余的地方都暗淡无光，独有这一小块却亮得耀眼。我们的眼睛立刻明亮起来：难道这不就是泰姬陵的真面目吗？

我们走了进去，从映着泰姬陵倒影的小水池旁走向泰姬陵，登上了一层楼高的平台，绕着泰姬陵走了一周，到处瞭望了一番。平台的四个角上，各有一座高塔，尖尖地刺入灰暗的天空。四个尖尖的东西，衬托着中间泰姬陵的圆顶那个圆圆的东西，两相对比，给人一种奇特的美。我想不出一个适当的名词来表达这种美，就叫它几何的美吧。后面下临阎牟那河。河里水流平缓，有一个不知什么东西漂在水里面，一群秃鹫和乌鸦趴在上面啄食碎肉。秃鹫们吃饱了就飞上栏杆，成排地蹲在那里休息，傲然四顾，旁若无人。

我们就带着这些斑驳陆离的印象，回头来看泰姬陵本身。我怎样来描述这个白色的奇迹呢？我脑筋里所储存的一切词汇都毫无用处。我从小念的所有的描绘雄伟的陵墓的诗文，也都毫无用处。“碧瓦初寒外，金茎一气旁。山河扶绣户，日月近雕梁。”多么雄伟的诗句呀！然而，到了这里却丝毫也用不上。这里既无绣户，也无雕梁。这陵墓是用一块块白色大理石堆砌起来的。但是，无论从远处看，还是从近处看，却丝毫也看不出堆砌的痕迹，它浑然一体，好像是一块完整的大理石。多少年来，我看过无数的泰姬陵的照片和绘画，但是却没有看到有任何一幅真正的照出、画出泰姬陵的气势来的。只有你到了泰姬陵跟前，站在白色大理石铺的地上，眼里看到的是纯白的大理石，脚下踩的是纯白的大理石；陵墓是纯白的大理石，栏杆是纯白的大理石，四个高塔也是纯白的大理石。你被裹在一片纯白的光辉中，翘首仰望，纯白的大理石墙壁有几十米高，仿佛上达苍穹。在这时候，你会有什么样的感觉，我不知道。反正我自己仿佛给这个白色的奇迹压住了，给这纯白的光辉网牢了，我想到了苏东坡的词:“琼楼玉宇,高处不胜寒。”我自己仿佛已经离开了人间，置身于琼楼玉宇之中。有人主张，世界上只有阴柔之美与阳刚之美。把二者融合起来成为浑然一体的那种美，只应天上有。我眼前看到的就是这种天上的美。我完全沉浸在这种美的享受中，忘记了时间的推移。等到我从这琼楼玉宇中回转来时，已经是我们应该离开的时候了。

从泰姬陵到红堡是一条必由之路，我们也不例外。到了红堡，限于时间我们只匆匆地走了一转。莫卧儿王朝的这一座故宫，完全是用红砂岩筑成的。如果说泰姬陵是白色的奇迹的话，那么这里就是红色的奇迹。但是，我到了这里，最关心的却是一块小小的水晶。据说，下令修建泰姬陵的沙扎汗，晚年被儿子囚了起来。他本来还准备在阎牟那河这一边同河对岸泰姬陵遥遥相对的地方，修建一座完全用黑色大理石砌成的陵墓，如果建成的话，那将是一个不折不扣的黑色的奇迹。然而在这黑色的奇迹出现以前，他就失去了自由，成为自己儿子的阶下囚。他天天坐在红堡的一个走廊上，背对着泰姬陵，凝神潜思，忍忧含悲，目不转睛地注视着镶嵌在一个柱子上的那一块水晶，里面反映出整个泰姬陵的影像。月月如此，天天如此，这位孤独的老皇帝就这样度过了他的残生。

这个故事很有些浪漫气息。几百年来，也打动了千千万万好心人的心弦，滴下了无数的同情之泪。但是，我却是无泪可滴。我上一次来的时候，印度朋友曾告诉过我，就在这走廊下面那一片空地上，莫卧儿皇帝把囚犯弄了来，然后放出老虎，让老虎把人活活地吃掉。他们坐在走廊上怡然欣赏这一幕奇景。这样的人，即使被儿子囚了起来，我难道还能为他流下什么同情之泪吗？这样的人，即使对死去的爱姬有那么一点情意，这种情意还值得几文钱呢？我正在胡思乱想的时候，红堡城墙下长着肥大的绿叶子的树丛中，虎皮鹦鹉又吱吱喳喳叫了起来。这种鸟在中国是会被当作珍禽装在精致的笼子里来养育的。但是在阿格拉，却多得像麻雀。有那么一个皇帝，再加上这些吱吱喳喳的虎皮鹦鹉，我的游兴已经索然了。那些充满了浪漫气氛的故事对于我已经毫无吸引力了。

我走下了天堂，回到了现实。人间和现实是充满了矛盾的，但是它们又确实是美的。就是在阿格拉也并非例外。二十七年前，当我第一次到阿格拉来的时候，我在旅馆中遇到的一件小事，却使我忆念难忘。现在，当我离开了泰姬陵走下天堂的时候，我不由得又回忆起来。

我们在旅馆里看一个贫苦的印度艺人让小黄鸟表演识字的本领。又看另一个艺人让眼镜蛇与獴决斗。两个小动物都拼上命互相搏斗，大战了几十回合，还不分胜负。正在看得入神的时候，我瞥见一个印度青年在外面探头探脑。他的衣着不像一个学生，而像一个学徒工。我没有多加注意，仍然继续观战。又过了不知多少时候，我又一抬头，看到那个青年仍然站在那里，我立刻走出去。那个青年猛跑了几步，紧紧地抓住了我的手，我感觉到他的手有点颤抖。他递给我一个极小的小盒，透过玻璃罩可以看到，里面铺的棉花上有一粒大米。我真有点吃惊了，这一粒大米有什么意义呢？青年打开小盒，把大米送到我眼底下，大米上写着“印中友谊万岁”几个字，只能用放大镜才能看得清楚。他告诉我，他是一个学徒工，最热爱新中国，但却从来没有机会接触一个中国人。听说我们来了，他便带了大米来看我们。从早晨等到现在，中午早已过了，但是几次被人撵走。现在终于见到中国朋友了，他是多么兴奋啊！我接过了小盒，深深地被这个淳朴的青年感动了。我握住了他的手，心里面思绪万千，半天没有说出话来。我一直目送这个青年的背影消失在大街上熙熙攘攘的人群中，才转回身来。

泰姬陵是美的，是不朽的。然而，人们心里的真挚感情不是比泰姬陵更美，更不朽吗？上面说的这件小事，到现在，已经过了二十七年，在人的一生中，二十七年是一段漫长的时间。可是，不管我什么时候想起这件小事，那个学徒工的影像就栩栩如生地浮现在我的眼前。现在他大概都有四五十岁了吧。中间沧海桑田，世间多变。但是我却不相信，他会忘掉我，会忘掉中国，正如我不会忘掉他一样。据我看，这才是真正的美，真正的不朽。是美的、不朽的泰姬陵无法比拟的美，无法比拟的不朽。

1978 年

难忘的一家人

3月初的德里，已经是春末夏初时分。北京此时恐怕还会飘起雪花吧。而在这里，却已是杂花生树，群莺乱飞。月季花、玫瑰花、茉莉花、石竹花，还有其他许多不知名的鲜花，纷红骇绿，开得正猛。木棉那大得像碗口的红花，开在凌云的高枝上，发出了异样的光彩，特别引起了我这个异乡人的惊奇。

就正在这繁花似锦的时刻，我会见了将近二十年没有见面的印度老朋友普拉萨德先生。

当时，我刚从巴基斯坦来到德里。午饭后，我站在我们的大使馆楼前的草地上，欣赏那一朵朵肥大的月季花。正在出神，冷不防从对面草地上树荫下飞也似的跳出来了一个人，一下子扑了过来，用力搂住我的脖子，拼命吻我的面颊。他眼里泪水潸潸，眉头痛苦地或者是愉快地皱成了一个疙瘩。他就是普拉萨德。他这出乎意料的举动，使得我惊愕、快乐。但是，我的眼里却没有泪水流出，好像是我还没有来得及把泪水酿出。

这自然就使我回忆起过去在北京大学的一些事情。

普拉萨德是在解放初期由印中友协主席、中国人民始终如一的老朋友森德拉尔先生介绍到北大来任教的。他为人正直、坦荡，老老实实，本本分分，从来不弄什么小动作，不耍什么花样。借用德国老百姓的一句口头语：他忠实得像金子一样。在工作方面，他勤勤恳恳，给什么工作，就做什么工作，决不讨价还价。因此，他同中国教师和历届的同学都处得很好，没有人不喜欢他、不尊重他的。他后来回国结了婚，带着夫人普拉巴女士又回到北京。生的第一个男孩，取名就叫作京生。长到三四岁的时候，活泼伶俐，逗人喜爱。每次学校领导宴请外国教员，一个必不可少的节目就是要京生高唱《东方红》。此时宴会厅里，必然是笑声四起，春意盎然，情谊脉脉，喜气融融。

时光就这样流逝过去。他做的事情都是平平常常的事情，过的日子也都是平淡无奇的日子。没有兴奋，没有激动。没有惊人的变化，也没有难忘的伟绩。忘记了是哪一年，他生了肺病，有点紧张。我就想方设法，加以劝慰。我现在已经忘记究竟对他说了些什么话，但是估计像我这样水平低的人，也绝不会说出什么精辟的话。他可就信了我的话，情绪逐渐平静了下来。又忘记了是哪一年，他告诉我，想到莫斯科去参加青年联欢节。我通过有关的单位，使他达到了目的。这些都是小事，本来是不足挂齿的。然而他却惦记在心，逢人便说。他还经常说，我是他的长辈，是他的师尊。这很使我感到有点尴尬，觉得受之有愧。

天不会总是晴的，人世间也绝不会永远风平浪静。大约是在

1959年，中印友谊的天空里突然升起了一团乌云。某一些原来对中国友好的印度人，接踵转向。但是，普拉萨德一家人并没有动摇。他们不相信那一些造谣诬蔑，流言蜚语。他们一直坚持到自己的护照有被吊销的危险的时候，才忍痛离开了中国。

接着来的是一段对中印两国人民都不愉快的时光。我自己毕生研究印度的文化和历史，十分关心中印两国人民的传统友谊。在这一团乌云的遮蔽下，我有说不出来的苦恼，心情很沉重。我不时想到普拉萨德，想到他那一家人。当他们还在北京的时候，我实际上并没有这样想过。现在一旦暌违，却竟如此忆念难置。我自己也说不清楚其中的原因。难道我也想到“鸿雁几时到，江湖秋水多”吗？我不知道，普拉萨德一家人在想些什么，他们在干些什么。但是，我对于他那一家人对中国人民的深厚友谊，是从来没有怀疑的。我相信，他同广大的印度朋友一样，既能同中国人民共安乐，也能同我们共忧患。他们既然能度过丽日和风，也必然能度过惊涛骇浪。

事实也正是这个样子。等到天空里的乌云逐渐淡下去的时候，从遥远的西天传来了普拉萨德一家的消息。他确实是没有动摇。在那些日子里，他仍然坚持天天到中国驻印度大使馆去上班。当时大使馆门外驻扎着军警，每一个到中国大使馆来的印度人，都要受到盘问。许多印度朋友，不管内心里多么热爱中国，在这种情况下，也只好望而却步。然而普拉萨德却毅然岿然，决不气馁。当他在中国生肺病的时候，我心里曾闪过一个念头，窃以为他太脆弱。现在才知道，我错了。在大是大非面前，他是非常坚强的。我认识到他是这样一个人：在脆弱中有坚强，在简单中有深刻，在淳朴中有繁缛，在平淡中有浓烈。

他的爱人普拉巴是夫唱妇随。有人要她捐献爱国捐，她问为什么，说是为了对付中国。她坚决回答："爱国人人有份。但是捐了金银首饰去打中国，我宁死不干。我决不相信，中国会侵略印度！"这一番话义正词严，简直可以说是掷地作金石声。在那黑云翻滚的日子里，敢于说这样的话，是需要有点勇气的。普拉巴平常看起来也像她丈夫一样是朴素而安静的。就在这样一个朴素而安静的印度普通妇女的心中蕴藏着多少对中国兄弟姐妹的爱和信任啊！但是在千千万万印度朋友心中蕴藏着的正是这样的爱和信任。印度古书上有一句话："真理就是要胜利。"她说的话正是真理，因此就必然会胜利的。

难道说普拉萨德一家人不热爱自己的祖国吗？正相反。我知道，他们是非常热爱自己的祖国的。而他们这样的举动也正是真正热爱祖国的表现。

就这样，我们虽然相别十余年，相隔数万里，其间也没有通过信。但是，我们的心是相通的，我们的心是挨得非常近的。

可是我无论如何也没有预料到，我们竟然能够在花团锦簇的暮春时分，在德里又会了面。

看样子，这一次意外的会面也给普拉萨德带来了极大的愉快。他告诉我，当他听说我要到印度来的时候曾高兴得几夜睡不着觉。我知道，他确实是非常高兴的。那时候，我们的访问非常紧张，一个会接着一个会，忙得不可开交。但是他却利用一切机会同我会面和交谈。有一天晚上，他还带了另一位印度朋友来看我。刚说了几句话，他们俩突然跪到地上摸我的脚。我知道，这是对最尊敬的人行的礼节。我大吃一惊，觉得真是当之有愧。但是面对着这一位忠实得像金子一般的印度朋友，我有什么办法呢？

普拉萨德再三对我讲，他要把他全家都带来同我会面。这正是我的愿望，我是多么想看一看这一家人啊！但是时间却挤不出。最后商定在使馆招待会前半小时会面。到了时候，他们全家果然来了。当年欢蹦乱跳的京生已经长成了稳重憨厚的青年，大学医学院的毕业生。当年在襁褓中的兰兰也已经长成了中学生。我看到这个情景，心里面思绪万千，半天说不出话来。但是，普拉萨德却滔滔不绝地讲了起来，讲他过去十几年的经历。从生活到思想，从个人到全家，不厌其详地讲述。兰兰大概觉得他说话太多了，有点生气似的说道："爸爸！看你老讲个不停，不让别人说半句话。"普拉萨德马上反驳说："不行不行！我非向他汇报不行。我的话三天三夜也讲不完。"说完又讲了起来，大有"词源倒流三峡水"的气概，看样子真要讲上三天三夜了。但是，招待会的时间到了，他们才依依不舍地辞别离去。

我们在德里的最后一个节目是印中友协的欢迎会。散会后，也就是我同普拉萨德全家告别的时候。我自然而然地紧紧地搂住了他的脖子，吻他的面颊。好像也用不着去酝出，我的眼里流满了泪水。同这样一位忠诚淳朴，对中国人民始终如一的印度朋友告别，我难道还能无动于衷吗？

普拉萨德绝不是一个个人，而是广大的印度朋友的代表和象征，他也是千千万万善良的印度人的典型。他也绝没有把我看成一个个人，而是看成整个中国人民的代表。他对我流露出来的感情，不是对我一个人的，而是对全体中国人民。正如中印友谊万古长青一样，我们之间的友谊也是长存的。即使我们暂时分别了，我相信，我们有一天总还会会面的，在印度，在中国。

我遥望西天，为普拉萨德全家祝福。

1979 年 10 月

孟买，历史的见证

天下事真有出人意料的巧合：我二十七年前访问孟买时住过的旅馆，这一次来竟又住在那里。这一下子就激发起游兴，没有等到把行李安顿好，我就走到旅馆外面去了。

旅馆外面，只隔一条马路，就是海滨。在海滨与马路之间，是一条铺着石头的宽宽的人行道。人行道上落着一群鸽子——看样子是经常在那里游戏的——红红的眼睛，尖尖的嘴，灰灰的翅膀，细细的腿，在那里拥拥挤挤，熙熙攘攘，啄米粒，拍翅膀，忽然飞上去，忽然又落下来，没有片刻的宁静，却又一点也不令人感到喧哗。马路上车水马龙，人行道上行人摩肩接踵，但却没有人干扰这一小片鸽子的乐园。只是不时地有人停下来买点谷子之类的杂粮，撒到鸽子群中去喂它们。有几个小孩子站在这乐园边上拍手欢跳。卖杂粮的老人坐在旁边，一动也不动，活像一具罗丹雕塑的石像。

从这里再往前走几步，就到了海边。海边巍然耸立着一座极其宏伟壮丽的拱门，这就是英国人建造的著名的印度门。门前是汪洋浩瀚的印度洋，门后是幅员辽阔的印度大地。在这里建这样一座门，是殖民主义者征服印度的象征，是他们耀武扬威的出发点。据说，当年英国派来的总督就都从这里登岸，一过这座门，就算是到了印度。英国的皇太子，所谓威尔士亲王也曾从这里上岸访问印度。当年高车驷马、华盖如云的盛况，依稀还能想象得出。

然而曾几何时，沧海桑田，风云变幻，当年那暴戾恣睢、不可一世的外来侵略者到哪里去了呢？只剩下大海混茫，拱门巍峨，海浪照样拍打着堤岸，涛声依旧震撼着全城。印度人民挺起腰杆走在自己的土地上。群鸽飞鸣，一片生机。这一座印度门就成了历史上兴亡盛衰的见证。

我第一次到孟买来的时候，就曾注意到这一座拱门。我们同殖民主义者相反，不是走进印度门，而是走出印度门。我们从这里乘汽艇到附近的爱里梵陀去看著名的石窟雕刻。石窟并不大，石雕也不多，而且没有任何碑文；但是每一座石雕都是一件珍贵的艺术品，结构谨严，气韵生动，完全可以置于世界名作之林。印度劳动人民的艺术天才留给我们的印象是永世难忘的。

同样使我们难忘的是当年孟买的印度朋友对我们显示的无比的热情。我们到孟买的时候正逢上印度最大的节日——点灯节。记得有一天晚上，孟买的许多著名的文学家、艺术家、音乐家、舞蹈家，邀请我们共同欢度节日。我们走进了一座大院子。曲径两旁，草地边上都点满了灯烛，弯弯曲曲的两排，让我立刻想到沿着孟买弧形海岸的那两排电灯，那叫作“公主项链”的著名的奇景。我小时候在中国的某一些名山古刹的庙会上，在夜间，曾见过这样的奇景。

我们就在这“项链”的中间走过去，走进一个大厅，厅内也点满了灯烛。虽然电灯都关闭了，但厅内仍然辉煌有如白日。大家都席地而坐，看和听印度第一流的艺术家表演绝技。首先由一个琵琶国手表演琵琶独奏。弹奏之美妙我简直无法描绘，我只好借用唐代大诗人白居易的几句诗：“嘈嘈切切错杂弹，大珠小珠落玉盘。间关莺语花底滑，幽咽泉流冰下难。”弹奏快要结束的时候，余音袅袅，不绝如缕。打一个比喻的话，就好像暮春的游丝，越来越细，谁也听不出是什么时候结束的。接着是著名的舞蹈家表演舞蹈。最后由著名的乌尔都诗人朗诵自己的歌颂印中友谊的诗篇。我不懂乌尔都语，但是他那抑扬顿挫的声调，激昂动人的表情，特别是那些用三合元音组成的尾韵，深深地打动了我的心，我好像是获得了通灵，一下子精通了乌尔都语，完全理解了颂诗的内容。我的心随着他的诵声而跳动，而兴奋。夜已经很深了，我们几次想走，但是，印度朋友却牢牢地抓住我们不放。他们说：“我们现在不让你们睡觉，我们要让你们在印度留一天就等于留两天。你们疲倦，回国以后再去睡觉吧。我们相信，我们到了中国，你们也不会让我们睡觉的。”我们还有什么话好说呢？印度朋友到了中国，我们不也会同样不让他们睡觉吗？到现在已经过去了二十七年，但是，当时的情景还历历如在眼前，朗诵声还回荡在我的耳边。印度人民的这种友谊使我们永生难忘。

一讲到人民的友谊，人们立刻就会想到柯棣华大夫。他的故乡就在孟买附近，他哥哥和几个妹妹一直到现在还住在孟买市内。四十年前，日本侵略者百万大军压境，在我们神圣的国土上狼奔豕突，践踏蹂躏。中华民族正处于风雨如磐的危急存亡之秋。当时，柯棣华大夫刚从大学医学院毕业，他像白求恩大夫一样，毅然决定，不远万里来到中国抗日战争的前线，穿上八路军的军服，全心全意为伤病员服务。后来他在中国结了婚，生了孩子。终于积劳成疾，死在离开自己的故乡孟买数万里、中间隔着千山万水的中国。我们不说他病死异乡，因为他并不认为中国是异乡。他是继白求恩之后的另一个伟大的国际主义战士。毛主席亲笔为他写了悼词，每个字都像小盆子那样大，气势磅礴，力透纸背。这幅悼词现在仍然悬挂在孟买他哥哥的家中。二十年前，叶剑英委员长到印度来访问时，曾到过他家，让人把这幅悼词拍了照。我们这一次到孟买来，也到了他家，受到他哥哥和几个妹妹以及所有亲属的极其热烈的款待。我当时坐在那里，注视着墙上毛主席的题词，转眼又看到同样是悬挂在墙上的柯棣华的夭亡了的小孩柯印华的照片，镜框上绕着花环。我真是心潮翻涌，思绪万千，上下古今，浮想联翩。在中印两千多年的友谊史上，无数的硕学高僧、游客、负贩来往于中印两国之间，共同培育了这万古长青的友谊。但是，像柯棣华这样的人，难道不可以说是空前的吗？毛主席对他做了那样高的评价，真是恰如其分。听说一直到今天，四十年已经过去了，柯棣华生前的许多中国老战友，一提起他来，还禁不住热泪盈眶。什么东西能这样感人至深呢？除了深厚的友谊之外，还能有别的什么呢？我在上面已经说过，孟买的印度门是历史的见证。它告诉我们，腐朽的邪恶的东西必然死亡。柯棣华的例子又告诉我们，新生的正义的东西必然永存。在这个意义上来说，孟买又成了中印人民友谊的历史的见证。

今天孟买人民完全继承了柯棣华的遗愿，他们竭尽全力来促进中印传统友谊的发展。我们从新德里乘“空中公共汽车”来到孟买的时候，已经过了半夜，绝大部分居民早已进入睡乡。可是机场外面仍然聚集了一千多人，手举红旗，高呼口号。这是什么精神鼓舞着他们呢？马哈拉施特拉邦的邦长会见了我们。孟买市长会见了我们，并且设宴招待。许多知名人士亲自到旅馆来同我们会面。这又是为了什么呢？特别令人难忘的是那个规模极大的群众欢迎大会，举行的地点是在工人区内一个中学的操场上，在操场中间临时搭了一个主席台。参加大会的据说超过一万人，大部分是工人。操场周围高楼上住的也都是工人，他们的家属就站在阳台上往下看，他们也算是大会的参加者。鞭炮齐鸣，红旗高悬。每一个发言者都热烈歌颂印中友谊，会场上洋溢着热情友好的气氛。散会后，印度青年工人臂挽臂形成了两座人墙，让我们从中间走出去。那出色的组织能力和纪律性给我们留下了深刻的印象。当我们乘汽车回到旅馆的时候，天已经完全黑了下来，我们就从“公主项链”下面驶过。那两排电灯，每一盏都像是一颗光辉灿烂的夜明珠，绕着弧形的海岸，亮上去，亮上去，一直亮到遥远的天际。这又让我立刻回想到二十七年前在孟买同印度文学艺术界的朋友共同欢度点灯节时的情景。岁月流逝，而友谊长青。今天我们又到了孟买，受到了同当时一样的甚至是更热烈的款待，我真有点抑制不住自己的兴奋激动了。

孟买是比较年轻的城市，是一座工业城市。比起柯钦来，它只能算是小弟弟。我在过去常常有一种偏见：我愿意访问古老的文化遗迹，而对于新兴工业城市则不太感兴趣。我愿意在断壁颓垣下，古塔佛寺旁，发思古之幽情，怀传统之友谊。顾而乐之，往往流连忘返。然而今天我来到孟买，我发现它同样能够成为历史的见证，同样能让我们怀念古老的友谊。在巍峨的拱门下，在熙攘的马路上，在高矗的大厦旁，在鳞比的商肆间，我们不但可以怀念过去，而且可以瞻望未来。在怀念古老的传统友谊之余，我们看到站起来的印度人民，想到倒下去的老殖民主义者；看到生气勃勃的鸽群，听到混茫的大海的涛声。真禁不住要："问苍茫大地，谁主沉浮？"答案远在天边，近在眼前，作为历史的见证的孟买恰恰就回答了这个问题。

一个抱小孩子的印度人

事情已经过去了二十多年，但是我常常会回忆起一个抱小孩子的印度人。特别是当我第三次踏上印度国土的时候，我更加强烈地想到了他。我现在一看到印度火车，就痴心妄想地希望在熙攘往来的人流中奇迹般地发现他。他仿佛就站在我眼前，憨厚的面孔上浮着淳朴的微笑，衣着也非常朴素。他怀里抱着的那个三四岁小孩子正在对着我伸出小手，红润的小脸笑成了一朵花……

当时也正是冬天。当祖国的北方正是千里冰封、万里雪飘的时候，我们却在繁花似锦四季皆夏的印度访问。我们乘坐的火车奔驰在印度北方大平原上。到过印度又乘坐过印度火车的人都知道，印度火车的车厢同中国是完全不一样的。我们的车厢每一节前后都有门，即使在火车飞奔的时候，我们仍然可以从一个车厢走到另一个车厢，来去自如，毫无阻碍。但是印度的车厢却完全不同，它两端都没有门，只在旁边有门，上下车都得走这个门。因此，只有当火车进站停驶时才能上下。火车一开，每一个车厢就形成了一个小小的独立王国，想从一个车厢到另一个车厢去，那就绝无可能了。

我们乘的是一节专车，挂在一列火车的后面。车里面客厅、卧室、洗手间、餐厅，样样俱全。我们所需要的东西一概不缺。火车行驶时，我们就处在这个小天地里，与外界仿佛完全隔绝。当我们面对面坐着的时候，除了几个陪同我们的印度朋友以外，全是中国人，说的是中国话，谈的有时也是中国问题。只有凭窗外眺时，才能看到印度，看到铁路两旁高耸的山峰，蓊郁的树林，潺湲的小溪，汹涌的大河，青青的稻田，盛开的繁花，近处劳动的农民，远处乡村的炊烟。我们也能看到蹲在大树上的孔雀，蹦跳在田间林中的猴子。远处田地里看到似乎有人在耕耘，仔细一看，却全都是猴子。在这时候，只有在这时候，我们才感觉到我们是在印度，我们已经同祖国相隔千山万水了。

我们样样都满足，我们真心实意地感激我们的印度主人。但是我们心里却似乎缺少点什么：我们接触不到印度人民。当然，我们也知道，印度语言特别繁多。我们不可能会所有的语言，即使同印度人民接触，也不一定能够交谈。但是，只要我们看到印度人对我们一点头，一微笑，一握手，一示意，我们就仿佛能够了解彼此的心情，我们就感到无上的满足，简直可以说是赛过千言万语。在这样的时候，语言似乎反而成了累赘，一声不响反而能表达出语言无法表达的东西了。

因此，每到一个车站，不管停车多久，我们总争先恐后地走出车厢，到站台上拥拥挤挤的印度人群中去走上一走，看上一看。我们在这里看到的人当然很多：男的、女的、老的、少的，工人、农民、学生、士兵，还有政府官员模样的，大学教授模样的，面型各不相同，衣服也是五光十色，令人眼花缭乱，目不暇给。但他们看到中国朋友都流露出亲切和蔼的笑容，我们也报以会心的微笑，然后怀着满意的心情走回我们的车厢。有时候，也遇到热烈欢迎的场面。印度人民不知从哪里知道我们要来，他们扛着红旗，拿着鲜花，就在站台上举行起欢迎大会来。他们讲话，我们答谢，有时甚至迫使火车误点。在这样的欢迎会之后，我们走回自己的车厢，往往看到地毯上散乱地堆满了玫瑰花瓣，再加上我们脖子上戴的花环，整个车厢就充满了香气。佛教不是常讲“众香界”吗？这地方我没有去过，现在这个车厢大概也就是众香界了。

我们在车上几天的日子就是这样度过的，确实是非常振奋，非常动人。时间一长，好像也就有点司空见惯之感了。

但是，我逐渐发现了一件不寻常、不司空见惯的事。在过去的一两天中，我们每次到车站下车散步时总看到一个印度中年人，穿着一身印度人常穿的白布衣服，朴素大方。面貌也是一般印度人所具有的那种忠厚聪慧的面貌。看起来像一个工人或者小公务员，或者其他劳动人民。他怀里抱着一个三四岁的孩子，火车一停，就匆匆忙忙地不知道从哪一个车厢里走出来，走到我们车厢附近，杂在拥挤的人流中，对着我们微笑。当火车快开的时候，我们散步后回到自己的车厢，他又把孩子高高地举在手中，透过玻璃窗，向我们车厢内张望，向我们张望，小孩子对着我们伸出了小手，红润的小脸笑成了一朵花……

他第一次这样做的时候，我并没有注意，也不可能注意。因为类似这样的事情，我们在印度已经遇到多次；而且我们满眼都是印度人，他这个人的容貌和衣着丝毫也没有什么引人注目之处。但是，一次这样，两次这样，每到一站都是这样，这就不能不引起我的注意了：他是什么人呢？他要到哪里去呢？他为什么每一站都来看我们呢？他是不是对我们有什么要求呢？一连串的问号在我脑海里翻腾，我决意自己去解开这个谜。

不久，我们就来到一个车站上。现在我已经忘记了车站的名字，在记忆中反正是一个相当大的站，停车时间比较长。车一停，当那位印度朋友又抱着孩子来到我们车厢旁的时候，我立刻下了车，迎面走上前去，向他合十致敬。这一位憨厚的人有点出乎意外，脸上紧张了一刹那，但立刻又恢复了常态，满脸笑容，对我答礼。我先问他要到什么地方去，他腼腼腆腆地不肯直接答复。我又问他是不是对我们有什么要求，他又腼腆地一笑，不肯回答我的问题。经我再三询问，他才告诉我说："我实际上早已到了目的地，早就该下车了。但是我在德里上车以后，发现中国文化代表团就在这一列车上。我从小就听人说到中国，说到中国人，知道中国是印度的老朋友。前几年，又听说中国解放了，中华人民共和国成立了。我觉得很好奇，很想了解一下中国。但是连我自己都从来没有见过中国人，更不用说我的小孩子了。我自己是个小职员，怎么能了解中国和中国人呢？现在中国朋友就在眼前，这个机会无论如何不能放过呀！我的小孩子虽然还不懂事，我也要让他见一见中国人，让他在幼小的心灵里埋下印中友好的种子。我于是就补了车票。自己心里想：到下一站为止吧！但是到了下一站，你们好像吸铁石一样，吸引住了我，我又去买了车票。到下一站为止吧！我心里又这样想。就这样一站一站地补下来。自己家里本来不富，根本没有带多少钱出来，现在钱也快花光了。你们又同我谈了话，我的愿望就算是达到了。我现在就到车站上去买回头的票，回到一个车站去，看我的亲戚去了。希望你们再到印度来，我也希望能到中国去。至少我的小孩子能到中国去。祝你幸福！我们暂时告别吧！”

这些话是非常简单朴素的，但是我听完了以后，心里却热乎乎的。我眼前的这个印度朋友形象忽然一下子高大起来，而且身上洋溢着光辉，我只觉得满眼金光闪闪。连车站附近那些高大的木棉树上碗口大的淡红的花朵都变得异样地大，异样地耀眼。他一下子好像变成了中印友谊的化身。我抓住了他的双手，一时说不出话来。他仍然牢牢地抱住自己的孩子。我用手摸了摸小孩子的脸蛋，他当然还不懂什么是中国人，但他却天真地笑了起来。我祝愿他幸福康宁，祝愿他的小孩子茁壮成长。我对他说，希望能在中国见到他。他似乎也有点激动起来，也祝愿我旅途万福，并再一次希望我再到印度来。开车的时间已到，他匆忙地握了握我的手，便向车站的售票处走去。在熙熙攘攘的人群中，他还不时回头看，他的小孩子又对着我伸出了一双小手，红润的脸笑成了一朵花……

到现在将近三十年过去了。我当然没能在中国看到他。今天我又来到了印度，仍然看不到他和他的孩子。不管我怎样望眼欲穿，也是徒劳。这个小孩子今年也超过三十岁了吧，是一个大人了。我不知道他们父子今天在什么地方，他们在干什么。这小孩子是否还能回忆起自己三四岁时碰到中国叔叔的情景呢？“明日隔山岳，世事两茫茫”，我们古代的诗人这样歌唱过了。我们现在相隔的岂止是山岳？简直是云山茫茫，云天渺渺。恐怕只有出现奇迹我才能再看到他们了。但是世界上能有这样的奇迹吗？

佛教圣迹巡礼

我第二次来到了孟买，想到附近的象岛，由象岛想到阿旃陀，由阿旃陀想到桑奇，由桑奇想到那烂陀，由那烂陀想到菩提伽耶，一路想了下来，忆想联翩，应接不暇。我的联想和回忆又把我带回到三十年前去了。

那次，我们是乘印度空军的飞机从孟买飞到了一个地方。地名忘记了。然后从那里坐汽车奔波了大约半天整，天已经黑下来了，才到了阿旃陀。我们住在一个颇为古旧的旅馆里，晚饭吃的是印度饭，餐桌上摆着一大盘生辣椒。陪我们来的印度朋友看到我吃印度饼的时候，居然大口大口地吃起辣椒来，他大为吃惊。于是吃辣椒就成了餐桌上闲谈的题目。从吃辣椒谈了开去，又谈到一般的吃饭。印度朋友说，印度人民中间有很多关于中国人民吃东西的传说。他们说，中国人使用筷子已经到了出神入化的境界，用筷子连水都能喝。他们又说，四条腿的东西，除了桌子以外，中国人什么都吃；水里的东西，除了船以外，中国人也什么都吃。这立刻引起我们的哄堂大笑。

印度朋友补充说，敢想敢吃并不是一件简单的事情。敢吃才能添加营养，增强体质。印度有一些人却是这也不吃，那也不吃。结果是体质虚弱，寿命不长，反而不如中国人敢想敢吃的好。有关中国人的这些传说虽然有些荒诞不经，但反映出印度老百姓对中国既关心又陌生的情况。于是餐桌上越谈越热烈，有时间杂着大笑。外面是黑暗的寂静的夜，这笑声仿佛震动了外面黑暗的、一点声音都没有的夜空。

我从窗子里看出去，模模糊糊看到一片树的影子，看到一片山陵的影子。在欢笑声中，我又时涉遐想：阿旃陀究竟在什么地方呢？它是在黑暗中哪一个方向呢？我们什么时候才能看到它呢？我真有点望眼欲穿了。

第二天一大早，我们就起身向阿旃陀走去。穿过了许多片树林和山涧，走过一条半山小径，终于到了阿旃陀石窟。一个个的洞子都是在半山上凿成的。山势形成了半圆形，下临深涧，涧中一泓清水。洞子有大有小，有深有浅，有高有低，沿着半山凿过去，一共有二十九个。窟内的壁画、石像，件件精美，因为没有人来破坏，所以保存得都比较完整。印度朋友说，唐朝的中国高僧玄奘曾到这里来过。以后这些石窟就湮没在荒榛丛莽中，久历春秋，几乎没有人知道这里还有这样一些洞子了。一百多年前，有一个什么英国人上山猎虎，偶尔发现了这些洞子，这才引起人们的注意。以后印度政府加以修缮，在洞前凿成了曲曲折折的石径，有点像中国云南昆明的龙门。从此阿旃陀石窟就成了全印度、全世界著名的佛教艺术宝库了。

我们走在洞子前窄窄的石径上，边走边谈，边谈边看，注目凝视，潜心遐想。印度朋友告诉我说，深涧对面的山坡上时常有成群成群的孔雀在那里游戏、舞蹈，早晨晚上孔雀出巢归巢时鸣声响彻整个山涧。我随着印度朋友的叙述，心潮腾涌，浮想联翩。我仿佛看到玄奘就踽踽地走在这条石径上，在阴森黑暗的洞子中出出进进，时而跪下拜佛，时而喃喃诵经。对面山坡上成群的孔雀好像能知人意，对着这位不远万里而来的异国高僧舞蹈致敬。天上落下了一阵阵的花雨，把整个山麓和洞子照耀得光辉闪闪。

“小心！”印度朋友这样喊了一声，我才从梦幻中走了出来。眼前没有了玄奘，也没有了孔雀。盼望玄奘出现，那当然是完全不可能的。但是，盼望对面山坡上出现一群孔雀总是可能的吧。我于是眼巴巴地望着山涧彼岸的山坡，山坡上绿树成荫，杂草丛生，榛莽中一片寂静，郁郁苍苍，却也明露荒寒之意。大概因为不是清晨黄昏，孔雀还没有出巢归巢，所以只是空望了一番而已。我们这样就离开了阿旃陀。石壁上绚丽的壁画，跪拜诵经的玄奘的姿态，对面山坡上跳舞的孔雀的形象，印度朋友的音容笑貌，在我眼前织成一幅迷离恍惚的幻影。

离开阿旃陀，我们怎样又到了桑奇的，我现在已经完全记不清楚了。在我的记忆里，这一段经过好像成了一段曝了光的底片。

越过了这一段，我们已经到了一个临时搭成的帐篷里，在吃着什么，或喝着什么。然后是乘坐吉普车沿着看样子是新修补的山路，盘旋驶上山去。走了多久，拐了多少弯，现在也都记不清楚了。总之是到了山顶上，站在举世闻名的桑奇大塔的门前。说是塔，实际上同中国的塔是很不一样的。它是一个大冢模样的东西，北海的白塔约略似之。周围绕着石头雕成的栏杆，四面石门上雕着许多佛教的故事，主要是佛本生的故事。大塔的来源据说可以追溯到公元前阿育王时代，无论如何这座塔总是很古很古的了。据说，它是同释迦牟尼的大弟子大目犍连的舍利有联系的。现在印度学者和世界其他国家学者之所以重视它，还是由于它的美术价值。这一点我似乎也能了解一点。我看到石头浮雕上那些仙人、隐士、老虎、猴子、花朵、草叶、大树、丛林，都雕得形象逼真、生动饱满，简简单单的几个人和物就能充分表达出一个完整的故事。内行的人可以指出哪一块浮雕表现的是哪一个故事。艺术概括的手段确实是非常高明的，我完全沉浸在艺术享受中了。

事隔这样许多年，我们在那座小山上待的时间又非常短，我现在再三努力搅动我的回忆，但是除了那一座圆圆的所谓塔和周围的石雕栏杆以外，什么东西也搅动不出。山势是什么样子？我说不出。塔的附近是什么样子？我说不出。那里的山、水、树、木都是什么样子？我也说不出。现在在我的记忆里，就只剩下一座圆圆的、光秃秃的、周围绕着石栏杆、栏杆上有着世界著名的石雕的大塔，矗立在荒烟蔓草之间……

我们怎样到的那烂陀，现在也记不清楚了。对于这个地方我真是“久仰大名，如雷贯耳”。在长达几百年的时间内，这地方不仅是佛学的中心，而且是印度学术中心。从晋代一直到唐代，中国许多高僧如法显、玄奘、义净等都到过这里，在这里求学。玄奘在《大唐西域记》里面对那烂陀有生动的描述。《大唐大慈恩寺三藏法师玄奘传》里对那烂陀的描述更是详尽：

> 六帝相承，各加营造，又以砖垒其外，合为一寺，都建一门。庭序别开，中分八院。宝台星列，琼楼岳峙；观竦烟中，殿飞霞上。生风云于户牖，交日月于轩檐。加以渌水逶迤，青莲菡萏，羯尼花树，晖焕其间。庵没罗林，森竦其外。诸院僧室，皆四重阁。虬栋虹梁，绿栌朱柱，雕楹镂槛，玉础文棍。甍接瑶晖，榱连绳彩。印度伽蓝，数乃万千；壮丽崇高，此为其极。僧徒主客，常有万人。

对于玄奘来到这里的情况，这书中也有详尽生动的叙述：

> 向幼日王院安置于觉贤房第四重阁。七日供养已，更安置上房，在护法菩萨房北，加诸供给。日得赡步罗果一百二十枚，槟榔子二十颗，豆蔻二十颗，龙脑香一两，供大人米一升。其米大于乌豆，作饭香鲜，余米不及。唯摩揭陀国有此粳米，余处更无。独供国王及多闻大德，故号为供大人米。月给油三升，酥乳等随日取足，净人一人，婆罗门一人，免诸僧事，行乘象舆。

除了玄奘以外，还有别的一些印度本地的大师。《大唐西域记》里写道：

> 至如护法、护月，振芳尘于遗教；德慧、坚慧，流雅誉于当时。

光友之清论，胜友之高谈，智月则风鉴明敏，戒贤乃至德幽邃。

看了这段描述，我眼前仿佛出现了一座极其壮丽宏伟的寺院兼大学。四层高楼直刺入印度那晴朗悠远的蓝天。周围是碧绿的流水，水里面开满了荷花。和煦的微风把荷香吹入我的鼻中。我仿佛看到了上万人的和尚大学生，不远千里万里而来，聚集在这里，攻读佛教经典和印度传统的科学宗教理论，以及哲学理论。其中有几位名扬国内外的大师，都享受特殊的待遇。这些大师都峨冠博带，姿态肃穆。或登坛授业，或伏案著书。整个那烂陀寺远远超过今天的牛津、剑桥、巴黎、柏林等著名的大学。梵呗之声逖云霄，檀香木的香烟缭绕檐际。夜间则灯烛辉煌，通宵达旦。节日则帝王驾临，慷慨布施。我眼前是一派堂皇富丽、雍容华贵的景象。

我仿佛看到玄奘也居于这些大师之中，住在崇高的四层楼上，吃着供大人米，出门则乘着大象。我甚至仿佛看到玄奘参加印度当时召开辩论大会的情况。他在辩论中出言锋利，如悬河泻水，使他那辩论的对手无所措手足，终至伏地认输。输掉的一方，甚至抽出宝剑，砍掉自己的脑袋。我仿佛看到玄奘参加戒日王举行的大会，他被奉为首座。原野上毡帐如云，象马如雨，兵卒多如恒河沙数，刀光剑影，上冲云霄。戒日王高踞在宝帐中的宝座上，玄奘就坐在他的身旁……

所有这一些幻象都是非常美妙动人的。但幻象毕竟是幻象，一转瞬间，就消逝了。书上描绘的那种豪华的景象早已荡然无存。我眼前看到的只是一片废墟。连断壁颓垣都没有，只有从地里挖掘出来的一些墙壁的残迹。“庭序别开，中分八院”，约略可以看出来。到于崇楼峻阁，则只能相寻于幻想中。如果借用旧诗词的话，那就是“西风残照，汉家陵阙”。

我们在这一片废墟中徘徊瞻望，抚今追昔，感慨万端。虽然眼前已没有什么东西可看，但是又觉得这地方很亲切，而为之流连忘返。为了弥补我们幻想之不足，我们去参观了旁边的那烂陀展览馆。那是一座不算太大的楼房，里面陈列着一些从那烂陀遗址中挖掘出来的文物。还陈列着一些佛典，记得还有不少是从斯里兰卡送来的东西。所有这一切，似乎也没能给我们留下多么深刻的印象。只有玄奘的影子好像总不肯离开我们。中国唐代的这一位高僧不远万里，九死一生，来到了印度，在那烂陀住了相当长的时间，攻读佛典和印度其他的一些古典。他受到了印度人民和帝王的极其优渥的礼遇。他回国以后完成了名著《大唐西域记》，给当时的印度留下极其翔实的记载，至今被印度学者和全世界学者视为稀世珍宝。在印度人民中，一直到今天，玄奘这名字几乎是家喻户晓、妇孺皆知，我们在印度到处都听到有人提到他。在中国，伟大的文学家鲁迅在他的《中国人失掉自信力了吗？》这篇文章中，列举了埋头苦干的人、拼命硬干的人、为民请命的人、舍身求法的人，明白地说这些人都是“中国的脊梁”。他虽然没有提到玄奘的名字，但在“舍身求法的人”中显然有玄奘在。我们同鲁迅一样，对宗教并不欣赏，也不宣扬，但玄奘却不仅仅是一个宗教家。对于这样一位高僧，我平常也是非常崇敬的。今天来到印度，来到了他长期学习生活过的地方，回想到他不是很自然的吗？他的影子不肯离开我们不也是很容易理解的吗？我们抚今追昔，把当时印度人民对待玄奘的情况，同今天印度人民热情款待我们的情况联想起来，对比起来，看到了中印友谊的源远流长，看到这友谊还会长期存在下去、发展下去，我们心里就会热乎乎的，不也是很自然的吗？我们就是怀着这样的心情依依不舍地离开了那烂陀。回望那些废墟又陡然化成了崇楼峻阁，画栋雕梁，在我们眼里闪出异样的光芒。

我们从巴特那乘坐印度空军的飞机飞到菩提伽耶，在一个小小的比较简陋的飞机场上降落，好像没用多少时间。

这里是佛教史上最著名的圣迹。根据古代佛典的记载，释迦牟尼看破红尘出家以后，曾到处游行，寻求大道。碰了许多钉子，曾一度修过苦行，饿得眼看就要活不了了，于是决定改弦更张，喝了一个村女献给他的粥，身体和精神都恢复了一下。最后来到菩提伽耶这个地方，坐在菩提树下，发下宏愿大誓：如果不成正道，就决不离开这个地方。

这个故事究竟可靠到什么程度，今天的佛教学者哪一个也不敢确说。究竟有没有一个释迦牟尼？释迦牟尼是否真到这里来过呢？这些问题学者们都提起过。我们来到这里参观访问，对这些传说都只能姑妄言之姑妄听之。听一听的话，也会觉得很好玩，很有趣，也可以为之解颐。至于追根究底去研究，那是专家学者的事，我们眼前没有那个余裕，没有那个兴趣。就让这个地方涂上一些神话的虹彩，又何尝不可呢？眼前的青山、绿水、竹篱、茅舍，比那些宗教祖师爷对我更有内容，更有吸引力。

同在那烂陀寺一样，法显、玄奘和义净等著名的中国和尚都是到这里来过的。他们留下的记载都很生动、翔实，又很有趣。当然他们都是虔诚的佛教信徒，对这一切神话，他们都是坚信不疑的。我们没有也不可能有那种坚定的信仰。我们只是踏在印度土地上，想看一看印度土地上的一切现实情况，了解一下印度人民的生活情况，如此而已。对于菩提伽耶，我们也不例外。

我们于是就到处游逛，到处参观。现在回想起来，这里的宝塔、寺庙，好像是非常多。详细的情景，现在已经无从回忆起。在我的记忆里，只是横七竖八地矗立着一些巍峨古老的殿堂，大大小小的宝塔，个个都是古色斑斓，说明了它们已久历春秋。其中最突出的一座，就是紧靠金刚座的大塔。我已经不记得有关这座大塔的神话传说，我也不太关心那些东西，我只觉得这座塔非常古朴可爱而已。

紧靠这大塔的后墙，就是那一棵闻名世界的菩提树。玄奘《大唐西域记》卷第八说：

> 金刚座上菩提树者，即毕钵罗之树也。昔佛在世，高数百尺，屡经残伐，犹高四五丈。佛坐其下成等正觉，因而谓之菩提树焉。茎干黄白，枝叶青翠，冬夏不凋，光鲜无变。每至如来涅槃之日，叶皆凋落，顷之复故。是日也，诸国君王，异方法俗，数千万众，不召而集，香水香乳，以溉以洗。于是奏音乐，列香花，灯炬继日，竞修供养。

今天我们看到的菩提树大概也只高四五丈，同玄奘看到的差不多，至多不过有一二百年的寿命。从玄奘到现在，又已经历了一千多年。这一棵菩提树恐怕也已经历了几番的“屡经残伐”了。不过玄奘描绘的“茎干黄白，枝叶青翠，冬夏不凋，光鲜无变”，今天依然如故。在虔诚的佛教徒眼中，这是一棵神树。他们一定会肃然起敬，说不定还要跪下，大磕其头；然而在我眼中，它只不过是一棵枝叶青翠、叶子肥绿的树，觉得它非常可喜可爱而已。

树下就是那有名的金刚座。据佛典上说，这个地方“贤劫初成，与土地俱起，据三千大千之中，下极金轮，上齐地际，金刚所成”，世界动摇，独此地不动，简直说得神乎其神。前几年，唐山地震，波及北京，我脑海里曾有过一闪念：现在如果坐在金刚座上，该多么美呀！这当然只是开开玩笑，我们是决不会相信那神话的。

但是我们也有人为了纪念，在地上捡起几片掉落下来的叶片。当时给我们驾驶飞机的一位印度空军军官，看到我们对树叶这样感兴趣，出于好心，走上前去，伸手抓住一条树枝，从上面把一串串的小树枝条折了下来，让我们尽情地摘取树叶。他甚至自己摘落一些叶片，硬塞到我们手里。我们虽然知道这棵树的叶片是不能随便摘取的，但是这位军官的厚意难却，我们只好每个人摘取几片，带回国来，做一个很有意义的纪念品了。

同在阿旃陀和那烂陀一样，在这里玄奘的身影又不时浮现到我的眼前。不过在这里，不止是玄奘一个人，还添了法显和义净。我仿佛看到他们穿着黄色的袈裟，跪倒在地上磕头。我仿佛看到他们在这些寺院殿塔之间来往穿行。我仿佛看到他们向那一棵菩提树顶礼膜拜。我仿佛看到他们从金刚座上撮起一小把泥土，小心翼翼地包了起来，准备带回中国。我在这里看到的玄奘似乎同别处不同：

他在这里特别虔诚，特别严肃，特别忙碌，特别精进。我小时候阅读《西游记》时已经熟悉了玄奘。当然那是小说家言，不能全信的。现在到了印度，到了菩提伽耶，我对中国这一位舍身求法的高僧，心里不禁油然涌起了无限的敬意。对于增进中印两国人民的友谊,他的作用是不可估量的。在中国人民心目中,在印度人民心目中,他实际上变成了中印友谊的象征，他将长久地活在人民的心中。

我眼前不但有过去的人物的影子，也还有当前的现实的人物。正当我们在参观的时候，好像从地里钻出来一样。突然从远处跑来了一个年老的中国妇女，看样子已经有七十多岁了。她没有削发，却自称是个尼姑。她自己说是湖北人，前清时候来到印度。详细的过程我没有听清楚，也没听清楚她住在什么地方。总之是，她来到了菩提伽耶，朝佛拜祖，在这里带发修行。印度的农民供给她食用之需，待她非常好。看样子她也不懂多少经文，好像连字——不管是中国字还是印度字，也不认识。她缠着小脚，走路一瘸一拐的，却飞也似的冲着我们跑过来，直跑得上气不接下气。恐怕她已经好久没有看到祖国来的人了。今天忽然听说祖国人来，她就不顾一切，拼命跑了过来。她劈头第一句话就是："老爷们的行李下在哪个店里？"我乍听之下，不禁心里一抖：她"不知秦汉，无论魏晋"。我们同她之间的距离已经大到无法想象的程度了，我们好像已经不是同一个世纪的人了。她对祖国的感情，对祖国来的亲人的感情看样子是非常浓厚的，但是她无法表达。我们对她这样一个桃花源中的人物，也充满了同情。在离开祖国万里之外的异域看到这样一个人物，心里酸甜苦辣，什么滋味都有。我们又是吃惊，又是怜悯，又是同情，又是高兴，但是我们也无法表达。我脑海中翻腾出许许多多的问题：在现在这个世界上，怎么还能有这样的人物呢？在过去漫长的四五十年中，她的生活是怎样过的呀？她不懂印度话，同印度人民是怎样往来呀？她是住在茅庵里，还是大树上呀？她吃饭穿衣是怎样得来的呀？她形单影孤，心里想些什么呀？西天佛祖真能给她以安慰吗？如果我们现在告诉她祖国的情况，她能够理解吗？如此等等，一系列的问号涌上心头。面对着这样一个诚悫朴实又似乎有点痴呆的老年妇女，我们简直不知说些什么好，简直是无所措手足。我们唯一的办法就是给她一些卢比，期望她的余年过得更好一点，此外再也没有什么话可说了。在她那一方面，也似乎有些不知所措。她伸手接过我们给的钱，又激动，又吃惊，又高兴，又悲哀，眼睛里涌出了泪水，说话声音也有些颤抖了。当我们的汽车开动时，她拖着那一双小脚一瘸一拐地跟在我们车后紧跑了一阵。我们从汽车的后窗里看到她的身影，眼睛里也不禁湿润起来……

佛教圣地遍布印度各地，我无法一一回忆。况且事情已经隔了将近三十年，我努力把我的回忆来搅动，目前也只能搅动出这么多来。其余零零碎碎的回忆还多得很，让它们暂且保留在我的记忆中吧！

1979 年 3 月

回到历史中去

一提到科钦，我就浮想联翩，回到悠久的中印两国友谊的历史中去。

中印两国友谊的历史，在印度，我们到处都听人谈到。人们都津津有味地谈到这一篇历史，好像觉得这是一种光荣，一种骄傲。

但是，有什么具体的事例证明这长达两千多年的友谊的历史呢？当然有的。比如唐代的中国和尚玄奘就是一个。无论在哪个集会上，几乎每一位致欢迎词的印度朋友都要提到他的名字，有时候同法显和义净一起提。听说，他的事迹已经写进了印度的小学教科书。在千千万万印度儿童的幼稚的心灵中，也有他这个中国古代高僧的影像。

但是，还有没有活的见证证明我们友谊的历史呢？也当然有的，这就是科钦。而这也就是我同另外一位中国同志冒着酷暑到南印度喀拉拉邦这个滨海城市去访问的缘由。

我原来只想到这个水城本身才是见证。然而，一下飞机，我就知道自己错了。机场门外，红旗如林，迎风招展。大概有上千的人站在那里欢迎我们这两个素昧平生的中国人。“印中友谊万岁”的口号声此起彼伏，宛如科钦港口外大海中奔腾汹涌的波涛。一双双洋溢着火热的感情的眼睛瞅着我们，一只只温暖的手伸向我们，一个个照相机录音机对准我们，一串串五色缤纷的花环套向我们。科钦市长穿着大礼服站在欢迎群众的前面，同我们热烈握手，把两束极大的紫红色的溢着浓烈的香味的玫瑰花递到我们手中。

难道还能有比这更好的更适当的中国印度两国友谊的活的见证吗？

但这才刚刚是开始。

我们在飞行了一千多公里以后，只到旅馆里把行李稍一安排，立刻就被领到一个滨海的广场上，去参加科钦市的群众欢迎大会。这是多么动人的场面啊！还没有走到入口处，我们就已经听到人声鼎沸，鞭炮齐鸣，大人小孩，乐成一团。最使我们吃惊的是，我们在离开祖国千山万水遥远的异国，居然看到只有节日才能看到的焰火。随着一声声巨响，焰火飞向夜空，幻化出奇花异草，万紫千红。科钦地处热带，一年四季都是夏天。在大地上看到万紫千红的奇花异草，那就是“司空见惯浑无事”。然而现在那长满了奇花异草的锦绣大地却蓦地飞上天去，谁会不感到吃惊而且狂喜呢？

就在这吃惊而且狂喜的气氛中，我们登上了大会的主席台。市长穿着大礼服坐在中间，大学校长和从邦的首府特里凡得琅赶来参加大会的部长坐在他的身旁。我们当然是坐在贵宾的位子上。大会开始了。只见万头攒动，掌声四起，估计至少也有一万人。八名幼女，穿着色彩鲜艳的衣服，手里拿着一些什么东西，迈着细碎而有节奏的步子，在主席台前缓慢地走了过去，像是一朵朵能走路的鲜花。后面紧跟着八名少女，也穿着色彩鲜艳的衣服，手里拿着烛台和灯，迈着细碎而有节奏的步子，在主席台前缓慢地走了过去，也像是一朵朵能走动的鲜花。我眼花缭乱，恍惚看到一团团大花朵跟着一团团小花朵在那里游动，耳朵里却是“时闻杂佩声珊珊”。最后跟着来的是一头大象，一个手撑遮阳伞的汉子踞坐在它的背上。大象浑身上下披挂着彩饰，黄的是金，白的是银，累累垂垂的是珊瑚珍珠，错彩镂金，辉耀夺目，五色相映，光怪陆离。它简直让人看不出是一头大象，只像是一个神奇的庞然大物，只像是一座七宝楼台，只像是一座嵚崎的山岳，在主席台前巍然地走了过去。在印度神话中，我们有时遇到天帝释出游的场面，难道那场面就是这个样子吗？在梵文史诗和其他著作中，我们常常读到描绘宫廷的篇章，难道那宫廷就是这样富丽堂皇吗？印度的大自然红绿交错，花团锦簇，难道这大象就是大自然的化身吗？我脑海里幻想云涌，联想蜂聚，一时排遣不开。但眼睛还要注视着眼前的一切情景，我真有点如入山阴道上应接不暇了。

但是，花环又献了上来，究竟有多少人多少单位送了花环，我看谁也说不清楚。我们都不懂马拉雅兰语。主席用马拉雅兰语朗读着献花单位的名称。于是，干部模样的、农民模样的、学生模样的、教员模样的，男的、女的、老的、少的，一个接一个地走到我们的桌前，往我们脖子上套花环。川流不息，至少有七八十人，或者更多一些。而花环的制作，也都匠心独运。有的长，有的短，有的粗大厚实，有的小巧玲珑，都是用各色各样的鲜花编成：白色的茉莉花和晚香玉，红色的石竹，黄色的月季，紫红色的玫瑰，还有许多不知名的花朵，都是用金线银线穿成了串，编成了团，扎成了球。我简直无法想象，印度朋友在编扎这些花环时用了多少心血，花环里面编织着多少印度人民的深情厚谊。花环套上脖子时，有时浓香扑鼻，有时感到愉快的沉重。在我心里却是思潮翻滚，感动得说不出话来。然而花环却仍然是套呀，套呀，直套到快遮住了我的眼睛，然后轻轻地拿下来，放在桌子上。又有新的花环套呀，套呀。我成了一个花人，一个花堆，一座花山，一片花海。一位印度朋友笑着对我说："今天晚上套到你们脖子上的花至少有一吨重。"我恨不得像印度神话中的大梵天那样长出四个脑袋，那样就能有四个脖子来承担这些花环，有八只手来接受这些花环。最好是能像《罗摩衍那》中的罗刹王罗波那那样长出十个脑袋，那样脖子就增加到十个，手增加到二十只。这一吨重的花环承担起来也就比较容易了。当然，这些都是幻想。实际上，我们清醒地意识到，这些花环绝不是送给我们个人的，送的对象是整个的新中国，全体新中国的人民。我们获得这一份荣誉来接受它们，难道还能有比这更令人欢欣鼓舞的事情吗？

我们就怀着这样的心情，在大会结束后，欣赏了南印度的舞蹈。一直到深夜，才回到旅馆前布置得像阆苑仙境一般的草坪上，参加市长举行的、有四个部长作陪的十分丰盛的晚宴。就这样度过了一个暴风骤雨的夜晚。

我们万没有想到，在第二天，在暴风骤雨之后，又来了一个风和日丽。在极端紧张的访问活动中，主人居然给我们安排了游艇，畅游了科钦港。我们乘一叶游艇，在波平如镜的海面上，慢慢地航行；在错综复杂的渔港中，穿来穿去。我们到处都看到用木架支撑起来的渔网。主人说："本地人管它叫中国网。"我们走到长满椰林的一个小岛旁，主人问："你们看小岛上的房屋是不是像中国建筑？"我抬眼一看，果然像中国房屋：中国式的山墙，中国式的屋顶，整整齐齐地排列在那里。我的心忽然一动，眼前恍惚看到四五百年前郑和下西洋乘坐的宝船，一艘艘停泊在那小岛旁边。穿着明代服装的中国水手上上下下，忙忙碌碌，从船上搬下成捆的中国的青花瓷器，就堆在椰子树下。欢迎中国水手的印度朋友也是熙熙攘攘地拥挤在那里。我真的回到历史中去了。但是这一刹那的幻影，稍纵即逝。我在历史中游逛了一阵，终于还是回到了游艇上。艇外风静縠纹平，渔舟正纵横。摩托声响彻了渔港，红色的椰子在浓绿丛中闪着星星般的红光。

从历史中回到了现实世界以后，又到两个报馆去参观，受到了极其热烈的欢迎。又举行了一个像兄弟话家常般的别开生面的记者招待会，匆匆赶回旅馆，收拾了一下行李，立刻到了机场，搭乘飞机，飞向班加罗尔。

人虽然已经离开了科钦，但又似乎没有完全离开。科钦的水光椰影，大会的热烈情景，印度主人的一颦一笑，宛然如在眼前，无论如何也从心头拂拭不掉。难道真能成为"明日隔山岳，世事两茫茫"吗？到了今天，我回到祖国已经半个多月了。每当黎明时分，我伏案工作的时候，偶一抬眼，瞥见那一条陈列在书架上的科钦市长赠送的象牙乌木龙舟，我的心就不由得飞了出去，飞过了千山万水，飞向那遥远西天下的水城科钦。

1978 年 4 月 17 日

深夜来访的客人

来到了喀拉拉邦的名城科钦，我不禁想起近在咫尺的喀拉拉邦的首府特里凡得琅，想到喀拉拉邦的海滨胜地科摩林海角，想到将近三十年前在那里遇到的深夜来访的客人。事情虽然已经过了这样长的时间，但是我却一直忆念难忘。

事情也真让人忆念难忘啊！

我们当时正在漫游印度全国。我们从新德里出发，经过瓜廖尔、占西、博帕尔、孟买、科钦、班加罗尔等著名的城市，参观了许多著名的石窟，游览了许多名胜古迹，终于来到了印度最南端的海滨大城特里凡得琅。

在过去一个多月的时间内，我们走过了大半个印度，经历的事情比我过去生活过的四十年似乎还要多。印度的火车、飞机、汽车、汽艇等，我们都乘坐过了。印度的奇花异木，我们都欣赏过了。印度的珍馐美味，我们都品尝过了。印度各阶层的人士，我们都会见过了。印度人民的情谊把我们每个人的心都填得满满的，简直已经满到要溢出来的程度。我们又是兴奋，又是感动，我们觉得，我们已经认识了印度，认识了印度人民。过多的兴奋，过多的激动已经使我们有点疲惫了。

可是当我们乘坐的飞机飞临特里凡得琅上空的时候，下视飞机场上红旗如林，欢声冲天，我们心中开始抬头的那一点疲惫之感立刻消逝，我们的精神又重新抖擞起来了。

我们就是这样精神抖擞地踏上特里凡得琅的土地。

这一座印度最南端的土城，似乎也是“车挂，人驾肩。廛闬扑地，歌吹沸天。孳货盐田，铲利铜山。才力雄富，士马精研”。可惜我们没有多少余裕，可以从容去街头漫步，巡视观赏。我们只是坐在汽车上匆匆忙忙地驶过大街小巷，领略一下这座南国大城的风光。就是在这样的情况下，只要有印度人民发现了我们，立刻就有亲切的微笑飘了过来。只要汽车一停，立刻就有印度男女青年把温暖的手伸了过来。这飘过来的微笑，伸过来的双手的温暖，在我们眼中，在我们手上，只是极为短暂的，转瞬即逝的。但是，在我们的心中，它却是永恒的、常在的，它温暖着我们的心。

我们首先去拜访当地的大君。他的王宫同印度其他土邦王公的宫阙一样，是非常富丽堂皇的。但是这一位大君却同其他土邦王公不大一样。据说他刚从英国牛津大学留学回来。他很年轻，很英俊，态度潇洒，谈吐温雅，看样子还有不少的新思想。他对中国了解得很多很细，对我们也很和蔼亲切。我想象中的印度土邦王公都是老古董，都是封建气息很浓的人，看来是不对了。可惜到现在已经过了几十年，当时谈话的详细内容已经无从回忆起，残留在我的记忆中的，只是一座宏伟的宫殿、一个年轻和蔼的大君，如此而已。

我们又去访问了一所小学校。小学生们给我们准备了盛大的欢迎式，演出了舞蹈和歌唱等节目。我不了解，这些十岁上下的男女小学生对我们究竟了解些什么，对新中国究竟了解些什么。他们可能从父母和老师口中听到一些中国的情况，像听海外奇谈那样感到新奇有趣，遥远难测。估计他们也会像中国小孩子听到《天方夜谭》一样，引起自己一些幼稚天真的幻想。然而今天，一大群中国的叔叔阿姨竟出现在自己眼前。这也许还是他们生平的第一次。所以那一双双又圆又黑又亮的小眼睛都瞪得大大的，闪烁出又惊奇又快乐的光芒。但是他们对待我们都是彬彬有礼的。在老师指导下，他们招待我们，周旋进退，有礼有节。我们都从心眼里爱上了这一群印度的男女小学生。

最让我难忘的是一出舞蹈。一个看样子只有六七岁的小女孩跳蛇舞，她表演蛇的动作真是惟妙惟肖。印度地处热带，蛇很多；在印度南部，就更多。大概小孩子也从小就看惯了这玩意儿，所以跳起蛇舞来，才能这样生动。令人惊奇的是，蛇本来是很可怕的东西，然而舞蹈艺术竟能把可怕几乎转变为可爱，艺术的力量真可谓大矣哉。隔了这样长久的时间，那个小女孩跳蛇舞的情景，还不时飘到我的眼前，飘上我的心头。她那双小而圆亮的眼睛里闪出的光芒，她那柔软如杨柳枝条般的身躯，历历如在目前。我的记忆的丝缕不由得就牵回到离别了将近三十年的那座印度南端的大城市里去。

第二天，我们就乘汽车从特里凡得琅出发到印度最南端，也可以说是亚洲最南端的科摩林海角去。一路之上，椰林纵横，一派南国风光。当时正当 12 月，在我们祖国，正飘着雪花，然而此地却是炎阳似火，浓阴喜人，“姹紫嫣红开遍”。各种各样的南国佳花异卉，开得纷纷披披，光怪陆离。我们有时候甚至感到像是已经脱离了尘世，身处阆苑仙境之中。这些花草树木，我们几乎都叫不出名字，“看花苦为译秦名”，在极端的快乐中，我们竟似乎感到有点苦恼了。

我们在科摩林海角下了汽车，走进了一座建筑在海滨上的宾馆。我们稍稍安排了一下，立刻就争先恐后地走到海滩上，换上游泳衣，匆匆忙忙地下了海。一个月以来的访问确实非常忙，现在却是“难得浮生半日闲”，大家的兴致一下子高昂起来。我们中间有些人早已胡须满腮，有了一把子年纪，然而现在也像是返老还童，仿佛变成了小孩子。我们沐浴在海水中，会游泳的就游泳，不会的就站在水里浸泡。远望印度洋碧波万顷，如翠琉璃。远处风帆数点，白鸟几行，混混茫茫，无边无际。到此真是心旷神怡，不禁手舞足蹈了。我已经好多年没有见过海了。科钦虽然靠海，但是我们在那里见到的却只是港汊。到了科摩林海角，才算是真正看到浩瀚的大洋。我自然而然地就想到了木华的《海赋》:“濉淡瀲滟，浮天无岸。沖瀜沆瀁，渺弥湠漫。波如连山，乍合乍散。嘘噏百川，洗涤淮汉。”只有这样的词句才真正能描绘出大海波涛汹涌的景象，也只有看到波涛汹涌的大海才能联想起这样的词句。我们都被这种景象迷住了。但是同时我们也都意识到，我们脚下踏的土地就是亚洲的最南端。再往西南，就是非洲大陆。当时我还没有到过非洲，怅望西南，遐想联翩。同时我们也都意识到，我们离开祖国已经很远很远了。实际上，这地方比《西游记》里的大雷音寺还要辽远。过去相信，只有孙悟空驾起筋斗方才能飞到，然而我们却来到这里了。我们简直像是生活在神话中。

度过了一个非常愉快的下午，我们又走回了宾馆，在灯光辉煌的大厅中晚餐。宾馆离开城市和乡村都非常遥远。现在又是夜间，周围是一片无边无际的黑暗，连海上的渔火和远村的灯光都渺不可见，在寂静中只听到惊涛拍岸的有节奏而又单调的声音。我嘴里不自觉地吟出了一句“波撼科摩林”，当然对句是没有的。我也毫无作诗的意思，只是尽情地享受这半日的清闲。其他的中国同志也都纵声谈笑，畅谈旅行的感受和印度人民对中国人民的浓情厚谊。整个大厅里笑声四起，春意盎然。

然而，正在这个时候，我忽然听到剥啄的叩门声。什么人会在这个时候来到这样一个地方呢？我们都有点吃惊了。门开了，走进来的是一个十六七岁的印度男孩子，满脸稚气，衣着朴素。脸上的表情又是吃惊，又是疲倦，又是快乐，又是羞涩，简直是瞬息数变。我们也都有点惊疑不定地看着他，问他是不是来找我们，他点了点头，但没有说话。我们又问他为什么来找我们，他抬起手来，手里拿着一卷什么东西。打开来看，是一张画，记得画的是印度神话中的一个什么神。究竟是哪一个神灵，我现在记不清了，反正是一张颇为精致的图画。他腼腼腆腆地说，他的家离开这里有几十里路，他在一所中学里上学，从小就听人说世界上有一个中国，那里的人都很灵巧聪明，同印度人民是好朋友。后来又听到说新中国成立了，但他不知道什么叫新中国。他只是觉得中国人大概是非常可爱的。今天忽然听说中国人来到这里，他就拿了一幅自己画的画，奔波跋涉了几十里路，赶到宾馆里来想见一见我们，把这幅画送给我们，如此而已。他并没有什么别的要求，只要能看上我们一眼，他就高兴了，就可以安心回家了。

这是一个非常平凡的故事。但是难道不是一个非常感人的故事吗？

我们让他坐下，请他喝水，问他吃没吃饭，他一概拒绝。在大厅中站了一会儿，就告辞走了。我们都赶到门外，向他告别，看着他那幼弱的身影消逝在无边无际的黑暗中，步履声消融在时强时弱的涛声里，渐远渐弱，终于只剩下涛声，在有节奏地拍打着岸边的礁石。

我们的心都好像也被他带走了。我们再回到大厅中，仍然想继续刚才的谈笑，纵谈古今，放眼东西。但是刚才那种勃勃的兴致却似乎受到了干扰。厅堂如旧，灯火依然，然而却似乎缺少了点什么。我们又是兴奋，又是感动，又有点惘然若有所失。就这样度过了一个不平凡的夜晚。我们离开科摩林海角以后，仍继续在印度参观访问，主要是印度东部和北部许多城市，又会见了许多印度朋友，遇到了许多非常动人的事迹。可是我总忘不掉这个在印度最南端深夜来访的小客人。直到今天，我们当然不会再从他那里听到任何消息。我们也不知道他姓甚名谁，家住哪里。但是这样一个印度男孩子的影子却仿佛已经镂刻在我们心中，而且我相信，他的影子将永远镂刻在我的心中。

1979 年 3 月 9 日

海得拉巴

我脑海里有两个海得拉巴：一个是二十七年以前的，一个是今天的。

二十七年前，当我第一次访问印度时，我曾来到这里，而且住了三四天之久。时间相隔既然是这样悠久，我对海得拉巴的记忆，就只剩下了一些断片，破碎支离，不能形成一个清晰的整体。在一团灰色的回忆的迷雾中，时时闪出了巨大的红色的斑点，这是木棉花。我当时曾惊诧于这里木棉树之高、之大，花朵开得像碗口那样大，而且开在参天的巨树上，这对于我这生长在北国的人来说，确实像是一个奇迹，留在脑海里的印象就永生难忘了。

但是，除了木棉花之外，再也不能清晰地回忆起什么东西来。只还记得住在尼扎姆的迎宾馆中，庭院清幽，台殿阒静，绿草如茵，杂花似锦；还有一些爬山虎之类的蔓藤，也都开着五彩斑斓的花，绿叶肥大，花朵绚丽，红彤彤，绿油油，显出一片茂盛热闹的景象。至于室内的情况、房屋的结构，则模糊成一团，几乎完全回忆不起来了。

我们到海得拉巴的第一天晚上，就到一个富丽堂皇的宫殿般的邸宅里去拜会尼扎姆的一位兄弟还是什么亲属，我记不清楚了。印度著名的女诗人奈都夫人好像同他也有什么亲戚关系。奈都夫人的女儿陪我们游遍全印。我们就在这里遇到奈都夫人的弟弟。他对我们非常热情，同我们谈到印度农民的生活情况，他们每年的收入，以及他们养的牛和收成，等等，给我留下了深刻的印象。同印度上流社会的人物谈印度农民，这是比较少见的事。从他的言谈中，我体会到，他对印度农民怀有深切的关怀。这当然使我很受感动。他说话的情态，说话时的眼神至今一闭眼仿佛就出现在眼前。我的印象：印度各阶层的人，许多都是希望同中国加强联系，继承和发扬我们两国人民之间的传统友谊。

二十七年前的海得拉巴留给我的印象就只剩下了这一点点。如果需要归纳一下的话，我可以归纳为八个字：清新美妙，富丽堂皇。

一转瞬间，时间竟过去了二十七年，今天我又来到了海得拉巴。我看到的却完全是另一番景象：拥挤不堪的街道，熙熙攘攘的人群，中间奔驰着横冲直撞纵横交错的各种车辆。20 世纪的汽车、摩托车，同公元前的马车、牛车并肩前进，快慢悬殊，而且好像是愿意怎样走就怎样走，愿意在什么地方停，就在什么地方停，这当然更增加了混乱。行人的衣着也是五光十色，同这一些车辆配合在一起形成了一幅色调迷乱但又好像有着内在节奏的图画，奏成了一曲喧声沸腾但又不十分刺耳的大合唱。

这就是我看到的今天的海得拉巴。如果需要归纳一下的话，我也可以归纳为八个字：喧阗吵闹，烟雾迷腾。

我有点迷惘，有点不解：难道这就真是海得拉巴吗？我记忆中的海得拉巴完全不是这个样子的，那一个海得拉巴要美妙得多，幽静得多。但是我眼前看到的却确实就是这个样子。那么究竟哪一个海得拉巴是真实的呢？两个当然都是真实的，但是两个似乎又都不够真实。最真实的只有印度人民对中国人民的深情厚谊。二十七年前是这样，今天仍然是这样。这一点是丝毫也不容怀疑的。

在海得拉巴，同在印度其他大城市一样，我们接触到的人民，对我们都特别友好。我们在这里参加过群众大会，也是人山人海，万头攒动，花环戴得你脖子受不住，眼睛看不见，花香猛冲鼻官，从鼻子一直香到心头。我曾到奥斯马尼亚大学去参加全校欢迎大会，教授和学生挤满了大礼堂。副校长（在印度实际上就是校长）亲自出面招待，主持大会，并亲自致欢迎词。他在致词中说，希望我讲一讲教育和劳动的问题。我感到这个题目太大，大有不知从何处说起之感，临时决定讲中国唐代研究梵文的情况，讲到玄奘，讲到义净的《梵语千字文》和礼言的《梵语杂名》等，似乎颇引起听众的兴趣。我知道，在印度，只要讲中印友谊，必然博得热烈的掌声，在海得拉巴也不例外。我们也参加了中印友好协会海得拉巴分会举行的欢迎大会。这次大会开得颇为新颖别致，同时却又生动热烈。大家都盘腿坐在地上，主席台上下完全一样。台上铺着极大的白布垫子，我们都脱掉鞋子坐在上面。照例给中国朋友大戴其花环。黄色花朵组成的花环倒也罢了，红色玫瑰花组成的花环却引起了一点不安。鲜红的玫瑰花瓣从花环上不停地往下掉落，撒满了坐垫，原来雪白的坐垫，一下子变成了红色花毯。我们就坐在玫瑰花瓣丛中。坐碎了的花瓣染得白布上点点如桃花，芬芳的香气溢满鼻孔，飘拂在空中。我们就在这香气氤氲中倾听着中印两国朋友共颂中印友谊。

所有这一切当然都给我留下难以忘怀的甜蜜的回忆。但是最难以忘怀、最甜蜜的还是对海得拉巴动物园的参观。

印度许多大城市都有动物园。二十七年前我到印度的时候，曾经参观过不少。并且有的规模非常大，比如加尔各答的动物园，在世界上也是颇有一点名气的。印度由于气候的关系，动物繁殖很容易，所以动物的种类很多，数量很大。大象、猴子和蛇，更是名闻世界。海得拉巴的动物园并不特别大，里面动物也不算太多，但是却具有几个其他动物园没有的特色。为了让濒于绝种的狮子能够自由繁殖，人们在这个动物园里特别开辟了一大片山林，把狮子养在里面。一头雄狮可以带多至八个母狮，它们就这样组成了一个狮子家庭，自由自在地生活在荒草密林中。而要参观狮子的人却必须乘坐在带铁笼子的汽车里，开着汽车，到处寻觅狮子。陪我们参观的园主任很有风趣地说："在别的地方是动物被锁在铁笼子里，让人来参观。在这里却是人被锁在铁笼子里，让动物来参观。"我们心惊胆战地坐在车上，在丛莽榛榛的密林中绕了许多圈子，终于在一片树林中发现了狮子家庭。我们的心情立即紧张起来，满以为它们会大声一吼扑上前来。然而不然，狮子家庭怡然傲然躺在地上树荫里，似乎在午睡。听到汽车声，一动也不动。有几只母狮只懒洋洋地把眼睁了睁，又重新闭上，大有不屑一顾之状。我们都有点失望了，没有得到我们心中所期望的那种惊险。我们喊了几声，狮群也是置之不理。我们的汽车停了一会儿，就又重新开出门禁森严的狮子林。我们都是生平第一次坐在铁笼里被野兽来欣赏，这当然别有风味在心头，我们也就都很满意了。

出了狮子林，又进老虎山。这里的老虎山也别具特色。我们到的时候，老虎还在山中河畔奔跳嬉戏。饲虎人发出了一声怪调，老虎立刻跑回到铁栅栏里，饲虎人乘机把一个铁门放下来，挡住了老虎的退路。老虎只好待在一个几丈见方的铁栅栏里，来回地绕圈子。这时园主任就亲切地招呼我们把手从铁柱子的缝隙里伸进铁栅栏去摸老虎。我们开头确实有点胆怯，手想伸又缩。中国俗话说“老虎屁股摸不得”，这话早已深入人心，老虎如何能去摸呢？但是园主任却再三敦促解释，说这老虎是在动物园里养大的，人抚摩它，它会感到高兴，吼上两声，是表示它内心的快乐，绝无恶意，用不着害怕。他并且还再三示范，亲自把手伸进铁栅栏，抚摩老虎的脖子和屁股。我也就战战兢兢地把手伸了进去，摸了一下老虎的屁股。中国俗话说是摸不得的东西我终于摸了，这难道不是一生中难以忘怀的事情吗？

我们转身又去看一只病豹，它被夹在一个铁笼子里，不能转身，不能乱动，这样医生就可以随意给它扎针注射。我们还去看了一只小老虎。园主任说，这只小老虎从小养在他家里，他的小孩就同它玩，像一只小猫似的。现在，不过才八个月，但已经知道龇牙咧嘴，大有不逊之意，不像小时候那样驯服好玩儿，只好把它关在笼子里了。

我们就这样参观了海得拉巴的动物园。这一切都可以说是奇遇，都是毕生难忘的。但是，这一切之所以难忘，并不在于猎奇，而在于印度劳动人民对我们自然流露出来的友好情谊。据我了解，在印度饲养狮虎的人大抵都是出身于低级种姓的劳动人民。我们刚进动物园的时候，并没有注意到他们，因为他们好像影子似的，悄悄地走路，悄悄地干活，不发出一点声音。仿佛到了狮子林老虎山，他们才突然出现在我们眼前。狮子林中，老虎山上，饲养员就是他们这一些人。另外还有一个狮子山，里面养着几头狮子，同前面讲的狮子林不是一回事，在这里狮子是圈在一片山林中的，人们站在壕沟旁边来欣赏它们。一个皮肤黝黑的饲养员发出一种类似“来，来”的声音。这当然不是中文的“来”，而好像是狮子的名字。听到呼喊自己的名字，猛然从密林深处响起一片惊雷似的怒吼，一头大雄狮狂奔过来。山洞中怒吼的回声久久不息。我们冷不防吃了一惊，我们下意识地就想躲开，但一看到前面的壕沟，知道狮子是跳不过来的，才安定了心神，以壕沟对面的雄狮为背景，大照其相。

到了此时，我才认真注意到这位饲养员的存在，如果没有他，我们是无论如何也无法把狮子叫过来的。我默默地打量着那位淳朴老实的印度劳动人民，心里油然生出感激之情。

在上面讲到狮林虎山中，照管狮子老虎的也同样是这些皮肤黝黑的劳动人民。他们大都不会讲英语，连我在二十七年前住在印度总统府中时遇到的那一位服务员也不例外。我们无法同他们攀谈，不管我们的主观愿望是如何地迫切。但是，只要我们一看他们那朴素的外表、诚恳的面容、和蔼的笑貌、老实的行动，就会被他们吸引住。如果再端详一下他们那黧黑的肤色，还有上面那风吹日晒的痕迹，我们就更会感动起来。同我们接触，他们不免有些拘谨，有些紧张，有些腼腆，甚至有些不知所措。但是他们那一摇头、一微笑的神态，却是充满了热情的。此时无言胜有言，这些无言的感受反而似乎胜过千言万语。语言反而成为画蛇添足的东西了。至于他们对新中国是怎样了解的，我说不清楚。恐怕连他们自己也说不清楚。他们可能认为中国是一个很神秘的国家，一个非常辽远的国家，但又是一个很友好的国家。他们可能对中国有一些不切实际的幻想。但是他们对中国有感情，对中国人民有感情，这是一眼就可以看出来的。至于像园主任这样的知识分子，他们都能讲英语，我们交流思想是没有困难的。他们对中国、对中国人的感情可以直接表达出来。此时有言若无言，语言作为表达人民之间的感情也是未可厚非的了。

我现在不再伤脑筋去思索究竟哪一个海得拉巴是真实的了。两者都是真实的，或者两者都不是真实的，这似乎是一个玄学的问题，完全没有回答的必要。勉强回答，反落言筌。不去回答，更得真意。海得拉巴的人民，同印度全国的人民一样，都对中国人民友好。因此，对我来讲，只有一个海得拉巴，这就是对中国友好的海得拉巴。这个海得拉巴是再真实不过的，我将永远怀念这样一个海得拉巴。

1979 年 2 月 21 日

天雨曼陀罗——记加尔各答

到了加尔各答，我们的访问已经接近尾声。我们已经访问了十一个印度城市，会见过成千上万的印度各阶层的人士。我自己认为，对印度人民的心情已经摸透了，绝不会一见到热烈的欢迎场面就感到意外、感到吃惊了。

然而，到了加尔各答，一下飞机，我就又感到意外、感到吃惊起来了。

我们下飞机的时候，已经过了黄昏。在淡淡的昏暗中，对面的人都有点看不清楚。但是，我们还能隐约认出我们的老朋友巴苏大夫，还有印中友协孟加拉邦的负责人黛维夫人等。在看不到脸上笑容的情况下，他们的双手好像更温暖了。一次匆忙的握手，好像就说出了千言万语。在他们背后，站着黑压压的一大群欢迎我们的印度朋友。他们都热情地同我们握手。照例戴过一通花环之后，我们每个人脖子上、手里都压满了鲜花，就这样走出了机场。

因为欢迎的人实在太多了，在机场前面的广场上，也就是说，在平面上，同欢迎的群众见面已不可能。在这里只好创造发明一下了：我们采用了立体的形式，登上了高楼，在三楼的阳台上，同站在楼下广场上的群众见面。只见楼下红旗招展，万头攒动，宛如波涛汹涌的大海。口号声此起彼伏，惊天动地，这就是大海的涛声。在訇隐汹磕的涛声中隐约听到“印中友谊万岁”的喊声。我们站在楼上拼命摇晃手中的花束，楼下的群众就用更高昂的口号声来响应。楼上楼下，热成一片，这热气好像冲破了黑暗的夜空。

第二天一大早，旅馆楼下的大厅里就挤满了人：招待我们的人、拜访我们的人、为了某种原因想看一看我们的人。其中有白发苍苍的大学教授，有活泼伶俐、满脸稚气的青年学生，有学习中国针灸的男女青年赤脚医生，有柯棣华纪念委员会和印中友好协会的工作人员，也有西孟加拉邦政府派来招待我们的官员。他们都热情、和蔼、亲切、有礼。青年人更是充满了求知欲。他们想了解新中国的政治、经济、文化、教育。他们想了解我们学习印度语言，其中包括梵文和巴利文的情况。他们想了解我们翻译印度文学作品的数量。他们甚至想了解我们对待中外文学遗产的做法。总之，有关中国的事情，他们简直什么都想知道。大概是因为他们知道我是在大学工作的，所以我往往就成了被包围的对象。只要我一走进大厅，立刻就有人围上来，像查百科全书似的问这问那。我看到他们那眼神，深邃像大海，炽热像烈火，灵动像流水，欢悦像阳春，我简直无法抑制住内心的激动了。

在旅馆以外，也有类似的情况。有一天下午，我参加了一个同印度知识界会面的招待会。出席的都是教授、作家、新闻记者等文化人。我被他们团团围住。许多著名的学者把自己的著作送给我们，书里面签上自己的名字。接着就是一连串的问题。我当然也不放过向他们学习的机会，我向他们了解大学的情况、文学界的情况，我也向他们提出了一连串的问题。我们就像分别多年的老友重逢一般相对欢笑着，互相询问着，专心一志，完全忘记了周围发生的事情，忘记了时间和空间。我有时候偶尔一抬头，依稀瞥见台上正有人唱着歌，好像中印两国的朋友都有；隐约听到悠扬的歌声，像是初夏高空云中的雷鸣声。再一转眼，就看到湖中小岛上参天古树的枝头落满了乌鸦，动也不动，像是开在树枝上的黑色的大花朵。

我们曾参观过加尔各答郊区的一个针灸中心。这里的居民一半是农民，一半是工人。同在其他地方一样，我们在这里也受到极其热烈的欢迎。附近工厂里的工人高举红旗，喊着口号，拦路迎接我们。农村的小学生穿上制服，手执乐器，吹奏出愉快的曲调，慢步走在我们前面，走过两旁长满了椰子树的乡间小路，走向针灸中心。农民站在道旁，热情地向我们招手。到了针灸中心，我们参加了村民欢迎大会。加尔各答四季皆夏，此时正当中午，炎阳直晒到我们头上。有七八个身穿盛装的女孩子，手执印度式的扇子，站在我们身后，为我们驱暑。我们实在过意不去，请她们休息。但是她们执意不肯，微笑着说："你们是最尊敬的客人，我们必须尽待客之礼。"尽管我们心里总感到有点不安，但是这样的感情，我们只有接受下来了。

更使我高兴的是，我们在加尔各答看到了真正的农民舞蹈。这一专场舞蹈是西孟加拉邦政府特别为我们安排的。新闻和广播部长亲自陪我们观看演出。在演出的过程中，他告诉我们演员都是农民，是刚从田地里叫来的。说实话，我真有点半信半疑。因为在舞台上，他们都穿着戏装，戴着面具，我们看到的是珠光宝气，金碧辉煌。而且他们的艺术水平都很高超。难道这些人真正是农民业余演员吗？我真有点难以置信了。但是，演出结束后，他们一卸妆，在舞台上排成一队，向我们鼓掌表示欢迎，果然都是面色红黑，粗手粗脚，是地地道道的劳动农民。我心里一阵热乎乎的，望着他们那淳朴憨厚的面孔，久久不想离去。

我们在加尔各答接触的人空前地多，接触面空前地广，给我们留下的印象也同印度其他城市不同。在其他城市，我们最多只能停留一两天，我们虽然也都留有突出的印象，但总是比较单纯的。但是，到了加尔各答，万汇杂陈，眼花缭乱，留给我们的印象之繁复、之深刻，是其他城市无法比拟的。我们在这里既有历史的回忆，又有现实的感受。加尔各答之行好像是我们这一次访问的高潮，好像是一个自然形成的总结。光是我们每天从工人、农民、知识分子手中接过来的花环和花束，就多到无法计算的程度。每一个花环，每一束花，都带着一份印度人民的情谊。每一次我们从外面回来，紫红色的玫瑰花瓣，洁白的茉莉花瓣，黄色的、蓝色的什么花瓣，总是散乱地落满旅馆下面大厅里的地毯，人们走在上面，真仿佛是“步步生莲花”一般。芬芳的暗香飘拂在广阔的大厅中。印度古书上常有天上花雨的说法,“天雨曼陀罗”的境界,我没有经历过，但眼前不就像那样一种境界吗？这花雨把这一座大厅变成了一座花厅、一座香厅。这当然会给清扫工作带来不少的麻烦，我们都感到有点歉意。但是，旅馆的工作人员看来却是高兴的，他们总是笑嘻嘻地看着这一切。就这样，不管加尔各答给我们的印象是多么繁复、多么多样化，但总有一条线贯穿其中，这就是印度人民的友谊。

而这种友谊在平常不容易表现的地方也表现了出来。我们在加尔各答参观了有名的植物园，这是我前两次访问印度时没有来过的。园子里古木参天，浓荫匝地，真像我们中国旧小说中常说的，这里有“四时不谢之花，八节长春之草”。给我印象最深的是一株大榕树，据说这是世界上最大的一株榕树。一棵母株派生出来了一千五百棵子树，结果一棵树就形成了一片林子，现在简直连哪棵是母株也无法辨认了。这一片“树林”的周围都用栏杆拦了起来。但是，栏杆可以拦住人，却无法拦住树。已经有几个地方，大榕树的子树，越过了栏杆，越过了马路，在老远的地方又扎了根，长成了大树。陪同我们参观的一位印度朋友很有风趣地说道：“这棵大榕树就像是印中友谊，是任何栏杆也拦不住的。”多么淳朴又深刻的话啊！

友谊是任何栏杆也拦不住的。如果疾病也算是一个栏杆的话，我就有一个生动的例子。我在加尔各答遇到了一个长着大胡子、满面病容的青年学生。他最初并没能引起我的注意，但是，他好像分身有术，我们所到之处几乎都能碰到他。刚在一处见了面，一转眼在另一处又见面了。我们在旅馆中见到了他，我们在加尔各答城内见到了他，我们在农村针灸中心见到了他，我们又在植物园里见到了他。他就像是我们的影子一样，紧紧地跟随着我们。我不由自主地想到了印度古代史诗《罗摩衍那》中的神猴哈奴曼，想到了中国长篇小说《西游记》中的孙悟空。难道我自己现在竟进入了那个神话世界中去了吗？然而我眼前看到的绝不是什么神话世界，而是活生生的现实。那个满面病容的、长着大胡子的印度青年正站在我们眼前，站在欢迎人群的前面，领着大家喊口号。一堆人高喊："印中友谊——"另外一堆人接声喊："万岁！万岁！"在这两堆人中间，他都是带头人。但是，有一天，我注意到他在呼喊间歇时，忽然拿出了喷雾器，对着自己嘴里直喷。我也知道，他是患着哮喘。我连忙问他喘的情况，他腼腆地笑了一笑，说道："没什么。"第二天看到他没带喷雾器，我很高兴，问他："今天是不是好一点？"他爽朗地笑了起来，连声说："好多了！好多了！"接着又起劲地喊起"印中友谊万岁"来。他那低沉的声音似乎压倒了其他所有人的声音。他那苍白的脸上流下了汗珠，我深深地为这情景所感动。我无法知道，在这样一个满面病容的印度青年的心里蕴藏着多少对中国人民的深情厚谊。一直到现在，一直到我写这篇短文的时候，我还恍惚能看到他的面容，听到他的喊声。亲爱的朋友！可惜我由于疏忽，连你的名字也没有来得及问。但是，名字又有什么意义呢？我想把白居易的诗句改动一下：“同是心心相印人，相逢何必问姓名！”年轻的朋友，你是整个印度人民的象征，就让你永远做这样一个无名的象征吧！

1978 年 5 月 14 日

国际大学

我怎样来描绘国际大学留给我的印象呢？这个名字是紧密地同印度大诗人泰戈尔的名字联系在一起的，而我又是在学生时代见到过泰戈尔的一个人。因此，谈一谈国际大学，对我来说好像就是责无旁贷、义不容辞了。

1951 年，我第一次访问印度，曾在圣地尼克坦国际大学住了两夜，就住在泰戈尔的故居叫作北楼的一座古旧的房子里。第二天一大早，我起来到楼外去散步。楼外是旭日乍升，天光明朗，同楼内形成了鲜明的对比。参天的榕树，低矮的灌木，都葱葱郁郁，绿成一团。里面掺杂着奇花异草，姹紫嫣红。我就在这红绿交映中，到处溜达，到处流连。最引起我的注意的是泰戈尔生前做木匠活的一些工具，如斧头、刨、锯之类。眼前一亮，我瞥见在我身后小水池子里，正开着一朵红而大的水浮莲，好像要同朝阳争鲜比艳。

又过了二十多年。我又带着对那一朵水浮莲的回忆到国际大学来访问了。

在路上，我饱览了西孟加拉的农村景色。马路两旁长着古老的榕树，中间间杂着高大的木棉树。大朵的红花开满枝头，树下落英缤纷，成了红红的一堆。我忽然想起了王渔洋的诗句："好是日斜风定后，半江红树买鲈鱼。"我知道，这里说的红树是指的经霜的枫树，与木棉毫不相干。但是，两者都是名副其实的红树，两者都是我所喜欢的，因而就把它们联想在一起了。我喜欢我心中的红树。

猛然间从路旁的稻田和菜田里惊起了一群海鸥似的白色的鸟，在绿地毯似的稻田上盘旋了几圈以后，一下子翻身飞了上去，排成一列长队，飞向遥远的碧空，越飞越小，最后只剩下几星白点，没入浩渺的云气中。我立刻又想到杜甫的诗句："江湖多白鸟，天地有青蝇。"我并不知道，杜甫所说的白鸟究竟是什么东西。但是，我眼前看到的确实是白鸟，我因而又把它们联想在一起了。我喜欢我心中的白鸟。

快到圣地尼克坦的时候，汽车正要穿过一个十字路口，突然从两旁跑出来了一大群人，人人手持红旗，高呼口号。这是等候着拦路欢迎我们的印度朋友。我们下车，同他们握手、周旋，又上车前进。但是，走了很短一段路，路两旁又跑出来了一大群人。又是人人手执红旗，高呼口号。我们又下车，同他们握手、周旋，然后上车前进。就这样，当我们的旅程快要结束的时候，我突然从大自然回到了人间，感受到印度人民的友情。

圣地尼克坦到了。这时候，大学副校长、教员和学员、中国学院的教员和学员，已经站在炎阳下，列队欢迎我们，据说已经等了很长的时间。接着来的是热情的招待会和茶会，热情的握手和交谈。

西孟政府的一位部长特地从加尔各答赶了来，在一个中学里为我们举行了盛大的欢迎会。紧跟着是参观中国学院。我万没有想到，在万里之外，竟会看到我们敬爱的周总理的手迹。我的眼睛突然亮了起来，心里热乎乎的。我们匆匆吃过晚饭，又到大草坪去参加全校的欢迎大会，会后又欣赏印度舞蹈，到副校长家去拜访。总之，整个下午和整个晚上，一刻也没有停，忙得不可开交。

第二天一大早，我就起来到室外散步。我念念不忘，想寻觅那一朵水浮莲。不但水浮莲看不到，连那一个小水池子也无影无踪了。我怅望着参天的榕树和低矮的灌木，心里惘然。我们参观了学生上朝会和在大榕树下面席地上课以后，就去参观泰戈尔展览馆。展览馆是一座新建的漂亮的楼房。有人告诉我，这地址就是以前的北楼，我的心一跳，一下子回到了二十年前去。我仿佛看到老诗人穿着他那身别具风格的长袍，白须飘拂，两眼炯炯有神，慢步走在楼梯上，房间中，草地上，树荫下。他嘴里曼声吟咏着新作成的诗篇。我仿佛听到老诗人在五十多年前访问中国时对中国人民讲的话："印度认为你们是兄弟，她把她的爱情送给了你们。""在亚洲，我们必须团结起来，不是通过机械的组织的办法，而是通过真诚同情的精神。""现在仍然持续着的这个时代，必须被描绘成为人类文明中最黑暗的时代。但是，我并不失望，有如早晨的鸟，甚至当黎明还处在朦胧中时，它就高唱，宣布朝阳的升起，我的心也宣布伟大的未来将要来临，它已经来到我们身旁。我们必须准备去迎接这个新时代。"

老诗人离开我们已经很久很久了。但是他在印度人民心中，特别是在孟加拉人民心中的影响还是存在的。他对中国人民的深情厚谊已经在别人的心中生了根，发了芽。我无论如何也忘不掉我二十多年前第一次访问印度时一位年轻的孟加拉诗人那歌唱新中国的热情奔放的诗句：

而现在铃声响了，
它为我而响。
它把我的热爱之歌响给你们听，
中国，我的中国。
它唱着你那和平幸福的新生活，
中国，我的中国。
它响在人类解放的黎明中，
从许多世纪古老的奴役中解放出来，
中国，我的中国。
而现在这铃声把我的敬礼传给你，
中国，我的中国。

如果我现在就借用这样的诗句来描绘国际大学和泰戈尔给我的印象，难道说不是很恰当的吗？加尔各答是我们这次访问的最后一站，就让这些洋溢着无量热情的诗句永远留在我们的记忆中吧！

别印度

俗话说："千里搭凉棚，没有不散的宴席。"我们要离开印度的日期终于来到了，我的心情不知怎么忽然有点沉重起来。仅仅在十几天前还是完全陌生的面孔，现在却感到十分熟悉、十分亲切，离开他们而无动于衷似乎有点困难了。中国唐代诗人刘皂有一首著名的诗：

客舍并州已十霜，
归心日夜忆咸阳。
无端又渡桑干水，
却望并州是故乡。

我在印度没有住上几十年，这一次只有十几天，因此，我的心情还没有达到这样的程度。但是，确实有点依恋难舍，这也是事实。我有时甚至有意避开印度朋友们那和蔼可亲的面孔、那充满了热情的眼神，他们心里怎么想，我不知道。从他们的行动和谈话中也略可以看出同样的心情。“悲莫悲兮生别离”，我现在就好像有这样的想法了。

离开加尔各答的前夕，我们观看了印度魔术。最初听到西孟加拉邦政府给我们安排这样一个节目，我们还有点不解。第一次安排，因为别的会太多，把节目冲掉了。到了离别的前一天晚上，又在许多宴会、拜访、辞别等活动的空隙里加上了这个魔术的节目。我们更是有点不解：魔术为什么竟这样重要呢？但客随主便，古有明训。我们整个代表团就在团长的率领下，准时到了表演魔术的剧场。主人在那里热情地迎接了我们。

主要演员实际上只有一个人，他表演了所有的节目，其余的人可以说都是配角。这一场独角戏真是绚丽多彩，令人眼花缭乱。主要演员穿着五光十色珠光宝气的彩衣，与强烈的电灯光争辉，只觉得满台金光闪闪，有如彩虹落地，万卉升天。我们如入阆苑仙境中。他有时说英语，有时说孟加拉语，大概逗哏的时候非说本地话不行，有如中国的相声，外国人是根本无法欣赏的，也是无法翻译的。我们都不懂孟加拉语，但不时听到哄堂大笑，足见观众是欣赏他的表演和逗哏的。我们坐在那里，看下去，看下去，原来有这样那样的不理解的中国客人，现在都感到主人真是煞费苦心，在我们离别前安排了这样精彩的节目。我们对印度主人的精心安排都不禁感激起来了。连那几个中间还有别的活动要临时退场的同志，都依依不舍，迟迟不肯离开了。

有一个节目特别引起我们的注意和好奇。主要演员用两块厚厚的白面糊住了自己的眼睛。上面又让人蒙上了两块黑色不透明的呢绒。然后让观众自愿上台参加表演，果然有几个印度朋友上台去了，两三个爱热闹的小孩子也蹦蹦跳跳地跑上了台。为了对中国贵宾表示特殊的友谊，把我们的一位大夫和一位精通印地语的同志请上了台。主要演员让他们在黑板上写字，你写什么，蒙了眼睛的演员也写什么。而且不论什么文字都行。一个小孩子写了一道算术题，没有答案。主演人用飞快的速度，写上了原题，并且加上了答案。我们的大夫写了一句中文“中印友谊万岁”。主要演员几乎用同样的速度在黑板上写出了“中印友谊万岁”。那位精通印地语的同志用印地语写上了“印地秦尼巴依巴依”，主演人没有写而是高声读了出来。诵声刚落，台下就是一片欢腾，我们心里一片温暖，还加上一点吃惊。

演出结束了。我们正准备退场，但是招待我们的主人和魔术团的负责人，也就是那个主要演员，却走上前来，把我们拉上了舞台。我们走上去，一回头面对群众，下面就一片掌声。所有的演员都走上舞台，整整齐齐地排在那里，连那一匹参加演出的骡子也被牵上舞台，规规矩矩地站在那里，它好像也通人意，要对中国客人表现出有礼貌。我们中国客人被邀请站在中间。印度主人一定要我们对全场的印度朋友讲几句话。我临时讲了几句，感谢主人，感谢印度人民，并说要把印度人民这种深情厚谊带回中国去。话刚落音，下面又是一片掌声。然后拉上布幕，男主角和他的爱人，也是一个演员，又重新和我们握手闲谈。他告诉我们，他出生在一个魔术世家，他和他父亲都是走遍全球。在伦敦的演出，曾轰动整个雾城。据说他曾用白面糊上眼再蒙上黑绒骑摩托车在伦敦大街上飞驶。他父亲在日本演出，生病死在那里。其他国家，他都到过了，最感到遗憾的是他还没有到过他最热爱的中国。他深切希望能够到中国去一趟。我们祝愿他的愿望能够实现,就握手告别,每个人心里都是热乎乎的。

我们怀着愉快而兴奋的心情回到了旅馆。在半夜的餐桌上，我们议论纷纷，对刚才在剧场的感受，谈个不休。特别使我们不解的是蒙上眼睛在黑板上写字的那一个节目。我们就像猜一个难猜的谜语一样，猜来猜去。但是无论如何，也得不出自己认为满意的答案：为什么蒙上眼睛他还能瞧得见呢？为什么他根本不懂中文而竟能跟着我们的大夫书写如流呢？一连串的疑问，一阵阵的吃惊。但是大家印象最深的、最受感动的还是印度人民，其中当然也包括这几个演员，对中国人民表示的深情厚谊。我们身在旅馆，我们的心却仿佛还留在那永生难忘的剧场里了。

我们谈呀谈呀，几乎忘记了睡觉。到了深夜，我们才各自走回自己的房间去。也许是由于过度的兴奋，我躺在床上无论如何也睡不着。就这样过了一个不眠之夜，但却又是一个十分愉快的一夜。十几天在印度的经历，一幕幕奔来心头。各种影像，纷至沓来，一齐在我眼前飞动：德里的高塔、德里的比尔拉庙、德里和阿格拉的红堡、阿格拉的泰姬陵、孟买的印度门、科钦的海港、海得拉巴的老虎、圣地尼克坦的泰戈尔故居、加尔各答的大榕树，等等，等等，一齐飞到我的眼前来，中间还间杂着到处能飞的虎皮鹦鹉、活蹦乱跳的猴子，简直是五光十色，光怪陆离。刚才看过的魔术当然更在其中占有显著的地位。我眼前金光闪闪，有如彩虹落地，万卉升天，我又如入阆苑仙境中。

第二天一清早我们准时到了机场。英国航空公司的班机晚了点。一位印度朋友对我说："以前如果飞机晚了点，我最憎恨。但是这一次晚点，我却最欢迎，因为这样，我们可以同中国朋友们在一起待更长的时间。"简单一句话，里面含着多少深厚的感情啊！

机场贵宾室里挤满了来送行的人，其中有西孟加拉邦政府的官员，有陪我们游遍全程的柯棣华委员会副会长汗夫人、秘书长拉蒂菲先生，还有许许多多只见过面来不及问名字的加尔各答的男女大学生、男女赤脚医生。我被一群青年团团围住，在最后一分钟仍然有提不尽的问题。在谈话间歇的一瞬间，我抬眼可以瞥见我们的团长正同围住他的印度朋友们热情地谈着话。印度著名歌手、中国人民的老朋友比斯瓦斯这时引吭高歌《印中友好歌》。我一面说话，一面还只是用一个耳朵听到了他的歌声。我清晰地听到那热爱中国的歌手高唱着：

友好的歌声四处起，
印中人民是兄弟。
黎明降临到大地，
朝霞泛起在天际。
友好的歌声四处起，
印中人民是兄弟。
印中人民一定要突破旧世界的锁链。
告诉我吧！
谁能把我们的英雄们抗击。

这歌声发自内心深处。往复回荡，动人心魄，整个候机室里，响彻了这歌声。印度朋友说：“这样的歌，好久好久没有听到了，今天听了特别觉得高兴。”这真是说出了我们心里的话，我们何尝没有同样的想法呢？

但是，可惜得很，飞机误点不能永久地误下去，虽然我们下意识中希望它永久误下去。终于播出了通知，要旅客们上飞机了。这时中印两国的朋友们都不禁露出了惜别的神色。我们每个人又被赠送了成包成串的紫色的玫瑰花。我们就抱着这些浓香扑鼻的玫瑰花，走向飞机旁边。从贵宾室到飞机旁这一段短短的路程，双腿走起来好像有千钧重。大家仿佛有千言万语，但是不知道从何处说起，热烈地握手，相对地凝视，一切尽在不言中了。在最后的一刹那，一位印度朋友紧握住了我的双手深情地说：“埃及的朋友说：‘谁喝了尼罗河的水，他总要再回埃及来的。’我现在改一句：‘谁喝了恒河的水，他总要再回印度来的。’”

是的，我现在虽然离开印度，但我相信，这只是暂时的别离。我总要再回印度去的。

再见吧，可爱的印度！

1979 年 10 月

跋

季羡林先生是我尊敬的国学大师，但他的贡献和意义又远在其学问之上。我尝问先生:“你所治之学，如吐火罗文，如大印度佛教，于今天何用？”他肃然答道：“学问不问有用无用，只问精不精。”严谨的治学态度发人深省。此其一令人尊敬。先生学问虽专、虽深，然文风晓畅朴实，散文尤美。就是有关佛学、中外文化交流，甚至如《糖史》这些很专的学术论著也深入浅出，条分缕析。虽学富五车，却水深愈静，绝无一丝卖弄。此其二令人尊敬。先生以教授身份居校园凡六十年,然放眼天下,心忧国事。常忆季荷池畔红砖小楼，拜访时，品评人事，说到动人处，竟眼含热泪。我曾问之，最佩服者何人。答曰：“梁漱溟。”又问再有何人。答曰：“彭德怀。”问其因，只为他们有骨气。联系“文革”中，先生身陷牛棚，宁折不屈，士身不可辱，公心忧天下。此其三令人尊敬。

先生学问之衣钵，自有专业人士接而传之。然治学之志、文章之风、人格之美则应为学术界、全社会，尤其是青少年所学、所重。

而这一切又都体现在先生的文章著作中。于是遂建议于先生全部著作中，选易普及之篇，面对一般读者，编一季文普及读本。适有磨铁图书领导多方促成，于是有此选本问世，庶可体现初衷。

梁衡